完好如初 (1)
的
名　　　字

〔西班牙〕哈维尔·马里亚斯 著

林叶青 译

南海出版公司

新经典文化股份有限公司
www.readinglife.com
出 品

献给卡梅·洛佩斯·梅尔卡德,
不论距离远近,不论隔离与否,
不论快乐多少——她总是比我快乐——
她一直满心乐意地陪伴着我
自本书的开头至结尾。

目 录
CONTENTS

第一章 —————— 1

第二章 —————— 45

第三章 —————— 91

第四章 —————— 135

第五章 —————— 189

第六章 —————— 231

第七章 —————— 279

第八章	331
第九章	383
第十章	433
第十一章	483
第十二章	523
第十三章	559
第十四章	593
第十五章	639
第十六章	671
说明与致谢	693

第一章

我从小接受的是老式教育，从没想过有一天会有人命令我去杀一个女人。女人是不能碰的，不能打她们，不能对她们施以肉体伤害，言语方面的暴力也得竭力避免，尽管她们自己对此并不总是忍气吞声。除此之外，还得保护她们、尊重她们，给她们让道，如果她们怀有身孕、抱着孩子、推着婴儿车，还要守护她们、帮助她们，在公交车和地铁上得给她们让座，甚至走在大街上时也要保卫她们，要帮她们避开往来的车辆或者从阳台上掉落的物品。如果船只遇险即将沉没，救生艇就是为她们和她们的孩子准备的（孩子更多属于她们而非我们男人），至少第一批空位是如此。碰上集体枪决的时候，她们有时会幸免于难；她们失去了丈夫、父亲、兄弟甚至年少的儿子，成年的儿子当然更保不住,但是她们被允许像受折磨的鬼魂那样痛苦不堪地继续苟活,然而,她们还是会逐渐老去,痛失一切的记忆会变成她们的镣铐。她们被迫成了记忆的保存者,当无人幸存时,她们是唯一的幸存者,是唯一能讲述过往的人。

嗯,这就是我从小接受的教育,不过这一切都过时了,而且并不是总能被严格执行。那是过去的事,而且只是理论上的,实际上并非如此。毕竟,一七九三年法国王后被送上了断头台;在此之前,无数被指控使用巫术的女性被烧死,圣女贞德也被烧死了。这只是几个人尽皆知的例子而已。

没错,杀害女人的事一直都有。但在过去,这算得上是倒行逆施,人们不愿看到这样的事。安妮·博林得到特许,处决她的刑具是一把剑,而非粗制滥造的斧头或火堆,说不清这是因为她是女人,还是因为她是王后,或是因为她年轻貌美——根据当时的审美标准和官方记录,她是美丽的——尽管官方记录从来不可信,即便是由目击者所写的记录也不可信,他们看得模糊,听得含混,常常犯错,或是谎话连篇。在那些描绘她被处决的场景的版画里,她双膝跪地,上身直立,头颅高昂。仿佛在祷告。而如果改用斧头的话,她得把额头或脸颊贴在断头台上,摆出更屈辱、更难受的姿势，卑躬屈膝，那些低头就能看到她屁股的人还能看得更清楚。人们还顾及她在人生最后的时刻舒适与否，甚至还保全了她的优雅和尊严，真是奇怪。对于一个将死之人，一个即将从世间消失、身体分成两块埋入泥土的人来说，这一切有什么意义呢？在这些画中，还能见到那位"加来剑客"——在一些文本里，作者为了把他和普通的刽子手区分开来，就这样称呼他。由于他技艺出众，也许也是应王后本人的要求，他被特意带进王宫。他总是站在王后身后，站在她看不见的地方，绝不会站在她面前，他似乎早已决定不让她看见那致命的一击，那沉甸甸的武器划过的轨迹。武器虽沉但速度很快，势不可挡，好似吹响的哨声，或是一阵强烈的疾风（在少数几幅画里，她被蒙住了眼睛，但大部分画里并不是这样的场景）。人们似乎早已决定不让她知道砍头的确切时间。只需挥舞一剑，她的头颅就会落到木板上，也许是面朝上，也许是面朝下，也许是侧面朝上，也许是立着，也许是倒着，谁知道呢，当然她自己是绝不会知道的。人们似乎早已决定挥刀的动作得出乎她的意料——要是一个人明知会发生什么，明知自己为什么会在英国料峭五月的清晨八点没戴披巾、双膝跪地，还能再对什么事情感到意外的话。此时，她跪在地上，方便刽子手完成任务，免得别人质疑他的能力：

他愿意横跨加来海峡做这件事，就已经帮了大忙了，而且，也许他个头不高。安妮·博林似乎执意认为只要一把剑就够了，因为她的脖子很细。她肯定双手围着脖子量过好几次了。

无论如何，人们对待她比对待两个半世纪后的玛丽·安托瓦内特体贴多了。据说后者在十月受到的待遇比她丈夫路易十六在一月受到的待遇还要糟糕，他比她早九个月上断头台。她是女人这件事对革命者来说根本不算什么，或许考虑性别本身就是反革命的。一位名叫德·布斯内的中尉因为在她拘禁期间向她表示了尊重，很快就被另一位态度粗暴的警卫告发，遭到逮捕。国王到达断头台后，双手才被绑到身后；他是乘坐一辆密不透风的四轮马车来的，是巴黎市长的马车；他还能选择陪同他的神父（一位没有宣过誓的神父，也就是说，没有向宪法和日新月异且能给他定罪的新权力秩序宣誓）。相反，他的奥地利遗孀早在砍头仪式开始前就被绑了起来，而且她坐的是不大牢固的木轮车，这种车将她暴露于人们深恶痛绝的神情以及漫骂之中；只有一位宣过誓的神父为她做临终仪式，但她礼貌地拒绝了。根据史书记载，她在最后时刻表现出了在位时缺乏的教养；她上台阶的步伐过于敏捷，以至于被绊了一下，踩到了刽子手的脚。她立即向对方道歉,仿佛她一向习惯如此("对不起,先生。"她说)。

断头台自有一套必不可少且令人难堪的开场仪式:受刑者不仅双手被绑在身后,而且一旦上了断头台,手臂与身体也会被绳子紧紧缠在一起,这是装殓的预兆。等到受刑者变得僵硬笨拙,几乎无法动弹,也无法行动,两名副手得把他们像包裹一样抬起来(或者像后来马戏团用大炮发射侏儒那样),让他们脸朝下,身体完全平躺,然后推着他们,直到他们的脖子嵌进断头台的缺口里。在这方面,玛丽·安托瓦内特与她丈夫的遭遇是一致的:两人都在临终时被捆得像羊毛包,像古潜艇的鱼雷,就像几捆东西那样被随意处置,在人头落地前,谁也预想不到她的脑袋会如何毫无方向、毫无意义地滚落——直到有人在众目睽睽之下揪住头发将那脑袋拎了起来。他们俩都没有经历圣德尼所经历的事。据一位对此事啧啧称奇的法国红衣主教说,圣德尼在被罗马帝国皇帝瓦莱里安追捕时不幸殉道,惨遭斩首,他把自己被砍下的头颅夹在腋下,从蒙马特一直走到了埋葬他的地方(这极大减轻了搬运工的负担),足足走了九公里,后来那里建了一座以他的名字命名的修道院或教堂。这桩神迹令这位红衣主教目瞪口呆,他保证此事千真万确,但实际上他在转述时没少添油加醋,一位听故事的聪明女士打断了他，只用一句话便让这件英雄事迹大打折扣："啊，主教！在那种情况下，难的只是第一步而已。"

难的只是第一步而已。也许，这句话放之四海而皆准，或许至少适用于那些需要付出努力，而人们带着不情愿、厌恶或保留态度去做的事。我们能毫无保留地去做的事少之又少，我们几乎总会因为某种原因无法采取行动，迈不出那一步，出不了家门，动不了身，不跟任何人交谈，也避免别人跟我们交谈、盯着我们、告诉我们一些事情。有时我觉得，我们这一生——包括那些野心勃勃、躁动不安、急切贪婪、渴望干预甚至统治世界的人——只不过是一种存在已久却迟迟没有实现的渴望：渴望回到我们出生前那种不被察觉、不被看见、不被听见、不会释放出任何热量的状态；渴望沉默和安宁，回溯我们走过的路，撤销已成定局、无法挽回的事，以及那些只有足够幸运才会无人提起、被人遗忘的事；渴望抹去能证明我们过去存在过的一切印记。遗憾的是，这些印记仍然在一段时间内存在于我们的现在与将来。然而，我们无法实现这种连自己都不承认的渴望，或者只有某些勇敢、强大、几乎丧失人性的人才能做到：那些自杀的人，隐退和等待的人，不告而别的人，彻底隐匿的人——那些真正永远不想被找到的人；

天涯海角的隐士，摆脱旧身份（"我已经不再是过去的我了"）并毫不犹豫地接受新身份的人（"蠢货，别自以为了解我"）。逃兵、流亡者、篡位者、失忆者，那些无法回忆起自己本来的面目，并说服自己相信不再是出生时、年幼时、年轻时的样子的人。那些回不去的人。

最难的是杀人，这是没有杀人经历者尤为认同的常识。他们这样说是因为无法想象自己拿着手枪、尖刀、绳索或砍刀的场景，大多数犯罪之举都需要时间，需要铤而走险（我们的武器可能会在争斗中被对方夺走，最后没命的是我们自己），如果是近身肉搏的话，还需要有体力。但人们早已习惯于在电影里看到角色使用配有瞄准镜的步枪，只需扣动扳机便能命中目标，干净利落、几无风险地完成任务。现在，有人能在距离目标数千公里之外操控无人机，终结一条或数条性命，就好像这一切是虚构的，是想象的行为，就像是电子游戏（在屏幕上观看结果），对于那些老古董来说，这就像是打在翻板上的大钢珠。没有任何风险也不会出现鲜血四溅的情景。

人们认为杀人很难，还因为结果无法逆转，一旦做了就成定局：杀人意味着死者什么都不会有了，他不会再做任何事，他思维的河流枯竭，思想的明灯熄灭，他无法改正、无法弥补、无法挽救任何伤害也无法被说服；他将永远不再说话或行动，没人能再指望他做任何事，连呼吸和睁眼都不行；他会变得完全无害，或者更糟，变得毫无用处，仿佛一台变作碍事玩意儿的坏电器，一件碍手碍脚、必须挪开的废品。大部分人都觉得杀人过于极端、激烈，他们倾向于认为所有人都能被救赎，在他们内心深处相信所有人都能改变和被原谅，相信瘟疫会自行消失，无需我们来消灭。而且，我们对他人会有难以言喻的怜悯，我怎么会结束别人的生命呢。然而，面对现实时，怜悯之心会减弱，有时甚至会突然消失——哪怕我们自己没有粗暴地遏制这份怜悯。

我记得弗里茨·朗有一部拍摄于一九四一年的老电影，当时正值战争中期，美国还没有参战，英国无法独自对抗德国，欧洲其他国家要么对德国俯首称臣，要么任由德国摆布。电影是这样开场的：在巴伐利亚某个枝叶茂盛的地方，一个由沃尔特·皮金饰演的男人身穿猎户服和灯笼裤，头戴宽檐帽，脚踩高帮鞋套，手持一把精准步枪，走向一处高地，或者悬崖。那是一九三九年七月二十九日，距离二战爆发只有三十六天，那里是贝希特斯加登，希特勒在那里有一栋山间别墅，即便是在战事正酣时，他也经常去那里休息，那是他在德国境内的居所中守卫最森严的一处。猎人从高地或者悬崖上——可能类似于保卫城堡的壕坑——隐约看见了什么，他卧在灌木丛中，举着双筒望远镜观察。他因为自己的发现而一脸惊讶和激动，从皮衣里拿出瞄准镜装到步枪上，调整到五百五十码，即五百多米的距离。他观察的正是露台上的"元首"，"元首"正在和下属——一名盖世太保高级军官散步聊天。我记得这名由乔治·桑德斯饰演的高级军官有个奇怪的英文名字：奎夫-史密斯。他戴着独目镜，穿着白色外套和深色裤子，这套制服与七十年代佛朗哥议会上长枪党党羽的穿着极其相似，他们永远痴迷于纳粹的风格。

起初奎夫-史密斯挡住了希特勒，猎人在瞄准镜里看不见目标，他紧张地擦了擦额头的汗水。但没过多久，军官离开了，剩下那位头号罪犯独自一人。现在希特勒正好出现在靶心，成了他的囊中之物。猎人把手指放在扳机上，犹豫了一会儿便开了枪。但只听到咔嗒一声响，没有子弹的爆裂声，枪没有上膛。沃尔特·皮金轻笑一声，摸了摸宽檐帽边，做出再见的手势。此时观众发现，不远处有一名全副武装的士兵正在巡逻，他还没有看见隐藏起来的猎人。

我不知道这部电影的原著小说是如何解释的，但在这部电影里，皮金扣动扳机后，突然意识到自己有能力杀死希特勒，实际上他已经假装向他开了一枪。于是他迅速往弹膛里装进一颗子弹，重新瞄准目标。"元首"还在原地，正对着他，还没有离开，他的胸膛仍在射程之内。后来猎人被捕并接受审问时，他向奎夫 - 史密斯保证，他从未真正考虑过开枪，他只不过是想挑战，想证明自己有能力杀死希特勒，想证明自己抵达了希特勒的巢穴，而且没有被发现或拦截。这是他所谓的"潜伏锻炼"。只要目标在射程之内并已被精确瞄准，那么拿下它在数学上的概率是百分之百。在这种情况下，扣动扳机对他没有任何好处，他早就放弃了射击任何东西，包括野兔和鹧鸪。但是为了确保这场游戏是严肃认真而不是装模作样的，步枪必须上膛才行。"你估测距离的能力太让人吃惊了，简直是超能力。"奎夫 - 史密斯非常认可皮金的实力，他本人也是个敏锐的猎人：他已经核实过了，根据瞄准镜校准好的距离，仅仅相差十英尺（三米左右）就能命中目标。"这样的人可不能让他活命。"他说。然而，桑德斯的结论却让观众摸不着头脑。皮金就是艾伦·桑代克上尉，是国际闻名的猎手，实际上奎夫 - 史密斯也认识并赏识他，还了解他在非洲的英雄事迹。我们可以推断，三米的误差是皮金故意留的，他说的是实话，他从没想过对着希特勒的胸口开枪。真的没有。

电影随着情节的展开变得愈发扑朔迷离：我们无法确定桑代克是偶然碰上"元首"还是特意去找他的，尽管前者似乎不可能。无论如何，这部电影让人觉得，当桑代克看见具体的场景，当他意识到目标是谁时，他才有了杀死对方的念头。不，这个念头出现得还要更晚一些。在他假装开枪之后，在没上膛的步枪发出咔嗒声之后，在他摸了摸宽檐帽边，做出再见的手势并露出满意的笑容之后，他像完成了任务、再也没有什么可做的事那样，准备从希特斯加登别墅对面的高地撤退。就在这时，他脸上的表情突然变得严肃、焦急，仿佛他没有时间了，也更坚定了（没有过分坚定，但的确更坚定了）。就在那一刻，他意识到一场演练、一次模仿、一种玩乐——一次潜伏锻炼——能变成现实并改写历史。他意识到，他能给自己的国家与半个世界做一件大好事，可在一九三九年七月二十九日，没人能想到那会是一件多么大的好事。他的遭遇并不重要，他很难逃脱，重要的是激动的心情。于是他把子弹装进弹膛，只有一颗子弹，他确信自己能轻易击中目标，不需要再开第二枪。他再次抚摸扳机，即将扣动它，这一次会带来某种后果，个人的后果与历史的后果。片刻过后，"元首"就会变成血淋淋的尸体，从他即将占领并夷为平地的地球表面被彻底抹去，他四肢摊开躺在露台上，成了无用之物，一具尸首，一件肮脏的、碍事的废物，一副残骸。人们得像处理一只开膛破肚的猫那样把他弄走，在完满与虚无之间，在生机勃勃与死亡之间，在恐慌与怜悯之间，仅有一念之遥。

我没读过这部电影的原著小说，我已经说过了，但是电影从头到尾都没有向我们交代猎人桑代克真正的意图，因为任何事在没有彻底完成之前，在没有无法挽回并且毫无退路之前，都不算做成了。一片叶子从树上飘落，挡住了瞄准镜。皮金闷闷不乐地把它拨开，他一时转移了视线，但很快又回到原来的位置。他得重新瞄准希特勒，得让希特勒再次清晰地出现在镜头里，否则数学就无法完成它精妙的计算，猫会继续活着，四处游荡，会密谋策划，抓挠撕扯。但现在已经晚了，一片落叶足以让时间终结：巡逻的士兵已经发现他并向他扑了过去，唯一射出的子弹在双方的搏斗中不知去向。

一九三九年，如果有人在偶然间或是潜伏追踪时发现希特勒近在眼前且手无寸铁，肯定会做出同样的反应。谁不会犹豫地抚摸扳机，感受到想要冷血地开枪的诱惑呢？"是的，一桩谋杀，仅此而已。"正如经典作品中轻描淡写的描述。如果时间早于一九三九年，而且不是虚构小说中，人们更会那样做。因为跟弗里茨·朗的电影不一样,另一案例可不是虚构的:弗里德里希·雷克-马雷切文不是左翼分子,也不是犹太人、吉普赛人或者同性恋者,他和两任妻子生了六个女儿和一个儿子。他出生于一八八四年,比"元首"大五岁。他父亲是一名普鲁士政客和地主。他曾在因斯布鲁克学医,并在普鲁士军队担任医官,但由于身患糖尿病不得不放弃了军事生涯。他曾在美国水域的一艘船上当过短期医生。后来他搬到斯图加特定居,从事新闻和戏剧评论行业,随后又搬去了慕尼黑。他写过几本儿童探险小说,其中一本《蒙特·卡罗的炸弹》非常受欢迎,被四次改编为电影。通过以上信息可以推断,这是一个无害的人,不喜欢闹事捣乱。但他是个受过良好教育的人,头脑极其清醒,从纳粹和希特勒出现的那一刻起,他就鄙夷和憎恶他们。于是他从一九三六年五月开始写秘密日记,一直写到一九四四年十月,从一九三七年起他就小心地把日记藏在树林里,而且经常更换藏匿点,以免政府当局暗中监视他,因为日记一旦被发现他将必死无疑。直到他死后的一九四七年,这本日记才以《绝望者日记》为题出版问世。当时这本书的德文版并没有引起很大的关注,或许是因为那段历史刚刚结束,还没到要回忆它的时候。在近二十年后的一九六六年,这本书的平装本再度出版,并于一九七〇年被翻译成英语，题为 Diary of a Desperate Man，我读的就是这个版本。

雷克-马雷切文认为纳粹是"一群残忍的猿猴"，而自己则是他们的囚徒。尽管他从一九三三年起就成了天主教徒，但他承认自己的仇恨刻骨铭心。"我在这深渊里的生活即将迎来第五个年头。四十二个月以来，我思考的是仇恨，入睡时带着仇恨，梦见的是仇恨，醒来时也满腔仇恨。"他这样写道。他曾四次见到希特勒本人。其中有一回，希特勒在"一群警卫围成的屏障后面"，看起来根本不像个人类，而是"一个从鬼故事里走出来的人物，黑暗王子本人"。还有一回，希特勒出现在一家酒馆里，"他油乎乎的头发垂在脸上，大声叫骂着脏话。"这一场景使雷克根本没法好好享用自己的香肠和小牛肉排，他看见"那个男人试图勾引厨娘的样子"，简直"蠢到家了"。希特勒离开前向他鞠躬告别，这让他联想到"一个偷偷摸摸收起小费还攥紧拳头的领班"。至于他那双"像鱼一样忧郁乌黑的眼睛"则被形容成"两颗被按进黏糊糊的土灰色月亮脸里的葡萄"。早在一九二〇年，雷克与希特勒初次见面时，听完他不请自来地在一栋私宅里激愤的谩骂后，雷克和友人一有机会摆脱这位即兴演说家（仆人们很惊慌，以为他在对主人咆哮，马上就要攻击主人），就立马打开窗户让新鲜空气驱散"那种压迫感"。雷克指出,"这不是说房间里有一具肮脏的身体,房间里有的是别的东西:一个恶魔肮脏的灵魂。"尽管希特勒迅速崛起,但在与他第一次见面与最后一次见面的二十年间,"我对他的印象没有变化。可以确定的是,他一点也不喜欢自己,本质上他痛恨自己……"

这句引言与前几句一样,引自一九三六年八月十一日的日记(那天的日记很长),在那篇日记里雷克-马雷切文回忆起一九三二年的某一天(他没有给出确切的日期),他在慕尼黑的一家餐厅——巴伐利亚餐厅——遇见了希特勒。奇怪的是,希特勒是独自来的,没有平常跟在他身边的暴徒和保镖们的保护(那时候他已经是个名人了),他穿过厅堂,在雷克和他的朋友米克旁边的桌子坐下。希特勒察觉到了他们的观察和审视,"他十分不悦,脸上露出了仿佛是难得来这种地方的小官员的阴沉表情,但既然来到这里,他就得像餐厅里的绅士们一样得到细致优质的服务……"雷克补充说,那年九月街上已经不太安全了,因此他每次进城总是随身携带一把上了膛的手枪。我们这位虔诚的天主教徒,与世无争的七个孩子的父亲,为儿童和青少年写作的作家,受过良好教育的北方资产阶级不假思索地提笔写下了这样一句话:"在几乎空无一人的餐厅里,我原本可以轻松地给他一枪。但凡我能预感到这个人渣以后会扮演的角色，预感到他会让我们遭受数年的折磨，我当时肯定毫不犹豫地给他一枪。但那时我把他当成了连环漫画里的人物，所以没有开枪。"

与后来发生的事相比，一九三六年八月十一日还没有那么多苦难和凶险，可尽管如此，雷克-马雷切文依然觉得，如果他当时知道四年后，也就是他六十岁时所知道事——那时距离他死于达豪集中营还有八年半的时间，他会毫不犹豫地杀死一九三二年那个准备独自吃午饭的可笑之人。而到了日记里的那一天，希特勒已经完全不在他和几乎所有凡人可触及的范围之内了，他用一种颇有先见之明却令他痛苦万分的想法来安慰自己，让自己不再为在巴伐利亚餐厅错失的良机而难过。"无论如何都是没有用的：在上帝看来，我们的苦难早已注定。就算我在那时抓住希特勒，把他绑起来扔到铁轨上，火车也会在撞上他以前脱轨。有很多尝试刺杀他的流言。刺杀行动一次又一次落空。这些年来（尤其是在这片恶魔横行的土地上），上帝似乎睡着了。"这位保守的基督徒一定是失望极了才会责怪上帝没有在希特勒的末日来临前让人们成功杀死他，责怪上帝没有促成一场深谋远虑的谋杀。

出生于军人世家的雷克-马雷切文最终于一九四四年十月十三日被捕入狱，他被指控"破坏军队士气"（他因这项罪名被判斩首）。为遏制苏联进军德国东部，戈培尔招募了少年和老人组编成可悲的临时人民冲锋队，雷克声称自己患有心绞痛而拒绝加入，他还被指控高喊"荣耀归于上帝"，而没有按照规定喊"希特勒万岁"（连妓女都得在前戏和假装高潮时分别喊两次这样的口号）。此外，他还被指控干了些看似无关紧要但后果严重的事。在监狱里待了几天，他担心出现最坏的情况，监狱里还组织了一次模拟审判。但几天后，在一位党卫军将军莫名其妙的说情下，他被释放出狱。这位在他最后几篇日记里提到的"Dtl 将军"温和地斥责了这个比他大十岁的人（当时他已经年满六十岁了）。因此他得以回到家里，及时把这段经历写进私密日记中。如果这本日记被人发现，他会立即被送上绞刑架或者断头台。

然而，他于十二月三十一日再次被捕，可他已经无法记录这件事了。这次的罪名更荒谬——"侮辱德国货币"，他在写给编辑的一封信中感叹居高不下的通货膨胀让他的版税收入不断缩水。这回神秘的"Dtl 将军"没有出现，他没能重获自由。一九四五年一月九日他被转移至达豪集中营，在那个卫生状况堪忧的地方，他很快就病倒了。当时在那里的一名荷兰囚犯在证词里把他描述成一位可怜又糊涂的老人，他因为挨饿而十分虚弱，因为紧张而瑟瑟发抖，他没有从以往的经历中吸取任何教训。从这份简短的描述中，我记住了一个微不足道的细节，这种细节总是最让人难忘：雷克穿着一条短得极不合身的裤子和一件缺只袖子的意大利式军绿色外套。

死亡证明表示，一九四五年二月十六日，弗里德里希·雷克死于斑疹伤寒，但也有其他文献证明那天他被一枪击中后脑勺，或许就是一九三二年九月他没向那个人渣、那个小官员射出的那一枪，就是饥肠辘辘的希特勒躲过的那一枪，因为在懒惰而漫不经心的行刑人看来，他只是个笑话。

不能懒惰也不能漫不经心，不能错失机会，因为机会永远不会再来，我们或许还会因为猜疑、犹豫、怜悯或是害怕被烙上无法消除的印记——"我曾经杀过人"——而付出生命的代价，理想的做法是提前预判每个人将来会做什么，会变成什么样。但如果我们不能确切地知道已经发生的事，又如何能根据将来会发生的事而做出抉择呢？如果雷克-马雷切文无法在那间餐馆里朝"元首"开枪，那么他更不可能在林茨或施泰尔某所学校的门口轧死一个名叫阿道夫的奥地利男孩，不可能趁他是个小孩时把他装进密封好、装满石块的袋子——对，就像他是一只多余的野猫那样——并扔进河里，也不可能在时机成熟、自己年龄也足够大的时候去希特勒出生的布劳瑙镇用枕头把他闷死。即使那时雷克已经看到了许多预兆，"上帝的教导"让他完整地预见了那个婴儿即将带来和传播的一切，他也不敢考虑杀死他的可能性。在奥地利和德国边境一个寂寂无名、阴森幽暗甚至难以逃脱的地方杀死一个孩子或者婴儿，并向世人解释说，如果他继续活着，将来会杀死几百万人，会以前无古人的方式奴役并血染整个世界；所有人都会觉得他是个疯子，是个离经叛道的杀人犯，他自己也会这么觉得，尽管他能看清历史的全貌，能看出这个貌似无害的婴儿血管里隐藏的威胁，以及他会从慕尼黑、纽伦堡和柏林开始作恶的打算。

很显然，如果我们知道要杀的人是谁，他犯了或即将犯什么罪，杀死他能让人类免遭多少灾祸，只要开一枪、掐住他的脖子或者捅上三刀就能拯救无数条无辜的生命，那么杀人也变得没那么极端、没那么困难或不合情理了，只要几秒钟的功夫就结束了，人们就能继续生活——生活几乎总能继续，生命有时很长，没有什么会彻底停止。有时人们不仅会长舒一口气，还会鼓起掌来，不仅觉得卸下了千钧重负，还会因那场谋杀而感到感激、轻松、安全和自由，甚至会感受到短暂的快乐。

但即便如此，迈出第一步也是件难事：虚构电影里的桑代克和现实中的雷克，都没能在时机来临时扣下扳机，尽管他们都清楚地知道，一旦扣下扳机就能铲除邪恶，就能清除那个拥有"土灰色月亮脸"和令人沮丧、令人窒息的躯体以及"恶魔肮脏的灵魂"的人类毒瘤。没错，他们都意识到了这一点，但当时超出他们想象的灾难还没有发生。我们永远不会明白，令人恐惧的事情已经发生了，只有等到噩兆变成现实，我们才会有所行动，到那时再下定决心已无济于事，我们总是看到斧头高悬在空中或落在脖子上才想要杀死举斧头的人，才相信那些看起来像刽子手的人真的是刽子手，而且他们也会处死我们。尚未发生的事缺乏威望和力量，已被预见和迫在眉睫的事也不够分量，清晰的话语总是被置若罔闻，必须等到可怕的事实证实了一切，等到时机已过，一切无法解决也无可挽回的时候才追悔莫及。

矛盾的是，到了那时我们能做的只有惩罚或复仇，而这样代价更大，性质也完全不同；因为这不再是为了避免即将降临的灾祸或者其他可怕的事情了，反而在很大程度上有助于证明谋杀和杀人行动是合理的（这样的想法能发挥积极作用：这是为了避免重蹈覆辙，防止更多的不幸）。不，在这种情况下，那名犯罪者、背叛者或告密者可能无意再伤害别人，他不是个永恒的威胁，他应受罚的行为可能是恐惧、软弱或者混乱的产物，是一次例外。说到复仇，驱使你想消灭那个人的是怨恨，是想要获得补偿的渴望，是持久的仇恨或无法遏制的痛苦；至于惩罚，其实是对别人无情的警告，是想要以儆效尤，让人引以为戒，明确告诫别人，那样的行为有严重的后果，是不被容许的。黑手党就是这么运作的，他们不能原谅小小的失误，也不会免除数额极低的债务，以免立下不良先例，他们要让所有人明白，绝不能不尊重他们，绝不能偷他们的东西，绝不能欺骗或背叛他们，所有人必须对他们心存恐惧。事实上，这也是国家和司法系统的运作方式，他们自有一套庄严的仪式，只有在必要时和必须秘密处理时，才会免除：这样人们就不敢犯罪了，带头的大胆狂徒被惩罚后，其他人就不敢了。带头的也可能是自以为是或过于乐观的人，他本想碰碰运气，却被抢先了一步。

我的任务就是这种性质，惩罚，或是复仇，而不是防止个人犯罪或杀戮（至少结果不是立竿见影的），因此执行起来会更难。如果要复仇，那也不是为我自己复仇。我是被委派的，只是奉命行事，在等级森严的组织中，人们就算感到疑惑，或是觉得反感（你有感受各种情绪的自由，但不能表现出来，也不能说出来），也习惯于听从命令而不是质疑命令。实际上人们从一开始就接受了这件事，这是职责所在。今天，历史的每一枚棋子都被草率地审视，而这样做的人无视或忽视了一件事：如果这些棋子拒绝完成任务，会有什么下场呢？他们会遭遇和被害者一样的厄运，尤其是在战争时期，他们会被立刻替换：另一枚棋子会取代那个位置并执行任务，结果会是一样的，无论天堂还是地狱，有些人的死亡早已注定，正如雷克-马雷切文在谈及德国人的殉难时所说的那样。在和平时期或休战的时候，从对过去的一切不屑一顾的现在来看，在自以为比以往任何时候都更优越的当下，我们很容易狂妄自大地宣称"换作我肯定会拒绝，换作我肯定会反抗"，从而觉得自己既正直又纯洁。谴责勒死对手、扣下扳机和捅刀的人很容易，但是没人会静下心来想想他们除掉的人是谁，有多少条生命因此得到拯救，有多少人已经被那个人杀害，有多少人因为他的唆使、煽动、说教和精神控制而丧命，尽管有人不这么认为，但最后这种情况跟亲手杀人无异，甚至更糟（只会说教和挑唆的人不会沾染鲜血，他的追随者替他干了脏活，他们被灌输了思想的毒药，他们乖乖行动并且如他所愿地干出极其野蛮的事来）。

我已经退役很久了，已经"筋疲力尽"，"筋疲力尽"

这个词通常用来形容那些曾经有用但后来变得无用的人，那些卖命多年、耗尽生命的人，或者更确切地说，是那些别无选择、只能像停泊在干坞里的船只一样眼看着自己的技能、思维和能力消退或者变得迟缓的人。他们让我退出，我自己也同意了。那时，我发现了那场从一开始就设计好的骗局（正是那场骗局让我过上这种生活，干了这份工作，而我当时太年轻，不懂得拒绝），欺骗我的就是招募我的那个人，我最引人注目的上司贝尔特拉姆·图普拉，后来我叫他贝尔蒂，也叫他里尔斯比、乌雷、邓达斯、纳特科姆、奥克斯纳姆以及其他我不知道的名字，而在我漫长的服役生涯中，我也换过很多名字，我曾经短暂地使用过法埃、麦克高兰、阿韦利亚内达、霍比格、里卡多·布雷达、利、罗兰、克罗默－菲顿以及某个已经被我遗忘的姓氏，如果我努力努力是能回想起来的，因为一切罪恶都能被唤回，我曾经漂泊不定的人生中充满了罪恶，可一切结束后，我又开始想念它们，就像人们怀念已经逝去但曾经存在过的一切，欢乐与悲伤，激情与痛苦，它们不断迫使我们前进，又弃我们而去。

　　我已经回到了马德里，回到了我遥远的故乡，回到了我的妻子和孩子们身边，我已经错过了孩子们的童年，现在正小心翼翼地陪伴他们度过青年时代，仿佛还要征求他们同意似的。而她呢，在我连续十二年缺席她的人生后，竟然奇迹般地没有完全拒绝我，不只是十二年的缺席，还是十二年的沉默：在我四处躲藏的时候，为了不被发现，我不能冒险跟她联系，最好是所有人都以为我死了、出局了、找不着了，这也是贝尔塔开始有些认真地相信，但并不完全确定的事，也就是说，她时而相信，时而怀疑。更不可思议的是，尽管她以为自己成了寡妇，可以过得更自由，但是她既没有再婚，也没有跟任何人维持长久的关系，因此她没有把我彻底埋葬，也没有找人取代我，尽管用"取代"这个词已经不合适了。这不是因为她没有这样做的意愿和打算，她肯定尝试过，但是由于某种原因，这些关系都没有结果，我从没问过她这些事，我不认为自己有好奇的资格，这些事与我无关，就像我在外游荡的那些年做的事也与她无关一样。我甚至有一个留在英国的女儿，我后来再没见过，也从来没有跟别人提起过她，尽管她的名字和脸庞（对我来说她的脸庞不再改变，永远都是小女孩的模样）经常出现在我的梦中，她的名字是瓦莱丽或是瓦尔。如果她妈妈没有在我抛弃她们后为了惩罚我而改掉她的名字，她应该叫瓦莱丽·罗兰，归根结底，詹姆斯·罗兰只不过是个幽灵般的匆匆过客，他不会在任何地方停留，只会出现在伪造的证件中。

现在，贝尔塔和我不住在一起——经历了长时间的分居和假死之后，我习惯了没人看见我醒来的模样，没人了解我的生活习性，但是我们离得很近，她住在我们那套位于帕维亚大街的旧房子里，而我则住在皇家剧院另一边的勒班陀大街，我甚至不需要穿过马路就能从一个地方到另一个地方。她允许我去她家，我偶尔会像熟客似的在那里待一会儿，甚至还会留下来，和孩子们一起吃晚饭。我和贝尔塔有时甚至会睡在一起，就像旧情人那样，只是因为彼此熟悉或顾念旧情，而不是为了让旧情复燃，我们不需要暧昧不明地调情，也不需要生硬地诱惑彼此。我并不排除她会把我赶出去、换另一个男人的可能性，这随时会发生，可能就在明天，她过着没有我参与的生活，即使我回来了，她也不会觉得不自由。至于我自己，说实话，我并没有考虑在感情方面重新开始。仿佛我对女性多年来的利用（长久以来我一直把她们视为工具）让我失去了深入了解她们的兴趣，除了生理需要和单纯的发泄外，我对女性已经毫无感觉了。我变得情感麻木、干枯。我思考着那些幻想——我在孩子们身上能看到幻想，埃莉萨比吉列尔莫更爱幻想，仿佛它们是真实存在的，可拥有幻想的是别人，在遥远纯真的岁月里我也曾拥有过幻想，那时的生活截然不同，以至于我觉得那是我想象出来的，我很难相信那是我的生活。一九九四年回到马德里的时候，我还不到四十三周岁，至少我是这么认为的，我越来越记不清日子了；但我仿佛已经一百岁甚至一百多岁了，我站在不愿消失、甚至不愿转身离开的死人那一边。我指的是感情与期望，而不是性或本能。也许我在内心深处非常高兴自己能和贝尔塔找回一些过去的影子（逢场作戏也好，镜花水月也罢），我没有更多的期待，也没想过要探究她的眼睛和身体之外的东西。我不敢清晰地表达自己的感受，但这可能就是我的感受。

没错，他们已经让我退出了，我自己也同意了，这是双方共同的决定。我彻底清醒了，厌倦了，我宣布自己背弃、或者说逃离了组织，不知道军情六处、军情五处或其他国家的情报机构是如何称呼这种行为的，他们觉得我已经被充分利用、再没有别的价值了："我们不会像几年前那样想念你了，你已经好多年没行动了，再也没有什么能阻止你离开。"这是贝尔特拉姆·图普拉的回答。这个男人亲切和蔼却心无挂碍，因而显得冷漠，至少我是这么认为的。他随心所欲，对一切都漠不关心。他是那种走路时会把大衣披在肩上，让它像披风一样飞起，不在乎肆意飞扬的下摆会打到别人的人。他失手杀害了很多无辜的人，却从不回头看他们一眼。他觉得这个世界就是这样的,或者至少他开展行动的那个世界就是这样的。

我没想到还会再见到他、听到他的声音,我在伦敦跟他告别时,甚至不愿意握住他大大方方伸过来的手(欺骗或者冒犯别人的人是不会反省的;他们甚至常常试图让自己忘记这件事,因为人们总是会低估自己给别人造成的伤害,却高估和放大别人对自己的伤害)。他潇洒地收回手,点燃了一支香烟,仿佛他从来没有向我伸过手似的;他毫不在意我鄙夷的态度。我听命于他长达二十年,当我不再为他效力,我就被彻底抹杀了,变成了一个无关紧要的人,一个一切行为都不值得他回应更不值得他探究的陌生人。对于一个退休的特工,只需要监视他,确保他不会说漏嘴,把不该也不能说的事说出去。特工们了解这一禁令,他们不会这么做,但也有些自暴自弃甚至一心想要自我毁灭的特工:他们酗酒吸毒、意志消沉、悔不当初,他们想要寻求救赎,或者得到惩罚,他们赌博并欠下无力偿还的巨额债务,他们在传统宗教或时新的歪门邪道中寻求庇护,无论哪种都很荒唐;他们四处炫耀,想让别人知道自己一生中曾经做过的有价值的事,无法忍受自己的功绩没有留下任何记录,最终他们因为保守秘密而压力重重。他们认为只有当秘密不再是秘密时才有意义,在他们有生之年至少该揭秘一次。一个人在将死之际（很多人在此之前会数次误以为大限已到），他往往并不在意自己最后说的话、做的事会有什么后果，现在人们不太相信葬礼上的赞美词，也不太相信死者会被永远铭记。众所周知，事实上一旦过了最初悲恸的几个小时，就没有人会被铭记。而在那几个小时里，人们更多的是感到震惊与恐慌，而非怀念和追忆逝者。

因此，当我在马德里的英国大使馆的办公室里，接到他打来的电话时，我惊讶极了。我曾经离开了大使馆那么多年，如今却很容易就回到了那里。事实上，得益于过去的牺牲，我还被安排了一个更高级的职位。我的记忆力仍旧很好，但是跟以前服役时还是没法比，那时候我能把谎话和伪造的身份衔接得天衣无缝，完全不会自相矛盾或疏忽大意。于是，我完全忘记了彼得·惠勒教授告诉我的话，那时我还年轻，在牛津大学读书，经常在放假期间回到马德里，回到我的家人和那时的女友——贝尔塔身边。惠勒是最早看出我能派上用场的人，他试探我能否为情报局效力，预见到我极可能具备学会说不同的语言、模仿不同的发音和口音的能力。所有人都说这是一种天赋，但对于那些从小就拥有它的人来说，未免夸张了些。也是他给我和图普拉牵线搭桥的，然后他就退到一边，实际上，他把我交到了图普拉的手里,就像一只把玩具交给主人的狗。当时有传闻说他在二战时期曾从事间谍活动,现在组织有需要的时候他也会帮忙,或许是帮忙发掘人才,发掘那些因为某种特殊原因脱颖而出的学生吧。他曾这样说:"一旦加入情报局,那么跟你联系的永远是组织。联系频率的高低取决于组织。你不能离开组织,这么做是背叛。我们永远侍立等待。"回忆起最后这句话的时候,我的脑海里浮现的是英文,这是我们之间使用最多的语言,尽管他是个出色的西班牙语和葡萄牙语学者,但他觉得使用英语更舒服,能表达得更准确。"We always stand and wait."(我们永远侍立等待。)当时我觉得这句话听起来像是引用或暗指了某句名言,如今我已阅读了大量的书籍,再次回忆起那句话时,我意识到他是在暗指约翰·弥尔顿的一句著名诗句,尽管原诗中两个动词的含义与那天下午惠勒在他家里赋予它们的含义完全不同,他还说:"从前几年开始他们几乎不再找我帮忙了,但偶尔的交流还是有的。如果你对他们还有用处,那么你永远无法退出。就得这样为国家效力才不会落到流亡的下场。"我察觉到他的语调里夹杂着悲伤、自豪和宽慰。

我确实以为自己已经彻底全身而退了。回到我的第一祖国西班牙后,我觉得自由却无用,我觉得自己被舍弃、被放逐，甚至有点儿发臭了，我没有意识到，每天早上去办公室上班时，我会再次踏入英国的领土，归根究底，我听命于英国外交部，从英国外交部领薪水。多年来，我一直更偏爱自己的第二祖国：我曾经充满激情、毫无顾忌地加入他们，成了一名爱国者，这是我在长期受佛朗哥主义侵害的第一祖国从未有过的。如果我没有忘记惠勒的那番老生常谈，图普拉的声音就不会让我措手不及，更确切地说，不会让我觉得意外。因为让我惊慌失措的正是那通电话，它提醒我只要还能为国家、为大业服务，只要还能为他所谓的"保卫王国"做贡献，就绝不会有人发臭，也不会有人能全身而退。"保卫王国"这个概念过于宽泛和模糊，能适用于一切，包括看似与国家和日落西山的王国毫无关联的事物。"一旦加入他们，就不能离开。不能退出，跟你联系的永远是组织，联系频率的高低取决于组织。"惠勒那番话的意思是，只要对情报局有利，或者特工筋疲力尽、变得无用时，他们就会舍弃现役特工，但是反过来可行不通。情报局如果再次需要他们，就会重新招募他们；情报局需要他们，随手一挥，他们就又变成了现役特工，或者至少情报局会努力这样做。

那天晚上，在不情愿地安排好过几天与图普拉的见面之后，我仔细思考了这件事：我们这种组织和黑手党极其相似，你可以加入也可能被驱逐——驱逐通常是彻底的，被驱逐的人往往还会被逐出这个世界，被剥夺生命——但是你不能主动退出；如果像我一样，双方达成了一致意见，慢慢地你就会发现，无论时间过了多久，你只不过是在休假或者暂时离开而已。你曾经为之效力过的那些人掌握着关于你过去的所有信息，他们了解你奉命做的每一件事，因此也具备歪曲事实、给你安上莫须有的罪名的能力。他们只需在谎言中加入一点真相，谎言就会变得十分可信，且毫无破绽。我们落在那些了解我们过去的人手里，最有可能伤害我们的恰恰是那些在我们年轻时就认识我们、塑造我们的人，更不用说那些雇佣我们、对我们还不错甚至帮助过我们的人。没人能逃脱，没人能逃脱经历过的痛苦与所作所为，没人能逃脱曾经遭受过的侮辱、无法战胜的恐惧，以及在证人面前和在证人的帮助下不断索取的补偿。这就是为什么许多人痛恨或者无法忍受自己过去的恩人，把将他们从困境和痛苦中解救出来甚至救过他们一命的人视作最大的危险和最大的敌人；那是他们最不想见到的人。毫无疑问，图普拉就是我最大的敌人，他是这个世界上为我付出最多、伤害我最多、最了解我人生轨迹的人，他比贝尔塔，比我去世的父母，比我的孩子更了解我——他们对我一无所知。此外，贝尔特拉姆·图普拉还是个诽谤艺术家。

让我觉得奇怪的是，他竟然愿意飞来马德里，他没有试图劝说或逼迫我去伦敦，没有让我去他提议的无名大楼里见他，我猜我们告别时他在那里工作，我怀疑他在那里策划着什么阴谋：他曾经带我去过那里，并安排我做了几项视频测试，他认为我没有通过，还跟我谈起了我缺乏的、只有少数人拥有的才能，他称拥有这种才能的人为"生活阐释者"或者"人类阐释者"，这类人只需看一眼，或者交谈几句，甚至观看一会儿某人的录像就能预测他们的行为，他想当然地认为自己就是这类奇人中的一员。他想召集一群这样的人，恢复二战时期存在过的一个部门，并按照他的意愿重建；或许他已经正式申请过了，并在我们没有见面的那几年里获得了批准，那时我在干坞里搁浅，迫于无奈在一座英国小镇里流浪，几乎所有人都以为我死了。而且，仍然还有很多人以为我死了，死人是没有新闻的。

在我回马德里之前，我们再次见面的那一天，我斥责了他老套的欺骗手段，我没有问他而他也没有告诉我，他究竟在做什么，为什么要这么做。图普拉是那种擅于套别人的话，自己却极少透露信息的人，他想获得所有信息，自己却什么都不肯说，或者仅仅在迫不得已时为了完成任务与阴谋而透露极少的信息。而且，我当时并不在乎他在做什么，也不在乎他有过什么际遇。事实上，我赴约时往风衣口袋里塞了一把宪章武器卧底左轮手枪，以备不时之需，他们允许我在流亡时保留那把小左轮手枪，它陪伴了我在那座有河流的城市里所有的时光。在那一瞬间——只是在那一瞬间，瞬间过后是几小时，几天，甚至漫长的几年——只有给他一枪才能让我满足。但这样的话我下半辈子就完了，我最渴望的不过是远离那个世界，回到我唯一能去的地方：马德里。马德里是被我遗忘、又被我记起的妻子和陌生的孩子。我发现他们还在原地，他们不情愿地接受了我，或者说，至少他们没有彻底拒绝我，这样的结果差强人意。在那种情况下，我并不希望图普拉再次出现，我不指望他会带来什么好事，他带来的永远是纷繁复杂的一团乱麻。我还以为自己已经永远把他抛在脑后了，而他把我抛得更远，比永远还远。

无论如何，我敢肯定，他来我的城市除了跟我会谈之外，还有其他事要做，不然未免太重视我了，会让我受宠若惊的。里尔斯比，邓达斯，乌雷，没有人会那么重要。他在电话里表现得彬彬有礼，说了些讨好我的话，但没到谄媚的程度，他不是这样的人："我知道上回我们不欢而散，托马斯·内文森，但看在过去的份上，这回你能帮我一个大忙。"他这样称呼我,而不是像曾经习惯的那样叫我"汤姆",或者只叫我的姓氏,他叫了我的全名,并且用西班牙语的发音方式念了出来,托马斯·内文森是唯一完好如初、未受污染的名字,是我从来没有在秘密行动或他委托的任务中使用过的名字。也许他这样称呼我,是表示承认我现在恢复了原本的身份:一个土生土长的马德里人,英国男人和西班牙女人的儿子,一个来自钱贝里区的男孩,最后这一点尤为重要。"所以,现在他是来求我帮忙的。"我想。我难免产生了一丝窃喜:"现在是他仰仗我,我终于有机会可以报复他,拒绝他,让他见鬼去,当着他的面摔门而去。"但是图普拉很会扭转局面,他立刻就把他的请求变成了他能帮我的一个忙:"嗯,你不仅是为我效力,也是为一个西班牙朋友效力,在生活的国家里有个对你心存感激的人还是挺好的,尤其是这个人很重要或者即将变得很重要的话。你现在在马德里生活,这件事由你来做再适合不过了。让我们见一面吧,让我们心平气和、抛开疑虑地见一面吧。让我把事情跟你解释清楚,你再决定要不要接受这个任务。如果我不确定你是最合适的特工,也不会邀请你;更重要的是,你是唯一有可能成功的特工。过去我们的合作卓有成效,不是吗?你很少失败,你不知道你那些同伴,那些干了好多年的家伙失败过多少回,你和我一起工作了二十多年，没错吧，还是不到二十年？我记不清了。总之，几乎没有哪个特工能坚持这么久。他们耗光精力或犯错的速度快得让人遗憾。你不一样，你坚持下来了。坚持得够久。"

他还管我叫"特工"，在我看来这就是最大的恭维，我退役已经快两年了，而且我坚信自己已经永远地、彻底地退役了，我坚信曾经占据我大部分生命的那一切已经结束并且永远不会重来，我的记忆跟植物人和梦游患者的记忆类似，遗忘和回忆同时发生：白天的时候，我努力忘记自己曾经做过、别人对我做过和我被逼无奈做的事，尤其是那些我临时起意做的事（我经常接收不到指令，只能自作主张）；而晚上做梦的时候，我的脑海里装满了往事，或许这样我就能在天亮时，在梦醒时把往事赶走。

我觉得既失望又厌烦，图普拉也觉得我已经没有用处了，或者说，我觉得自己被压榨殆尽了。我想离开，他们也毫无愧疚地放我离开了。我发现自己之所以开始特工生涯是因为一场骗局。但是，经过了漫长的岁月，还有谁会记得虚无的开始呢？在一场漫长的恋爱中，是谁先迈出第一步，是谁先做出努力，是谁先想要确认关系，是谁先看上的谁，是谁先示好并让对方产生爱意或性欲，让对方用前所未有的眼神注视自己，探究这些重要吗？时间会消除时间，后来者会抹杀掉给自己腾出位置后离开的先来者；今天不会和昨天团结起来，而是会取代它、赶走它，在那个几乎没有任何记忆的领域里，如果两者接连到来，那么先来后到的顺序就会消失，一切会变成一团乱麻，你根本无法感知那些有可能存在最终却没有存在的事物，那些被舍弃、被抛弃的事物，那些无人在意的事物，或是那些试图存在却没有如愿的事物。没有发生的事缺乏活力甚至无法被分辨，它迷失在现在和将来都不会存在的事物的重重迷雾里，没有人在意那些从未发生过的事，连我们自己都不会在意那些没有发生在我们身上的事。因此，开端并不重要。一旦事情发生了，发生的过程便会失去意义，同样地，一旦人生步入正轨，甚至一旦学会了走路，便没有人会思考自己为什么会出生。

图普拉一点也没变。时间没过去多久，虽然在我看来仿佛已经过了一辈子：当你觉得事情已经圆满解决，当你剪断了一条延伸几十年的线——一段爱情、一段友谊、一份信仰、一座城市或一份工作，支撑过这条线的一切都会以可怕的方式飞离，并混淆我们的感知力。对我而言，图普拉属于那种会突然间老好几岁，随后数年保持该年龄的人，仿佛他每变老一次就能无限期推迟下一轮岁月的重击，仿佛他能改变自己的外貌,而且只要他自己愿意或者同意就行。就好比有一天早上他对着镜子说:"是时候让自己看起来更受人景仰、更有威望、更有资历了。来吧。"过几天他又说:"这样挺好,这样就够了。保持住,等待新的指令。"在我的印象里,他不仅能控制与他的阴谋和目标相关的一切,还能控制他外貌衰老的速度。或许他把衰老分摊给了他的几个化名,我记得承担他衰老的一共有六个名字。这种结果让人困惑不安,仿佛你面对的是一个能让时间(至少是他面部的时间)服从于他的人。二十多年前,我第一次在牛津见到他,我懒得计算精确的时间了,从那时起已经过了四分之一个世纪,但是从他脸的上看不出来,看起来像是顶多过了十年,而且还是不残酷的十年。不过他的确染过鬓角的头发,早在英国时我就察觉到了他这种卖弄风情的做法。

尽管是他主动找的我,但我还是让他来选择见面的地点,即使下属不再敬重上级,鄙视他,怨恨他,以他为耻,甚至希望有一天能一枪毙了他,可等级制度并不那么容易作废。让我觉得奇怪的是,他竟然在寒冷的冬季提议在一座花园里见面(时间是一九九七年一月六日[①],对他来说西

[①] 1月6日是三王节,西班牙的重要节日。——编者注(若无特殊说明,本书注释均为译者注)

班牙的节日是不存在的,他不了解这些节日,而且对他来说节日并不能作为借口),那里离我家——勒班陀大街上的那间阁楼——要比他在马德里逗留期间的活动区域近得多,我估计他在英国大使馆附近活动。他没有告诉我任何与我无关的事,没有留给我电话号码,没有提他住在哪家宾馆,他也许住进了英国大使馆给贵宾准备的房间,也许住进了英国文化教育协会的某位官员或者英国学院的某位老师家里,我在英国学院一直念到十四岁,后来进了马德里私立研习学校,贝尔塔在那里待了一辈子,我们年少时就是在那里相识的。

图普拉是个很有权势的人,现在我相信了,不仅在这个领域和他自己的国家,在那里他凌驾于几乎所有可见的政府部门之上,警察就更别提了,他很快就在牛津从莫尔斯中士或者别的什么人那里证实了这一点,他可能也凌驾于那些穿制服的军人之上,我不了解他现在的军衔或以往的军衔(他肯定凭借军功获得过晋升),他看起来跟平民无异。至于那些隐藏的政府部门,那些鲜少露出真面目的政府机构,他可能经常糊弄他们,或是在他能预见怀疑的神色和等同于无言的拒绝的长久沉默时,决定不找他们商量。更何况,对那些部门来说,有个自作主张、不服从、不请示的下属也有好处,如果事情办砸了或者闹大了,他们就能坦诚地说自己对此一无所知。图普拉在欧洲和英联邦的大部分国家也很有权势，谁知道他在美国和亚洲盟国是否也如此。他一向如此，不愿让人轻易找到他，也就是说，他不愿意被人发现或跟人偶遇，这样他就能让别人按照自己的条件和时间行事，就能成为主动联系和率先现身的人，就能成为随时随地都领先别人一步并掌握主动权的人。他讨厌别人向他提要求、提问题，但是他却不停地要求别人，给别人制造困难，苛求别人干出了不起的事，给别人下达各种指令。

我比他早到，于是在他约我见面的小花园里，我找了一张无靠背石椅坐下。那是位于马德里老城或奥地利区的一小块绿地，毗邻稻草广场，僻静狭小。不是安格洛纳王子花园，因为那座花园几年后才对外开放，但在我摇摇欲坠的记忆中，那座小花园与安格洛纳王子花园类似。（我的记忆变本加厉地嘲弄我，有一些名字、时间和细节在我的脑海里形成了清晰的画面，但是同时期的其他事物却模糊暗淡。）由于那天很冷，我戴着一顶宽檐高帽，帽子不像是西班牙或英国式的，更像是荷兰或法国式的，贝尔塔说，它让我看起来有点儿像水手。四十五岁时，秃顶问题并没有困扰我，但我的确掉了些头发，我顶着"有趣"的光秃秃的鬓角，不过幸运的是，发际线没有再往后移。我暂时没有摘下帽子，毕竟我在户外，我始终无法摆脱进屋脱帽的礼仪，除非我假装成一个更粗鲁的人。鉴于那天是节日，气温也很低，那里的空无一人并没有让我感到奇怪，事实上让我觉得奇怪的是，那是个开放的场所，我并不认为图普拉事先了解这一点。附近的广场上有几家人在散步，孩子们带着当天收到的礼物四处展示，几个大人拿着包装好的三王节国王饼。尽管还没到适宜的季节，但几处户外餐区已经摆出了桌椅，马德里人对上街的热情促使不少人去那里落座，他们穿着厚厚的衣服，享用迟到的早餐或前菜。三王节那一整天都是迟缓而平静的。马德里人无法忍受待在室内。

几分钟后，一个身着冬装的女人走进花园，她戴着一顶羊毛帽，看上去约莫三十岁。她朝我坐的石椅看了一眼，表情显得有些不快，仿佛是我侵扰了她的地盘，然后走向另一条隔着一定距离的石椅。我看见她的眼睛是蓝色的，她从包里拿出一本书，那是七星诗社全集中的一本，我们这些已经读过全集的人是不会认错的。出于好奇我努力想认出是哪一本，在她开始翻阅前我似乎看到了作者的画像，好像是年轻时留着浪漫主义发型的夏多布里昂，因此那部作品可能是《墓中回忆录》。我不禁怀疑是图普拉派她来的，让她陪同或是让她在远处作见证。尽管他做事毫无顾忌，常常表现得冲动鲁莽甚至凶狠暴力，但他是个学识渊博且喜欢卖弄的人。像我一样，他在牛津大学念过的书并不是白念的（近代史范畴内的中世纪史，他曾经带着抑制不住的自豪口吻告诉我，考虑到他的家庭出身，进入这所大学是他年轻时取得的最大成就。为了避免吹嘘自己并不具备的品质，他还说："那段经历让我更深刻地认识了人性，在日常、文明有序的生活中，现代人或许不同于古人，但在关键时刻，他们仍会瞬间变得野蛮，而我们比大多数人都更频繁地经历这种时刻。但我从来没有以此为业，我的水平不够。"），他曾经是惠勒教授的学生，并不是教学意义上的学生，而是更宽泛、更深刻意义上的学生，与人格培养有关。在寒冷的一月，在稻草广场旁的绿地上，一个女人独自一人阅读着法语版夏多布里昂的作品（她已经摘下了右手的羊毛手套，戴着这种手套没法好好翻阅用字典纸印刷的七星诗社作品），颇有舞台剧和精心准备的人物画的味道，抑或是我难以参透的晦涩警示，迫使我提前凝望死后的世界，我曾经在那里度过了数载光阴，至少对于我的亲朋和仇敌来说是这样，对于那些为了复仇或为了正义想杀死我的人来说是这样（受害者几乎分辨不出两者之间的差别），对于那些追踪我的人来说是这样。如果这是矫揉造作、无法破解的警告，那我已经接收到了，因为来世的念头已经渗入我的脑海。那个年轻女子埋头看书，在我等候约见对象时没有再抬头看我。

图普拉晚到了七八分钟，这也是他的行事风格，让别人等他，不至于很过分，但总会让人等一小会儿。他没有像平常那样披着深色大衣，而是穿在身上，还系上了扣子，马德里最冷的时候比伦敦更冷。大衣下摆一直延伸到小腿肚，正如八九十年代流行的那样，一条浅色围巾，还有跟我一样的黑色皮手套，我们的穿着非常类似。他依然迈着坚定而慵懒的步伐，仿佛永远不会着急，世界得在他融入与他相关的各种状况前暂停。他怎么会失去有力的步伐呢：实际上他只比我大了几岁而已，虽然我在认识他的时候就觉得他比我多活了几辈子。现在他也许没有领先我那么多了，因为从那个遥远的时刻开始，我也已经活了好几辈子，甚至还丢过一两条命，我曾经在尸体没有发现的情况下被宣告死亡，贝尔塔也曾经正式成为寡妇，还领了赔偿金。在他走进花园的那一刻，我看向坐在另一条石椅上的那个年轻女人。她没有抬头看那个闯入她地盘的新入侵者，这让我确信是图普拉派她来的。为什么，谁知道呢。也许他不信任我，担心万一我改变主意。他在我旁边坐下，解开大衣下面的几个扣子，方便他灵活地跷起二郎腿，他取出一根烟，还没说一句问候我的话，就把烟点燃了（他只朝我点了点头),仿佛距离我们上回见面只隔了一周。也就是说,他似乎依然把我看成每天在他手下干活儿的人。从一九九四年起我就不再给他干活儿了,永远不再给他干活儿了。

"我喜欢观察研究刻板印象,"他对我说,"你有没有注意到每一部谍战片里的角色都会坐在长椅上?仿佛坐在同一张长椅上是一件很平常的事,仿佛是个巧合。即便旁边还有五张空长椅也是如此。这实在太荒谬了。至少在这里并不成立。"

第二章

"像牲口一样死去的人,什么样的丧钟为他们而鸣?"我忽然想起了一九一七年风靡英国的那首诗①的第一句,写下它的是一个二十多岁便与世长辞的年轻人,他与成群的人一同死去。图普拉的出现几乎永远预示着死亡,围绕着死亡,让人回忆起死亡,曾经的死亡或以后的死亡,过去的死亡或未来的死亡,遭受的死亡或施加的死亡,有时是我们亲手施加的,这种情况不多,更常见的是通过低声细语间接达到目的。图普拉的死者不会像牲口一样死去,在和平年代这种事只会在我们的世界里偶然发生,我们处于

---

① 指英国诗人威尔弗雷德·欧文(Wilfred Owen,1893—1918)写于1917年的诗《青春挽歌》("Anthem for Doomed Youth"),这是一首反映战争残酷、哀悼年轻生命殒落的十四行诗。——编者注

表面和平的年代，尽管对他来说，世界处于一种永久的战争状态，而大多数人对此毫无察觉。为了不让人们察觉到这些，为了让人们能夜以继日地维系自己微不足道的贪念、琐事与烦恼，必须有像他或过去的我那样的人，必须有不眠不休、永不轻信的守望者。对他来说，《诗篇》中的这句话并不适用："若不是耶和华看守城池，看守的人就徒然警醒。"他知道耶和华并不存在，更不会看守任何东西，即便耶和华真的存在，要么是在打瞌睡，要么是在开小差。而真正守城的人从不午睡，更谈不上休息，因为他和他的手下是王国唯一的守护者。

不，死于图普拉之手的那些人都是活生生的个体，虽然不一定有名有姓，或者不一定知道他们出生时的姓名，但他们都有面孔。很久以前，图普拉就用箭或靶心来标记他们，他们在办公室或酒馆里被处死，他们是独自死去的，配得上丧钟，也得到了丧钟，丧钟也为他们而鸣，为了他们的故土和家中的每个人而鸣，在那里，尽管他们犯下了严重的罪行，却依然深受爱戴，就像丧钟或许曾经在希特勒的家乡布劳瑙或是在他曾经上过学的施泰尔或林茨为他响起，有人会回忆起他年幼时在那些地方生活的模样，会为他偷偷哭泣。因此，不会遗忘也不会迷惘的是死去的人，在他们生前，我们曾与他们打过交道，甚至和他们结下了并不虚假的友谊，我们还曾和他们聊过一些逸事，分享过一些或真或假的回忆。"女孩们苍白的额头将成为她们的裹尸布。"那首诗里还有这么一句，我没记错的话，诗的结尾这样写道："每个渐暗的黄昏是一次次帘幕的降落。"

图普拉、乌雷或者里尔斯比（叫什么都无所谓）在马德里想让什么样的帘幕降落，他究竟指向了哪扇窗户，哪座阳台？在三王节寒冷的上午，他想让谁的额头变得苍白，我忍不住这样想。从外貌上看，他还是跟以前一样，守城人不允许自己有任何变化，否则城池就会陷落，就会被攻占；从精神和性格上看，他也没有变老，或者暂时还没有变老，等他不再警觉的那一天，他会明白自己该如何退到一边。如果他想见我，约我在一个无法被窃听的地方见面，那么他就是为了某项任务而不让我继续做"缺席的特工"，他们这样称呼被开除或自行离开后仍受惠于情报局的退休特工，我指的是在经济方面，因此这些特工并没有完全独立于他们，还能被远远地控制。那些领取补贴的人，要么已经年老体衰，到了退休的年纪，占着闲职，领着能勉强度日的薪资；要么还年轻，但是已经精神错乱，彻底丧失了动力，并且完全派不上用场。（英国秘密情报局以从不撤下任何人为荣，连叛徒都不会被完全撤下，只要他们忠诚有效地履行了部分职责，或者过去并不是叛徒。）因为从主观上说，没有人在全力以赴地服役十年或二十年后还能保持年轻。有些人留下了太多可疑的痕迹并且已经精疲力竭，于是被安排到某个办公室工作，明明已经三十五甚至四十岁了，还会当着同事的面在办公桌前突然大哭起来，没有什么显而易见的理由，也没有人跟他们说过什么，就像一些老年人常常做的那样——因为某件蠢事、某部电影、某段音乐、某种别人根本无法理解的隐秘情绪、秘密回忆，或是仅仅因为见到了一个孩子而热泪盈眶。他们见到孩子时会这么想："趁现在好好享受吧，你还什么都不懂，还没有时间做成什么事，没有伤害什么人，尽管别人可能已经伤害过你，这是你一出生就无法摆脱的，难的只是第一步而已。你不知道，早晚有一天你会变得跟我一样年老，你甚至无法理解什么是'年老'，也许你在看着我、你的爷爷和奶奶或者那些袖子沾灰、坐在公园里的老人时，明白了什么是'年老'，但你觉得与自己无关。而更让你难以想象的是那些将会为你敲响的丧钟和为你降落的帘幕，如果到那个时候这些旧习俗仍被保留的话。这些旧习俗是没有未来的，很可能只有一些人口稀少到每个人的生死都会被察觉的小地方才会继续沿用它们。好好享受吧，趁着你还小，趁着你还什么都不懂，趁着还没有什么人利用你，趁着别人给你下达的命令还很简单，趁着还没有人迷惑你的良知。好好享受吧,趁着你还不知道自己是谁,也不知道自己会变成什么样的男人或女人。好好享受吧,趁着你还没有良心或者只有最基本的良心,良心是会被不断构建的,而且不幸的是,没人能阻止这件事。但良心的构建是一个非常缓慢的过程,所以好好享受这段不用向任何人交代也不用听到任何遗憾的漫长时光吧,即便你现在还不懂。"

"我想他们那样做是为了不让任何人听见他们的谈话,"我说,"户外装不了窃听器,除非是谈话双方中有人携带了窃听器,但我们为同一个目标共同努力,应该不会给对方下套,对吧?不过如果有一方不参与、拒绝的话,那就是另一码事了。"我影射了他最初的那场骗局,但是他没有任何反应,他沉默着,对他来说,那只是一段毫无意义的插曲。不管他花费多少力气,我都无法像从前那样给他提供那么多价值了,对他来说,我只不过是他手下几十个人中的一个而已。"室内可能有窃听器。酒吧、咖啡馆,只要提前知道地点就行。我想正因为如此,你才选择了这个位置优越却不为人知的地方吧。这里离我住的地方很近,但我并不知道它的存在,我以前从没来过这里。"我抬头指指那位年轻的女读者。"这里唯一的危险就是她,但是她离我们有一段距离，而且她似乎在专心致志地阅读夏多布里昂的作品，至少我是这么认为的。要是她看我一眼，那也是因为她希望我们赶快离开，好占了我们的石椅。尽管她那张椅子上有阳光，这在一月份可是件好事。她要么恣意任性，要么是习惯的奴隶。"

我无法确定，我故意用"我们"这个词，究竟是为了向他强调我不会再容许任何欺骗和真假参半的谎言，还是因为我过去的习惯才不小心说出来的。要是一辈子都遵循同样的习惯，那么很容易就会重蹈覆辙，而我这一辈子都觉得我和他是"我们"，即使我感到孤独，我也仍然属于"我们"。这个"我们"能激发勇气，让人更有耐力，给予想象中的陪伴，能消除疑虑或至少分担责任。从第一天到最后一天，图普拉都是"我们"中的一员。事实是，他轻易地说出那些话，仿佛我从没有离开，也从没有当过"缺席的特工"，仿佛我没有沮丧、迷惘却念旧地做过两年悲惨的"我"。

"你看清她读的是什么书了？没用望远镜？这是个不错的兆头，说明你没有完全丧失那些技能。我就喜欢你这样。"

"过奖了，图普拉。随便哪个行人都能看见。她是谁？你应该知道吧。"

"我？你别异想天开了，汤姆，这是技能生疏的表现。"他毫不迟疑地挖苦我，这是我自找的。"我完全不知道她是谁。只不过是个有文化的马德里女人而已，到处都有这样的女人。"

我看了他一眼，又看了那个女人一眼。然后又在他和那个女人之间打量。他们肯定认识。而且她是图普拉喜欢的类型。不过他喜欢的女性外形有很多种——但他也不是什么类型都喜欢的，他懂得如何表现得不屑，如何忽视并伤害别人。他那双蓝灰色的眼睛完全不像英国人的眼睛，它们在他苍白的脸上没露出丝毫羞怯之意，而是毫不掩饰地向女性传达他的看法。我一直觉得，他看起来更像是南欧人而不是北欧人，他那深邃的眼神，丰满松软的嘴唇，浓密的睫毛和烟垢般的眉毛，富有光泽的啤酒色皮肤以及弗拉明戈歌手似的蓬松卷曲的鬈发。他从来不愿跟我解释他那奇怪姓氏的来源，如果他的姓氏是真的话。

"告诉我你想干什么。想让我帮什么忙。谁是你的西班牙朋友，是那个女读者的父亲吗？还是她的上司，她的情人？除此之外，我跟你无话可说。实际上我也不知道自己为什么要来。"

我很难厌恶他，我努力尝试过。在我遥远的青年时代，他对我做的那些事是无法原谅的，尤其是对于曾经年少的我——那个学生而言，而我已经无法再钻进那具年轻的躯壳。我早已不是那时的我了，而最重要并且无法挽回的是，我变成了另一个人，一个对任务深信不疑的人，一个勤奋的人，一个有着熟练技能的人，一个"我们"中的狂热分子。图普拉说我是热爱英国的爱国者，尽管我过去和现在都是个彻头彻尾的西班牙人。我没法确定这种变化、这种转变是如何、何时、又是为何开始的，很可能是我从事那些工作的自然结果，我毫无准备便已深陷其中了。你义无反顾地投身于某项事业，过了一段时间，感觉到自己的价值与作用后，便不再质疑那项事业，而是像迎接每一个日出那样毫无理由地拥抱它，因为正是它赋予了你的生命与生活意义。每个人内心深处都有忠诚的一面；即便是那些因为工作或原则而放弃忠诚的人也会为它保留位置，他们总是隐藏得很深，甚至可能连自己都没有意识到，只有在被揭穿时才会意外发现它的存在。忠诚的对象可能是一个人、一种习惯、一个地方、一座城市；可能是一家公司或一家机构；可能是一副让人久久无法忘怀的身体；可能是过去，以此保证延续性；可能是现在，以免与当下脱离；可能是彼此信任的战友；可能是以你为傲的上级，尽管他们从没这么说过，甚至永远也不会这么说。长久以来，贝尔塔一直是我忠诚的对象，不仅在情感上，在性方面也是如此。图普拉是我在工作上效忠的对象，他对我来说是代表英国的最高官员，如果我是水手的话，那么他就是船长。现在他再次出现在我面前，我再次感受到他散发的气息，我能肯定他是个和蔼的人，除非他现在变得尖酸刻薄、不屑一顾、暴力激烈或者好为人师。但即便他表现出糟糕的一面，听他说话也是很有趣的，他不说蠢话，也不谈琐事，很少会听到他说陈词滥调，而我们现在每天听到的是陈词滥调，读到的也是陈词滥调。他想变得亲切就能变得亲切，他经常开怀大笑，无法否认的是，只要他出现就能振奋人心，而我回到马德里后就一直情绪低落，也可能在那之前，我在留下了一个女儿的那座英国城市蛰居的那几年就已经那样了。图普拉给人这种感觉：有他的地方就有派对，就有世上的盐；他用食指指向哪里，用步枪的瞄准镜对准哪里，用他的眼神注视哪里，哪里就会有关键的事发生。

他把香烟扔在地上踩了一脚，然后马上点燃另一支烟，看得出来，他很可能是想驱寒。他还抽那种烟盒上绘着五颜六色埃及元素的拉美西斯二世系列香烟，看来这种烟在伦敦还能买到，可能是在史密斯父子烟草店、达维多夫烟草店或者詹姆斯·J.福克斯烟草店。可即便在这些能满足人虚荣心和猎奇欲的烟草店里，也买不到我年轻时抽的装在金属盒里的马尔科维奇牌香烟，它间接造成了我的悲剧。

这种香烟已经停产了,在我们死去之前,一切都会停产,完全没人考虑我们的习惯、我们的喜好和我们的忠诚之心。

他用点燃的香烟指向那个读书的女人,但没有看她。

"你说她读的是夏多布里昂。我想应该是《墓中回忆录》。"他提到书名时说的是英语,"我不觉得会有人读《基督教真谛》。"接着,他回答了我的问题:"你来是因为你觉得无聊,总有那么几天你不知道自己该干点什么好。你来是出于好奇,出于怨恨,出于疑心。你来是想搞清楚自己还有没有用处,毕竟我们大家都不是不可或缺的。你来是因为即使你觉得一切都无所谓了,但你曾经是局内人,做局外人让你无法忍受。你离开并不完全是出于自愿。是我们给你打开了门让你离开,当时你对我们没有太大用处了,但现在可不是。你来是因为你曾经从内部得知一切,而现在你一直在外面,完全不知道发生了什么、人们经受着什么样的折磨,这让你觉得难以忍受。尽管你过去也只知道部分的真相。不干预这个世界、不影响这个世界、不阻止或不尝试阻止灾难发生对你来说是很难做到的。一旦某件事情曾经发生过,它不再发生会让人很难熬。"

这是他惯用的说辞或者理由,至少他对我总是用这一套,可能对别人用的又是另一套。我们第一次在牛津见面时,他是这样跟我解释他的工作性质的:"我们干了些事,却又什么都没干,内文森,换句话说,我们没有干我们干的事,再换一种说法,我们干的事没人干过。它自然而然地发生了。"在年轻的我看来,这番话颇有贝克特的风格。

"做过举足轻重的人后,"他说,"要再做回无名之辈可不是件容易的事。即便这位举足轻重的人物是隐形的,即便几乎没有人会认出他。所以你来了。内文森,所以你出现在这里,而不是留在你妻子的家里和孩子们一起拆礼物。"现在他像过去那样称呼我了,直接叫我的姓。他一般称呼我的姓,或者叫我"汤姆"。"你是为了弄明白你还能不能再次成为举足轻重的人。但请你记住,按照惯例,这事只能你知我知;如果有需要的话,我们再找个联络员。"

"比如那个留着拿破仑时代长卷发的傻乎乎的莫利纽克斯吗?"我这样问他,以免立刻回应他的那番言论,他对自己的判断十分笃定,"你派给我的可真是个无礼的白痴。最后我只能强硬地对他。"

他笑了。笑得就像一个承认自己制造了恶作剧、回忆起来还觉得好笑的人。

"啊,对,那个年轻人莫利纽克斯。他现在混得不错,你别不信。当然了,现在没法要求别人太多。我们以前从来没遇到过这样的情况:现在招募新人一点儿也不容易,很多老特工都离开了,还有些没走的也跟走了差不多,他们除了本职工作之外，还给出价更高的雇主干活儿，比如一些英国的大公司、英国境内的跨国企业还有别的一些鬼才知道的机构。他们请假都能被批准，因为如果他们成了非现役特工，情况只会更糟。最好还是让他们去推动国家经济扩张吧，上司这样从爱国主义和实用主义的角度替他们开脱。只要对国家有利，他们不觉得商业间谍有多糟糕。问题是有越来越多的特工为两位雇主服务，这样非常影响纪律，而且容易让特工分心。但我担心这是时代造成的，而且事情可能还会变得更糟。我自己也得尽快考虑该怎么办，我收到的工作邀请也不少。事实是，现在想招到像你这样的人才已经不可能了。'铁幕'的落幕让我们丧失了吸引力，谁能预料到这些呢。"他又开始奉承我了，这次倒很坦率。他又说起了莫利纽克斯："没错，我的确派他去你躲了一段时间的城市找你，哪里来着？伊普斯威奇？约克？林肯？布里斯托尔？巴斯？我记不清了。但肯定是一座临河的城市。是埃文河？奥韦尔河？威瑟姆河？乌斯河？"

图普拉总是免不了激怒别人，免不了在鼓舞别人的同时打击别人，贬低别人的牺牲。他既喜欢鼓励人，又喜欢冒犯人，这是他鞭策人的两种方式。他很清楚我在哪座临河的城市隐居，也不是所谓的"一段时间"，我们用英语交谈，他用的词是"for a while"。对我来说那可不是一段时间，或许对他来说是吧。对我而言，那是永恒一般漫无尽头的煎熬，我甚至组建了一个临时的小家庭来度过那段艰难的时光，梅格护士和瓦尔，她们现在怎么样了？我相信她们过得很好，甚至可能找到了新丈夫和新爸爸。我每个月从马德里给她们汇钱，梅格从来不会回复我收到钱了，更不会说谢谢，但是支票都兑现了，这些英镑支票来自詹姆斯·罗兰名下的一个英国账户，对她们来说，那就是我在那座城市的身份。自尊和怨恨都是有限度的，因为她需要用钱。如果图普拉真想让我帮忙的话，那他就是在玩火。我很想起身离开，让他独自留在花园里，我想去帕维亚大街那栋曾经属于我而现在属于我妻子的房子里拆一件无用的礼物。

我很想这么做，但是我并没有。我忍住了，平复了那一瞬间的坏情绪，几秒钟后我甚至觉得图普拉的坏心思很可笑，他急切地想把手指戳进别人的眼睛里，但只戳一点点，绝不会戳得很深，戳到正好能让眼睛肿起来的程度。除非事情很严重，可那样的话他就不会用手指了，而是会用更糟糕的工具。我得惭愧地承认：他很了解我，或者说他很了解我们每一个人，了解每个先行者与后来人。也许我们没那么不平凡，我们曾经选择了那条对普罗大众来说不平凡的路，普罗大众一无所知、也不愿知晓，每天每夜只希望一切能平稳运行、各归各位。他猜得一点儿没错，说得也很准确："一旦做过局内人，做局外人就变得无法忍受了。"这句话让我看清了自己。他说的其他话也是，但是我并不需要它们。不管我最后多么厌倦，不管我回想起来感到多么悲痛幻灭，多么怨恨厌恶，但我还是很想念那种刺激……不，这太愚蠢了：我怀念的是服役的感觉，命令的感觉，行动与任务的感觉，等待的感觉，盲目或半盲目地保卫国家的感觉（我确实一直在摸索，我从未见过全貌，也许连图普拉都没见过，但他见过的肯定更多）。起初对我来说好比瘟疫与诅咒的那一切，让我无法入睡、胸口发闷的那一切，随着时间的流逝与阅历的增长，它们并没有变成支撑我的动力，而是变成了让我能平衡、理智地存在于这个世界的唯一方法。如果没有它们，我就是一具迷失在混乱的记忆中并被悔恨蚕食的行尸走肉。我只知道一种能避免这种结局的方法，那就是制造更多让自己在将来悔恨莫及的机会。

也许正是为了这个理由，有些人才会一次又一次地杀人，因为只有忙于新的罪行才能暂时抹去旧的罪行，全心全意，全神贯注投入于计划与执行。每当我想弄清楚为什么这些女人和男人——当然了，男人要多得多——纷纷重返毫无必要的迷途时，我就会这样想。我觉得一旦罪行累积到一定程度，就会产生类似于用麻醉剂甚至毒品麻痹精神的效果。对于那些尚存良知的人来说，杀死许多人比只杀一两个人更容易忍受，因为到了一定时候，良知就无法应对巨大的数字，它的承受能力是有限的，它会消失离散，会不堪重负，会装聋作哑。而那些让人们像牲口一样死去的人根本无暇分辨死者，更无暇为每位死者降下帘幕，那些人就这样晕染事实，让事实染上虚幻的色彩，把事实变成数字和肉体，数字越大，肉体越沉，他们就越麻木，罪恶感就会满溢出来，一旦到了他们无法承受的地步，罪恶感就会消失。不断地增加受害者的数量是那些屠杀者唯一的出路，不论独裁者、恐怖分子，还是那些宣布不必要的战争的部长或是建议和教唆他们的将军。所以必须消灭他们才行，因为他们的队伍在不断壮大，而且永远不会收手。没错，身在局外是很难熬的，无法重新休整生活、阻止不幸是很难熬的……我们不能让不幸发生。至于敌人则无所谓，他们的不幸就是我们的幸运，直到斗争结束，他们投降为止。

"你很清楚你把我藏到了哪里，图普拉，你很清楚我在哪里躲了五年，而且你知道那条河。别再说蠢话了，有事快说，天气太冷了。"

"被冷落让你难受，大家都一样。以前你更有耐心。你看那个女人，她读起书来是多么沉着无畏。你们这些人很快就能适应风平浪静的生活。稍微出点意外你们就不知所措。"

通过他的答案（那个颇具冒犯意味的复数表达、那句"大家"），我意识到"蠢话"这个词刺痛了他。我能对他使用这个词的事实刺痛了他。他得想办法回击我，才能恢复早在两年前便已经废止的上下级关系。

"听着，内文森，我不会骗你，也不会要求你去做不可能完成的事，甚至不会让你去做很难的事。情报局已经不是过去的情报局了。要是有一天真的有人要攻击我们，它可能才会变回过去的样子。柏林墙的倒塌不仅让我们失去了吸引力，还让我们不知所措，让我们丧失了对持久的威胁与战斗的感觉，让我们失去了真正的对手。我并不认为我们被抛弃了，毕竟我们这个职业不可能被抛弃，我指的是对我们这些现役特工而言。"他又在讽刺我。"当然了，还有阿尔斯特省，一场没完没了、无聊透顶的噩梦；但此事有所好转，也许已经步入正轨：梅杰背地里干了不少事，约翰·梅杰从一九九〇年开始在英国执政，他的任期只剩最后几个月了，如果下一任首相是布莱尔的话——他基本稳了，那么在接下来两到三年的时间里，他很可能会在阿尔斯特做些表面功夫；虽然是表面功夫，但总会延续几年，我们已经筋疲力尽、无聊透顶，他们也一样，那些精力耗不完的人也一样。"他重复用了同一个形容词，世界的确会对一切都感到无聊透顶。"还有些别的事，事情总是有的，不喜欢我们的人也总是有的。还有一些友国，比如你的国家，埃塔的问题还需要很长的时间才能解决。"这会儿我突然又是西班牙人了。"但目前还是得谨慎行事。"他停了一会儿，似乎想抽第三根烟。他看了一眼我的手，忍住了："你现在不抽烟了吗？"他想我陪他一起抽。

"不，我抽。"我拿出了我的烟盒，"我懒得脱手套。"

"你不会戴着手套抽烟吗？简单得很。你看那位年轻的女士。"

我用眼角的余光瞄了她一眼，她的确戴着手套抽烟，她逐渐赢得了图普拉的青睐。图普拉一直戴着手套。

"我当然会了"。我笨拙地取出一根烟，小心地把它点燃。幸亏没有风。只不过天气很冷。

"你抽的什么烟？我没看见牌子。"

"是德国烟，味道很淡。我已经抽习惯了。"

"德国烟？"他惊愕地重复道，仿佛听到了什么异端邪说。我不知道他是对德国烟有偏见，还是对德国有偏见。在艰难的年代，他待在东德的时间比我更长。

"嗯,那里已经没有东西之分了,你自己也说了:你们已经没有对手了。"

"行了。这还有待观察,还不知道那些任凭摆布之人会变成什么样呢,权威主义目前是他们最缺乏的。"他满腹狐疑地说,接着他毫不犹豫地回到正题。"惩罚虽然并不重要,汤姆,但也不能小觑。这不仅是为了清算旧账或者伸张正义——随你怎么说都行——还是为了散播恐惧和震慑他人,愿意效仿最恶劣的行径、重拾最邪恶的思想的人永远存在。"他摘下一只手套,用手指摩挲嘴唇,仿佛需要把嘴唇擦干。他的嘴唇松软极了,看上去总是很湿润。在重新戴上手套前,他趁机点燃了香烟。"卑鄙行径很有吸引力,而且会遗传。父母的卑鄙行径对孩子们来说是难以抗拒的,如果没对孩子们起作用,就会对孙子们起作用。在任何斗争中,灭族都是令人憎恶的做法,但你也看到在南斯拉夫发生的事了,从历史的角度看,其中的理由很容易理解,在战争中,了解历史并不是好事,了解历史的人很清楚这些弱小无害的孩子长大后可能会做出什么事来。"

那些年的南斯拉夫战争让我倍感难受,我几乎没办法看电视、读报纸。我希望他别让我干任何与之相关的事。

"此外,你我都知道没有什么会彻底消失,那些似乎已经消失的人早晚会卷土重来,即便有时需要三五十年的时间。无论如何,他们都会带着膨胀了数倍的仇恨回来,没有什么能比想象更滋养仇恨了。他们回想祖先的遭遇,而大多时候,他们的祖先只是遥远的陌生人而已。尽管他们的祖先明明像大多数人那样,也曾是刽子手,在他们眼里却变成了单纯的受害者,但是想象并不关注这些,想象忽略这部分历史,只专注于它喜欢的那部分。所以,我们必须关注此事,必须相信一切邪恶都会回归,如果我们不管,那么你告诉我,还有谁会管呢。人们倾向于认为,某件事一旦结束了或是被攻克了,它就会安静地留在过去,这让人们觉得安心。但另一方面,我们知道曾经存在过的事物会继续存在,只不过是在蛰伏中等待。所有人都厌倦了斗争,所有人都害怕在战争的最后一天死去,害怕在投降或休战的前夕死去,一旦没有了迫在眉睫的危险,大家就会想回家。这给了敌人恢复和壮大的机会,就像一战后的德国那样,看看之后发生了什么,只过了二十年,一个满目疮痍的国家像怪物那样崛起。"

"行了。西班牙语里有这么一句俗语:'敌人逃跑,修座银桥。'"我按照字面意思翻译给他听,并解释了这句话的意思。"人们认为这是个好建议,也是一种睿智的态度:让他们逃得更容易,让他们安心地逃跑。不要追,不要羞辱他们,也不要击垮他们。不要消灭他们。"

图普拉从下往上把大衣的所有扣子都解开了。可能是因为交谈时他渐渐热起来了，不过这在他身上并不常见。也可能是在石椅上转身很麻烦，毕竟椅子并不宽敞。他转向我：

"不管你们多么相信这句俗语，这都是一个不可原谅的错误。这是自寻死路的国家才会有的俗语，你们的历史印证了这一点。没人能向你们保证，敌人跨过那座桥以后不会把桥拆了，不会把银子带走。如果桥没了，就算你们改变主意也追不上他们，更何况你们还给了他们重整旗鼓的资本。他们会用你们的银子请雇佣兵，会带着更大的力量卷土重来。"

"你不要按照字面意思去理解，贝尔蒂。"我突然这样称呼他，过去数年间我一直这样称呼他，当时我们一起工作，我对他起初的那场骗局还一无所知。或许是因为我觉得他的回答很天真，完全是外国人的思维。他是个彻头彻尾的英国人，我可不是。"这是个比喻。"

他居高临下地笑了，这样倒是让我觉得自己很天真。他非常懂得如何瞬间扭转局面。

"当然了，汤姆。我也是跟你打个比喻而已。不然你以为呢？就这么随意地临时搭建一座银桥？"他又不怀好意地笑了，"打仗的时候从哪儿弄银子？哪有时间造桥？

你把我当成什么人了，变戏法也变不出一座桥来。无所谓了。我们的想法恰好相反，但我想说的不是一句俗语，而是莎士比亚的名言：'我们不过刺伤了蛇身，却没有把它杀死。'[①]麦克白这样提醒他的夫人。麦克白还说：'它的伤口会慢慢平复过来，再用它的原来的毒牙向我们的暴行复仇。'请注意，这句话正是他在刺杀国王邓肯以后说的，尽管如此，他们还是不敢确定对方是否已经被彻底消灭，也不敢确定杀死对方是否已经足够了。"

我始终无法习惯于这样的事实：那么多行动高效的男女特工，都那么有文化，虽然我自己也是如此。但许多特工也是阴谋家，他们必须尽可能多学习历史和文学。在训练期间，我们学习了各种各样的课程，这样做不是没有原因的。我们这些特工通常是从最好的大学招募来的，出于同样的原因（也许这已经是过去的事了，现在最有天赋的学生都不上当了，所有人都全心全意投入到赚钱的事业中去了，单纯为祖国效力是赚不到这么多钱的）。归根结底，图普拉和我过去都曾在牛津学习，我们不仅学习自己的专业，还涉猎了方方面面的知识，这些知识够我们偶尔卖弄了。要是运气好，这些知识有时还能派上用场。

---

① 出自莎士比亚戏剧《麦克白》第三幕第二场，此处及后文参考了朱生豪的译本，在原译文的基础上有所改动。——编者注

"啊，"我说，"消灭对方还不够？那还得怎么做才能脱离危险？"

"麦克白夫人在同一个章节里回答你了，你应该感到羞愧，你连这些内容都不熟悉，内文森。"此刻，他就像是斥责学生的老师，"费尽了一切，结果还是一无所得。要是用毁灭他人的手段，使自己置身于充满疑虑的欢娱里，那么还不如那些被我们所害的人，倒落得无忧无虑。"

"我没听明白，图普拉。"我们又变回了图普拉和内文森，"可能是因为太冷了。"

"麦克白和她的想法一致，你好好回想一下。"我想不起来了，我想贝尔塔肯定能想起来，她对英国名著烂熟于心，还给大学生教授相关的课程。"'与死者在一起，也比在精神折磨中躺着，在不安的狂喜中更好。'他甚至开始嫉妒被懦弱的他送上黄泉路的国王邓肯，他趁着国王陷入睡眠无力反抗时将其刺死。'邓肯现在睡在他的坟墓里；经过了一场人生的热病，他现在睡得好好的，叛逆已经对他施加了最狠毒的伤害，再没有刀剑、毒药、内乱、外患，可以加害于他了。'"

图普拉和我都沉默了几秒，陷入了思考和回忆中。我无须表达什么，因为他把我的思考和回忆都表述出来了。

"你明白这一点，你明白这都是事实，你明白唯一确定的事便是死亡。也正因为如此,你才假死了那么多年,这样就没有人会带着毒药或刀剑找你报仇,就没人会加害于你。"

这就是他用的词——"加害",因为这一回(后来我回家验证了)他精准地引用了莎士比亚的词,他在引经据典时忠于原文,但会省略一些内容或自由发挥,无论如何他都拥有出色的记忆力:"这样就没人会加害于你。"他只是捉弄我而已,他当然清楚我藏在哪里、为什么要藏起来,也清楚先后宣布我的失踪及死亡的原因,他就是这样通知贝尔塔的,他本人去马德里告诉了她这个消息,还跟她自我介绍说自己的名字是里尔斯比,他们就这样认识了,他还没有向我问起贝尔塔。事实上,他什么也没问我,他对我经历过什么、过得好不好,一点兴趣也没有。或许是因为他自以为了解吧,毕竟我们都一样。

究竟为何要让我回到那段黑暗而潦倒的时光,那段我并不存在,或者用詹姆斯·罗兰的名字存在于几个当地人的生命中的时光?我躲在那个名字里,远离了一切,始终等待救援,偶尔临时起意,低调地行走或漂浮,动作越是不被察觉越好,日子不知不觉地过去,我变得越来越模糊,越来越支离破碎,因而也就越来越安全。我并非忘记了那段时光——如麦克白所说,不得不装成一具尸体,放弃热病人生。那是无法被遗忘的。但是我回归正常生活已经差不多两年了,我们以为再也不会有人来找我,我已经脱离危险或者即将脱离危险了。也许我在英格兰或北爱尔兰还有个别执着多疑的仇人(为了以防万一,我最好永远别再踏上北爱尔兰的领土,要是再谨小慎微一些,阿根廷最好也别去了),但在西班牙没有。没人能在西班牙追踪我的行迹,清算旧账。

跟许多小说和电影所展现的不同,即使被背叛者也无法永远保持紧张感,那种因为仇恨和对未报之仇的渴求而产生的紧张感。最执着于铭记仇恨的人最终也会遗忘,否则他就得几十年如一日地燃烧自己,这是最凶狠的人也无法承受的。因此,如果受害者得到了背叛者已经死去的消息,他会质疑一段时间,试图证实消息是否属实,但实际上他倾向于相信消息是真的,这样他就能干点别的事,还能偶尔打个盹儿。人们会越来越老,越来越疲惫,人们在内心深处庆幸自己不必去浇灭内心的火焰,不必去处置烧伤自己的东西。一旦相信敌人已经长眠于地下,那么即使没有参与其中,即使没有掘开敌人的坟墓,人们最终也不会在意。而且,参与得越少,过去的伤害就会被冲得越淡,就越能睁一只眼闭一只眼地看待过去。"那个人不会再干出龌龊的事来了,"人们天真地想,心中一片平静与满足。"无论是对我还是对别人都不会了。那个歹毒的人已经不在这个世界上了。他已经看不见也听不见了，不会呼吸，不再有思想，也不会说话。不会带来刀剑和毒药了。"

"我们离开这里吧，我看你快冻僵了。你变得真懒啊，内文森，你马上就要生锈了。我们去那边的酒馆吧。"他管稻草广场的那些酒吧叫酒馆，"尽管几乎不可能有人能听懂我们的话，你还是小声点，我们费点劲才能听见对方说话也不要紧。你们国家的人说话都是用喊的。这是为什么？"

我没有回答他，他也没指望我回答，他只想稍微批判一下我西班牙的那一面。他果断起身，没有扣上大衣的扣子，这让我明白低温对他毫无影响。离开花园前，他向那位女读者致敬并道别，假装摘下了一顶并不存在的帽子，或者至少摸了摸帽檐。她注意到了，向图普拉微微点了点头，她一直戴着帽子，我们都没看见她的头发。这会儿我又不觉得他俩认识了，她只是个受过良好教育的女人。至于图普拉，我见过他示好成功过几次，大约二十五年前，我们第一次在牛津大学的布莱克韦尔书店见面时，他就成功地向萨默维尔学院一名身材凹凸有致的女老师示好（她比教师行业中的大部分女性，甚至行业之外的大部分女性，都更性感妩媚）。然而，图普拉没有靠近那个年轻的女人，换作是过去，他绝不会放过这个机会：他肯定随便找个借口（这次可以用夏多布里昂做借口）就跟她攀谈上了，说不定还能约她下午或晚上见面。我在这方面也师从于他，观察久了，或多或少也能模仿一点儿。而且取悦一些女性也是我工作的一部分，有时甚至是必不可少的一部分。虽然图普拉的外貌几乎没变，依然很吸引人，有时甚至让人难以抗拒（在我看来，这实际上并不取决于他那略有瑕疵的外表），但是也许他清楚自己的实际年龄，变得谨慎或者不再冲动了。谁知道呢，也许他有了固定的交往对象，也许他已经结婚了，我从没有听他讲过关于他个人的感情或家庭的任何事，仿佛他没有这些生活，我也从没听他说过他的家庭出身（他顶多隐晦地提过他来自社会底层，这应该是真的）。也许真的是他把那个女读者找来的，并且早就约好了。

"自从我们上回见面之后，你结婚了吗，贝尔蒂？"我出其不意地问道，与此同时，我们慢慢地向出口走去。

他停下来，吃惊地看着我。

"为什么这么问？真不知道你怎么会注意到，怎么会想到这一点的。"

"啊，那我就是猜中了。"我直接回答他，没给他否认的机会,尽管他随时能否认任何事,即便是显而易见的事也一样。"那位幸运的女士如何称呼?当然了,'图普拉夫人'可不作数,"我微笑着说,"'里尔斯比夫人'和'纳特科姆夫人'也不作数。还是说,她不知道自己偶尔还能用上这几个称呼?我猜是这样吧,她不是唯一不知情的人。你也很清楚有多少事情是我夫人贝尔塔不知道的。今天要来见你的事我也没告诉她。我考虑一下待会儿要不要告诉她。恭喜你,贝尔蒂。得为邓达斯夫人和你干一杯。"

他没搭理我的玩笑,我看出了他的心神不宁。毫无疑问,他担心的是自己的新变化被人看穿,而他却不知道是如何暴露的。这的确不可能被人发现,就像我们通常也察觉不到(除非是个新手)谁在和我们见面前发生过性关系。几乎所有的事情都很容易隐瞒。人们以为不容易,但实际上并不难,因为我们生来不透明,无法被看穿,而谎言同样无形。

"哇,好敏锐,你也没有完全生疏,我很高兴。这对我们有好处,"他回答道,"但我也说不清。"他看起来很茫然,对他来说,我能猜出原则上不可能被察觉的事是不可原谅的,那是一种直觉,还有运气。"我连婚戒都没戴。"他困惑地看着自己张开的手指(仿佛是在欣赏精心修剪的指甲)和戴着手套的手背。"谁知道呢,或许有人告诉你了吧，但是知道这件事的人很少。我想你也不会告诉我是谁说的。她叫贝丽尔。"

他竟然没有否认，很奇怪，他原本可以否认的。我不想露出胜利的表情，我假装没有听见他的赞许。他很少赞许别人。当然了，那天他准备求我办事。

"为什么？"

"什么为什么？她为什么叫贝丽尔？"他的语气中充满了猜疑和抵触情绪，似乎担心我对这个名字提出异议，或是我嘲笑他。

"不是。我想问的是你为什么这时候结婚。"

他比我大不了几岁，可能快五十了，他真实的年龄永远是个谜。第一次结婚的话有点晚了（嗯，据我所知他是第一次结婚），但是很多男人会在四十多岁时结婚——还会办仪式和手续之类的——到了那个岁数，孤独和自立开始被视作无能、顺从和软弱，而非优势和资本。没错，限制我们的是对年龄的认知，而非年龄本身。也许现在他能既不过分痛苦也不过分卑微地维系这种关系，而我很早就被这种关系束缚着。我想象他越来越沉迷于办公室的工作，沉迷于壮大那支没有我容身之地的队伍。

他沉默了几秒。他轻轻地碰了碰我的手肘，仿佛在催我往前走，但他依然站在花园的围栏边一动不动。他在思考怎么回答我的问题。我把这次触碰理解为心理上的亲近，而不是身体上的，他仿佛想通过这个小动作来确认我是能理解他的。

"嗯，人难免会坠入爱河，不是吗？"我一时不知道他是在说笑还是认真的。"人们明知爱情延续几年后很可能会消失。但是只要爱情还在，那总得做些什么，才不至于带着额外的悲伤度过那些年。"

我觉得他的说法很奇怪。我从没听他提起过悲伤，虽然他肯定经历过一些悲伤的事，我也一样，马里安也一样，路易丝·马斯登也一样，德莫尼也一样，荒谬地模仿蒙哥马利元帅的布莱克斯顿也一样，他和他们都一样。正如我们每个人都阻止过许多不幸。悲伤被视作理所当然，因而也不被提起，每个人都把自己的伤痛藏起，不对别人发泄。不，如果爱情的悲伤是额外的，那么由此类推，那些稳定不变的悲伤我也从没听他提起过。

"额外的悲伤？"我重复了他的表述。

"是的。我想说的是无缘无故的悲伤，那种能挽回、能避免、能缓解的悲伤。有些悲伤是必须承受的，你很清楚这一点。你经历过那种悲伤，它有时是沉重的负担。如果你能接受我求你帮的忙，那说明你可能还没有被那种悲伤压垮。想要不那么悲伤，那就得结婚，结婚了，事情就解决了,至少在爱恋还持续的时候暂时解决了,可没人能完全避免悲伤。之后会发生什么,谁知道呢。总而言之,这样你就能像我说的那样,不必忍受思念和额外的痛苦,安稳度过这几年。也不必额外分心,还能专心工作。想念一个不在身边的人,一个失去的人,一个错过的人,是相当消耗时间的。想念一个已经离开而你又想他留在身边的人,这种精神损耗是完全不必要的……没错,我们最好还是避免这种事吧。"

"也就是说你爱上了乌雷夫人?"这回我用图普拉常用的另一个假姓来称呼那位贝丽尔。我没法相信他没跟我开玩笑。然而,他说话的语气并不完全像是在开玩笑。他的语气也不严肃。他说得很自然,几乎是在陈述这件事。

"我不明白你为什么会惊讶。你爱了你的贝尔塔几十年。她值得,对此我毫不怀疑。还是你已经不爱她了?已经结束了?你失望了吗?退役回家后这种情况很常见,现实几乎永远达不到想象的高度,当下也几乎永远达不到未来的高度。但是无所谓了:你曾经爱过,你的爱情持续的时间已经超乎寻常了,这是肯定的。怎么?我就不能爱上别人吗?要是你觉得这和我的习惯或者我的性格并不相配,那你可太天真了。你可以爱上一个人,同时又跟许多人滥交,但我得承认这样做的诱惑力下降了,注意力焦点的吸引力是很强的。我想说的注意力焦点就是我的妻子。除此之外的事，你可别搞错了。这并不意味着我已经被驯服了，已经变得软弱了。至少工作上不是。如果你接受了我的提议，那么我会一如既往地等到你彻底完成任务为止。就像过去那样。"

现在轮到我陷入沉思了，但并不是因为他最后说的那句话，那早晚会发生，只要不是现在发生，我就能把好奇心往后推延。我立刻意识到这样想也是徒劳。我不知道自己是否还爱着贝尔塔，即使我还爱着她，我也没有思考过这一点。这并不是我关心的问题，更不是我担心的事。在该患人生热病的时候，却迟迟没有患上。我们的时代和过去一样，我们的情况勉强凑合，毫无期待或者只剩期待的人对此还会觉得满意，而这两种情况并无区别，我就是这样认为的，她很可能不是。目前她没有完全离开我，也没有对我置之不理，而我也不打算这样对她。如果有一天她被另一个男人吸引，坚定并愉快地选择他，把我赶走，然后就此消失，我可能会感到无法忍受，但是只要习惯了，也能熬过去，我们无法容忍别人强加的变化。"爱恋"这个词本身让我觉得很宽泛，很幼稚——我记得我好像说过了，甚至还很做作，并且越来越难理解，这并不是一个生命的旅途①过半的人会使用的概念,而我早已克服了它,我的心理年龄比我的实际年龄要大。除非是第一次经历这种事,我想图普拉应该是这种情况,否则,人们是不会不带引号、毫不犹豫并且自然而坚定地使用这种词的。

"我敢肯定你没有被驯服,图普拉。"现在我又用他的姓氏称呼他,我们俩都在用姓氏称呼对方,我们会根据想在每句话里表现的亲疏程度,轮换使用对方不同的称呼,"没人能驯服你,差不多从我们认识起我就知道了。也没人能让你变得仁慈。"

他什么也没说。只是又一次碰了碰我的手肘,用最小的压力示意我,我们真的得离开花园了。但是他刚碰完我的手肘就看见了右边圣安德烈斯斜坡的墙上挂着的黄色牌匾,他带着闲散游客的好奇心走过去看那上面写了什么。他打算找点儿消遣,从容地应对我们的会面,或是想让我继续忍受寒冷,仿佛这是一场试炼或是一种让我屈服的方式,我已经接受了这种想法:那天上午我们不会进入室内了。那是市政府挂的平行四边形牌匾。他仔细地观察它。

"那儿写的事跟帖木儿大帝有关吗?"他问我,还让我

---

① 原文为意大利语 nel mezzo del cammin,出自但丁《神曲》的《地狱篇》。——编者注

翻译给他听。"Tamburlaine the Great",他是这么称呼帖木儿的,就像马洛那部戏剧作品的标题,可怜的马洛与莎士比亚同年,却比他少活了二十三年,这是他死后延续至今的不幸。

我给他翻译了牌匾上的话:"这里曾是马德里人鲁伊·冈萨雷斯·德克拉维霍的宅邸,他曾于一四〇三年至一四〇六年被卡斯蒂利亚亨利三世任命为驻帖木儿宫廷大使。"那上面写的是 Tamorlán,而不是 Tamerlán,那是帖木儿的旧译。

跟我一样,他也想起了马洛,这给了他机会卖弄学识,一旦有卖弄学识的机会,他总是欣然接受,毫无疑问这是牛津大学或者惠勒教授留下的印记。

"所以早在十五世纪你们就跟河中地区有往来了。"

我完全不知道那是什么地方,我猜是帖木儿帝国。对我来说那里一直是蒙古人或鞑靼人的地盘。他用了第二人称复数,他又把我看成了彻头彻尾的西班牙人,对他有利的时候,我又会变成英国人。

"或许这能解释马洛的事,你知道他那部作品受到了一部西班牙作品的启发吗?是一个叫梅希亚的人写的《帖木儿的一生》。很奇怪,这部作品被翻译成了英语。"从"很奇怪"能看出他无意间流露出的轻蔑,"对了,他的真名是帖木儿兰或者跛足帖木儿。""Timur the Lame",他用英语说道,这个词还有"残废"的意思。他指着牌匾说:"这可真奇怪:一四〇五年帖木儿逝世,那时他正准备入侵中国。我不知道那位曾在此地居住的大使为什么在帖木儿死后还留在那里,而没有立马逃离撒马尔罕。好吧,他可能需要时间打包行李、安排回程。你能想象跨越那么长的距离意味着什么吗。撒马尔罕就在今天的乌兹别克斯坦,你可能都不知道这个国家在地图上的位置吧。"他显然熟记中世纪史,很少有人能不查阅资料,就立马准确地说出跛足帖木儿逝世的年份。"你们的这位国王是谁?"他紧接着问我,"他做了什么重要的事吗?我没印象了,我想试着回想一下,但是有太多叫亨利的国王了:我们国家有,德国有,法国有……到处重复使用相同的名字来迷惑人,何必呢。"

我不想在他尽情显摆自己的历史知识时显得技不如人,人们很难想象许多情报人员或秘密特工——也就是间谍,这个词被用得越来越少,这是个高贵却又被轻视的词——能有学识到什么程度。但是关于卡斯蒂利亚亨利三世,我只知道两个细节。

"他很年轻就去世了,所以他又名病弱王。"

"病弱王派到残疾王那儿的大使,可怜的鲁伊·克拉维霍。"他开心地嘟囔着,他说"克拉维霍"时发音糟糕极了,"世界总是掌握在那些有残缺和饱受折磨的人手里,人们总是痴迷于精神缺陷或肉体缺陷。畸形与怨恨、残忍与疯狂,这一切往往很吸引人,让人们一时为它欢呼鼓掌,直到那些欢呼的人开始重新推敲这件事,他们便会在私下后悔不已,当众否认自己曾经欢呼过。我想很多人为了安慰自己都会这样想:如果这个白痴能治理国家,那么我也能。同时还夹杂着另一种想法:我们是被魔鬼附身了,不管之后发生了什么,我们又有什么错呢。事情就是这样,很少会有例外。我们公平点儿吧,或许现在例外没那么少了。还有别的什么吗?他做成什么事了吗?他去世时多大年纪?很年轻吗?"

我一直很尊重图普拉,直到我不再尊重他为止,可一旦开始尊重一个人,并且持续的时间很长,就不可能彻底停止了。尊重与后来的鄙夷甚至在一种罕见且无法摆脱的平衡中共存。并不是说我在意他的看法,但是我在他自我吹嘘知识渊博时表现得一无所知,这让我十分恼火。当然了,我没有学过中世纪史,我学的是语言、词汇和各种口音。尽管如此,人在窘困之际总会灵光一现,一段年代久远的文字浮现在了我的脑海中,大脑迅速展开联想并恢复了尘封的记忆。更确切地说,我想起了一句源自十五世纪,因为相当有趣而被我记住的话。在牛津时,正是因为惠勒的坚持——惠勒是"航海者"亨利王子的崇拜者，还写过一部关于他的书，我读了几乎与著名葡萄牙探险家亨利王子同龄的费尔南·佩雷斯·德古斯曼写的《当代人物肖像》：这是一部简短的作品，潦草介绍了作者结识的一些权贵的生平，比如国王、贵族、高级神职人员、作家。这本书里肯定有亨利三世的生平介绍，但是我回忆不起与他相关的任何资料和文字了。可就是因为那句忘不了的话，我记住了关于他妻子的一些信息。

"他没活到三十岁。"我大胆猜了一把，纯粹是为了挽回面子随口说的，就像那些口语考试时走投无路的学生。"他娶了兰开斯特的凯瑟琳。"

"啊，我听说过她，这位女王怎么样？"图普拉的注意力立马转移到了她身上，因为她有英国血统。尽管她的姓氏并不是英国的姓氏，但只要不妨碍到她，她就是个不折不扣的爱国人士。

"嗯，她被任命为摄政王后，她统治过卡斯蒂利亚。"我对她的职责一无所知，但我没表现出来。"但那时候有位编年史作家形容她身材高大魁梧，皮肤白里透红，头发金黄。我记得，他还写了一句对她非常不利，并让她丈夫对她避之不及的评论。或许正因为如此亨利三世才变成了病弱王吧。"

我的话激发了他的好奇心。

"啊,真的吗?他说了什么?她应该没有给英国人留下坏名声吧?但愿没有。无论如何,那位编年史作家也是够大胆的,竟敢写出对女王不利的话。"

"肯定是在她死后才写的,"我回答说,"那时候她身材已经不再高大魁梧,皮肤也不再白里透红了。他以激烈的笔触,更确切地说是粗略的笔法,给凯瑟琳盖棺定论:'她的身材和姿态既像男人又像女人。'不是很理想,对吧?在那个时代也一样,他们的审美跟现在差别不大。"我尽可能幽默地翻译给他听。

图普拉哈哈大笑,他笑得十分尽兴,就像他心情好、社交兴致高的时候常常会做的那样;就像他的计划顺利执行的时候那样。我已经说过,他是个亲切的人,或者说他知道如何变成一个亲切的人,这和他冷酷无情并不矛盾。我无意中和他一起笑了起来,在那个三王节的上午,我们两个在稻草广场上开怀大笑,四周都是带着孩子和新玩具的幸福家庭。仿佛我们之间不曾布满阴霾,我没有发现他最初的骗局,他没有在遥远的过去摧毁我的人生。仿佛他也没有背着我擅自捏造我的人生,而我对此毫不知情也并不赞同。

"真奇怪,亨利三世竟然没有和克拉维霍一起去撒马尔罕,"他收敛了笑声后回应道,"换作是我就这么做:那种姿态,那种身材,离我越远越好!'既像男人又像女人',"他重复了那句话,仔细玩味着,"真不幸。要是他说的是'更像男人',那还更容易接受。但是既像男人又像女人……那位编年史作家很敏锐,很清醒,有很多坏点子,他叫什么名字?这样看来,他的作品也许被翻译成了英文,重读中世纪的文本总是让我觉得开心。当然了,我永远没时间这么做。"他停止微笑,陷入了思考,丰满的嘴唇上还留着一丝笑意,他看向在户外餐区落座或漫步闲逛的那几家人,继续说:"如果你答应我的提议的话,我希望你即将接触的那些女人里没有一个是这样的。我并不认识她们。"

现在他不求我帮忙了,改成向我提议了。我即将摊上的这件事初现端倪。

"什么女人?"我说。

我以为自己穿越时空回到了牛津圣贾尔斯路的"老鹰与小孩"酒吧,图普拉和他的下属布莱克斯顿——布莱克斯顿装扮成蒙哥马利子爵,戴着必不可少的贝雷帽,留着小胡子,穿着牛角扣大衣——在桌子上摊开了八个男人的照片,让我辨认是否认识其中的某一个,那可能是杀死我的露水情人珍妮特·杰弗里斯的凶手,那样我就能摆脱对我的指控。二十五年前快满二十一岁时,我就是在那里开始了早已注定的人生。正如我担心的那样,图普拉坚持要坐在户外餐区,那里的人多到拥挤。

"天气有点冷,但你看看那灿烂的约克阳光。"

"This glorious sun of York",他是这么说的,我立刻明白他在化用《理查三世》的开场白①,即便只是为了玩玩文字游戏,他也总是会重温这部剧。

"让我好好享受下吧,在伦敦可没有这种机会。"

一名女服务员给我们送来两杯啤酒和作为下酒菜的油橄榄后,他说:

"怎么?这是免费赠送的吗?太大方了,这可不常见啊。"我跟他保证我没有点这些东西,并向他解释这是西班牙的惯例,他惊讶极了。

他从大衣内侧口袋里掏出一个信封,从信封里取出了三张女人的照片给我看。

"小心点,别把它们弄脏了,也别把它们弄湿了。如果你负责这件事的话,你会用得上它们的。不过,备份还是有的。"

---
① 原文为理查的开场独白"一肚子的怨气像阴寒的严冬,如今给约克的阳光照耀成灿烂的夏天"。——编者注

"又来这一套?"我愤怒地回答他,"我们第一次见面时你就是这么对我的,你给我设下圈套,现在我还仍然承受着后果。我到死都得承受这些后果。我不明白你怎么还敢来这一套。"

"我对你做了什么?我不记得了。"

肯定是这样的,他不记得了,对他来说这一点儿也不重要,只不过必要时毁掉别人人生的惯用伎俩而已。人们会记得自己经受过的痛苦,却会忘记给别人带去的无尽伤害,人们会忘记自己说过的话、做过的事、写过的文字,却很少会忘记听到的话、读到的文字和遭遇过的事。我提醒他,甚至告诉他被我指认的那个人的姓名,珍妮特·杰弗里斯的固定情人、当时的国会议员休·索马里兹-希尔,那时没有任何人可以指认,甚至根本没有凶杀案发生。当我发现真相时,为时已晚,发生过的事也不可能改变了。成熟男女无法改变年轻时的事。

"休·索马里兹-希尔,这个名字你没听过吗?"

"啊,对,好吧,有点印象。是个碌碌无为的人。但是这跟之前那件事没有任何关系,汤姆。这里没有任何圈套。你不用指认任何人,而是要去认识她们。你看看她们,看看她们的照片。"

我不想看,我简直不敢相信过去的场景再次重现,图普拉竟然和那时一样漠然地在我面前摊开几张人像照片，冷漠得像扑克游戏里的发牌人。

"我没什么可看的，图普拉。"

我拒绝低头看向桌子，幼稚的叛逆，我自己也意识到了。我看着他灰色的眼睛和过分浓密的睫毛，马德里冬日的阳光让他的眼睛比在英国时更明亮，却也更苍白，它们如海冰般坚硬。他的眼睛总是给人信心，却也让人不寒而栗，你会因为那双眼睛而觉得自己被赞美，被欣赏，被需要；你会觉得自己面对的是残忍或肮脏的东西，而且它即将与更残忍、更肮脏的东西斗争。我们永远无法不染鲜血地从任务中抽身。

"我已经跟你说过，无论如何我都不会帮这个忙，别再跟我解释了，省点力气吧。我不喜欢这样的开场，太过分了。我也不愿意重温那段悲伤的往事。你把它变成了我必须承受、无法挽回的悲伤，这是你的原话。更糟糕的是，它还是一种秘密的悲伤。我不能告诉任何人，连贝尔塔都不行。而且，我怀疑她已经有疑问了，事情到了这个分上，她肯定会好奇的。无论如何，我都注定只能闭口不谈这件事。把这些照片收起来放好吧。别让我看见，你纯粹是在捉弄我。"

但是图普拉没有把照片收起来。他漫不经心地用手指敲打铺开的照片,用这个动作来试探我。漫不经心却别有目的。

"你可以跟我谈论这个秘密,我是知情的。"他这样回答,我不知道这是厚颜无耻,还是不符合他作风的天真。但是陷入爱河,坦白自己的感情,在快五十岁时结婚也不符合他的作风。那位贝丽尔到底用了什么手段让他改变了这么多。虽然我觉得他一点儿也没变。他或许属于那种十岁时性格脾气就已经定型的人,后来只是经验变多,并且变得卑鄙了而已。"如果你愿意的话,可以跟我倾诉。或许我是这个世界上唯一能听你倾诉,让你的故事不再是秘密的人。"

"有些秘密是你也不能知道的,图普拉。你别这么自大。"我立马纠正他,"我独自一人待了很久,听不到你的声音,也收不到你的指示。我只能自己做决定,想怎么做就怎么做。"

他没有理会这段评论,而是继续之前的话题。

"你看,从某种意义上说,我们之间是紧密相连的。在年轻时相识,知道对方以前做过什么,从哪里来,这能让彼此的关系更紧密。"

"是啊,"我讥讽地说,"就像两个一起犯罪的人,跟这类似吧。一方了解另一方的能力,所以根本无法尊重对方。

双方都见过彼此脱下面具和伪装的模样。这是一种令人不悦的关系，让人不愿回忆，却无法解脱。对方更像是一面镜子，映照出不愿看见的自己。要是偶尔在镜子里看见了自己，便会立马厌恶地跳开。而且我还不知道你会从哪里出现，我只能凭直觉猜测。"

图普拉笑了，他笑得那么高兴，就像几分钟前得知曾经见过凯瑟琳的佩雷斯·德古斯曼如何描绘她那中世纪的姿态时那样。他的笑声里带着一丝优越感或者自信，他很清楚我是谁、我的个性如何，他确信我最终会接受任务。

"你至少听一听吧。这三个女人中的一个曾经参与过两次非常血腥的恐怖袭击，就在你的国家，就在这儿，西班牙。她可能还参与过别的恐怖袭击，不过她肯定参与过那两场。她在其中的作用相当大，我们猜测她是远距离参与的。"

哦，没错，他很会激发我的好奇心，但是我还在抵抗，我仍然盯着他的眼睛。

"我们从什么时候开始管西班牙的事了？"

我无意中使用了把自己纳入其中的复数人称，仿佛我还在军情六处或者军情五处工作，那里的特工离开又回来，也许这是真的，在那里，即便被开除也无法彻底离开，更何况我还不算是被开除的。

"我在电话里告诉过你了。你是在帮我和一个很重要或者会变得很重要的西班牙朋友的忙。"

"什么朋友？我不相信你有很多朋友。"

"汤姆，你问名字做什么？"他责备我。现在我是汤姆，他是图普拉，只要他想说服我，而我却只想回避的话，我们就不可能使用别的称呼。"如果你更希望他是同事的话……为了方便起见我们就叫他豪尔赫吧。如果你不介意，我最好还是叫他乔治吧，我没法用西班牙语说出豪尔赫这个名字，让人难受的发音还出现了两次。①"

他说完这些话后，桌上摆着的那几张面孔更吸引我了，我有看她们一眼的冲动。但是我忍住了，我仍然没有把视线往下移，只是在他趁我不备摊开了那几张照片时，确认了她们是女性，人们总是能用闪电般的速度辨认出异性，仿佛装了天线似的。那名女服务员走过来询问服务是否周到，她在记录时忍不住盯着那几张照片看。所以，一个陌生女子抢先一步观看了那几张照片，人们的眼睛总会看向照片，看向被复制的静止不动的脸孔，我的固执值得嘉奖。

"五到十分钟后，请再给我们两杯啤酒，一份辣酱土豆，麻烦了。"

---

① 英文名 George（乔治）对应的西语名是 Jorge（一般译作豪尔赫）。Jorge 中的两个辅音字母"J"和"G"发音相同，故有上述说法。

我不知道图普拉会不会喜欢辣酱土豆，我也不在乎，反正我自己想吃，我也没问他想吃点什么。他不觉得冷，虽然阳光的确很好，但我还是觉得很冷。户外餐区逐渐坐满了穿着厚外套但不畏严寒的人，正好有一大群人在我们旁边落座，大概有九或十个人，是一群说话很大声的男男女女，其中有一个男人说话声音太大，我立刻就注意到了他。

"那两场恐怖袭击发生在很久以前，一九八七年：一场是在六月发生的，另一场在十二月。两次都是炸弹袭击，确切地说是汽车炸弹。第一场袭击造成了二十一人死亡、四十五人受伤，其中一些伤者因此而残疾，还遭受了无法治愈的伤害，后遗症会伴随他们终生。没有人会经常谈论那些幸存者，他们被遗忘了。其中有五名死者是未成年人，如果我没记错的话，最小的只有九岁。第二场袭击造成了十一人死亡，八十八人受伤。死者中也有五名未成年人，都是女孩儿，最小的只有三岁。"

他和我说的正是埃塔组织的杀戮行径。包括我在内的几乎所有人都记得那三场极其野蛮的屠杀：巴塞罗那伊佩尔科尔超市恐怖袭击，比克国民警卫队营房恐怖袭击（我有印象），还有萨拉戈萨营房恐怖袭击（我比较熟悉）。我不是很确定这三场恐怖袭击发生的年份（要是他在一分钟前问我的话，我肯定答不上来），而在二十世纪八十年代和九十年代初，埃塔组织犯下的谋杀案数不胜数，以至于无法准确地描述其中一场，要区分它们更是不可能，不过也有轰动一时的特例（发生于一九九七年七月的米盖尔·安赫尔·布兰科谋杀案，那场谋杀之所以让人印象深刻，是因为埃塔为他们的诉求设定了最后期限：当那名被绑架的可怜市镇议员等待释放或被残忍处决时，倒计时的钟声嘀嗒作响；就这样，十年间大量罪行不断涌现）。这就是数量的恶果之一：恶劣与卑鄙的罪行越多，就越显得没那么恶劣和卑鄙了，区分每件罪行的难度也越来越大。数量会极尽扭曲事实，减轻事情的严重性，这就是为什么我们不再统计战争中的伤亡人数，至少在战争持续期间，在伤亡者还在倒下时。而有时那些罪魁祸首不必要地延长战争也是出于同样的原因：防止别人开始计算他们背负的死亡人数。我的两个国家都是这么做的，我没法自欺欺人。

第三章

我掏出一根香烟,图普拉立刻效仿我,离开花园后,他忍了一会儿没有抽烟。他比我和贝尔塔抽得都多,即便是在世界还没有变得过于歇斯底里、没有完全禁烟的一九九七年,他也算抽得多的。没过多久,隔壁桌那个喋喋不休的男人就惹恼了我,让我没法集中注意力:他的声音十分洪亮——就像一把机关枪,每句话都像一发会射伤别人的子弹,我无法理解为什么这样一个好为人师的人会主导一群人的谈话。更不幸的是,他发表了一通关于令我反胃的食物的演说(我的胃不像西班牙人的胃):猪脑、牛肚、猪肝、鸡胗、猪肚、羊肠还有洋葱炖肉。我看着他的背影,他留着光头,后颈跟公牛似的,完全是一副粗鲁愚蠢的模样。大块头、大耳朵、洋葱头、炸猪皮之类的姓氏再适合他不过了,要是他不幸拥有这样的姓氏,那可不是任何人的过错。

"我想你指的是发生在萨拉戈萨、比克或者巴塞罗那的恐怖袭击吧。"

"是发生在巴塞罗那和萨拉戈萨的恐怖袭击。前者发生于一九八七年六月十九日,也就是伊佩尔科尔那场恐怖袭击。"他用的是英文的发音方法,听起来像"哈伊珀克"。"后者发生于一九八七年十二月十一日,那年的圣诞节真是悲伤。"

我立刻想起那天的报纸上刊登的一幅图片,很可能是在萨拉戈萨拍的,不过这不重要,那是一幅让人永生难忘的图片:在残破不堪的街景中,残砖断瓦散落在地,邪恶烟雾四处飘浮,一名制服下系着领带、满脸鲜血的警卫抱着一个七八岁的小女孩往前走,她的一只脚似乎只剩下了一半,她的脸上满是痛苦,只有痛苦。画面深处——这是那种让人忍不住想要盯着看上几分钟的黑白照片——有一对夫妻,丈夫搂着妻子,妻子正扶着婴儿车,她的孩子就坐在车里,孩子应该还不到一岁,幸亏他年纪还小,他会忘记此时听到和看到的一切。画面另一处还有一位父亲(很可能是一位父亲)用手臂保护着一个约莫四五岁的孩子,他身旁还有一个个子高一些的女孩,她独自一人,顽

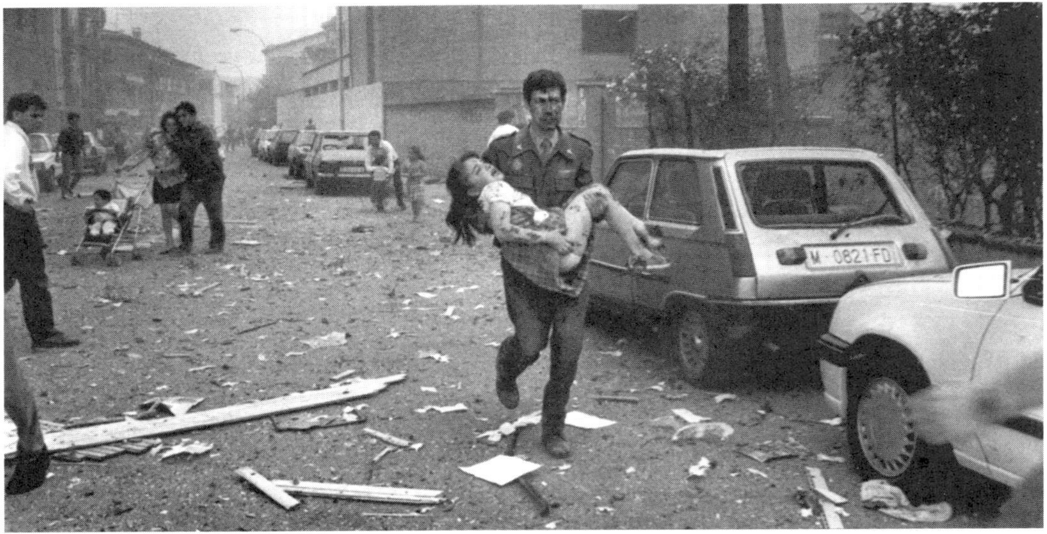
M·0821 FD

强坚毅。然而让我印象最深刻的还是那名抱着小女孩的年轻警卫（也可能是消防员）的神情。他的大半张脸都沾染了血迹，让人无法清晰地辨认出他的五官（不知是他自己的鲜血还是别人的，比如那位被他救援的女孩），但他的眼神中透露出坚定和悲痛，也许还夹杂着迟来的愤怒，以及无法相信眼前景象的恍惚感。坚定是因为他要救助那个受重伤的女孩，他并没有看她，而是看着前方，也许他正向着必须尽快赶到的医疗站走去。他还有太多悲痛的理由：因为没能阻止那场屠杀，因为惨绝人寰的景象，因为和父母一起住在那里的懵懂无知的孩子的恐惧，因为刚被炸死的同伴。我记得后来埃塔通过各路新闻发言人和政客把罪名强加给了那些孩子的父母（埃塔实施了恐怖袭击，还想洗清自己的罪名）：如果他们没有把家人带进营房的话，受害者当中就不会有未成年人，正是那些把受害者当成盾牌的警卫让孩子们置身于危险之中，他们因为一己之私而牺牲了孩子的生命。埃塔意识到杀死孩子对他们来说没有好处。不过，对他们的追随者，对那些不论他们做了什么都会欢呼鼓掌并且还嫌不过瘾的人来说，也没什么坏处。难的只是第一而已，而他们早就迈出了那一步，后续步伐是行走——让两只脚不停地前后交错——的自然结果。

我在回忆那张旧新闻照片时，依然没有去看图普拉摆在桌上的照片，尽管每过一分钟，我就更难克制自己的眼睛，它们往往会去看不该看的、诱惑力强的东西。图普拉离大块头比我更近，大块头快贴上他的后背了。我注意到，虽然图普拉很幸运地听不懂他说的话，但是依然被他刺耳的声音和目中无人的架势激怒了。这会儿他在发表关于炸羊肠的演说，我不知道那是什么，但听上去让人恶心，他还说到了炒猪血。"但不是血肠，"他补充说，"而是新鲜的猪血。"八九个看起来非常正常的人听着如此激情澎湃的演说却没有打断他，也没有因为讲得稀烂而给他一拳，真是不可思议。这就是所谓的"抢占话语权"，任何傻瓜都能做到，我们至少从二十世纪三十年代就明白了这个道理。

图普拉时不时扭动脖子，他似乎很想看看炸猪皮的脸是什么样的。

"那个男人在说什么？"他问我，"他像在鼓动军队士气似的。为什么他非得这么大声地说话？明明他们都靠得很近。"

"净是些蠢话，他在谈论食物。你别理他。"

"为什么全世界的人都狂热地想要假装成美食家？我不明白。没有比谈论食物和烹饪更招人烦的事了。他快把我的脑袋变成嗡嗡响的大鼓了。不知道他是不是想引起你的注意。没必要让整个广场的人都知道他的想法吧。他太夸张了。"

"那个女人做了什么？"为了转移他的注意力，重新回到我们的话题，我问他。我害怕暴躁的图普拉，他就差命令我去对付那个蠢货了，他仍然会习惯性地给我下命令。"不管她是谁。"

"还不确定，但是这并不重要。当然了，她肯定没有把汽车炸弹开到巴塞罗那和萨拉戈萨。她并没有出现在现场。但是她肯定远距离地干预了，跟他们合作、参与其中，这一点我已经跟你说过了。她可能参与了组织、准备、谋划、劝说、设计或者资助环节，谁知道呢，或者是参与了计划、粉饰环节。可以确定的是，她是恐怖袭击成功施行的必要人物。我的朋友乔治知道得更多，但是我没有追问他细节。那样太没礼貌了，我们一般不这么做。我相信他跟我说的话，就像他也相信我跟他说的话。他向我求助，如果我能做到的话，肯定会帮他，而且不会问他太多的问题。他常常也会帮助我。这就是我们的工作方式，今天我帮你，明天你帮我。我们帮他们处理埃塔的事，他们帮我们处理爱尔兰共和军的事，那两个组织也是这样互相帮助、彼此借力的。我们不会比他们更蠢，对吧？要是你负责这件事的话，你也不需要知道细节。我从来不会告诉你不必要的细节，你也不会想知道不该知道的细节。你从不惹麻烦，也从不问原因，所以你是个非常好的特工。当然，你的能力也很强。"

他又夸了我一番。

"要我负责什么事？"

"负责找到她，还能是什么事？把她找出来。等你肯放下身段看这些照片的时候，我们再谈这件事吧。"他很关注我在看什么，知道我没有垂下视线。

"你说'这就是我们的工作方式'。我想你的朋友豪尔赫是在这里的情报局工作吧。我猜是国防高级情报中心。"

图普拉摇了摇头。

"不，完全不是，不完全是。"他丝毫不在意自己的回答前后矛盾，"或许有一天他会变成那帮人的领导，要真是那样的话，我一点也不会觉得奇怪。目前他是外部人士，行动自由。所有的行动都必须远距离执行，已经有很多人犯错误了。在这件事上我也相当自由，我不骗你。我是不会骗你的。"

"你是想说让我私下帮忙，而你并没有收到上面的命令？这次行动是你个人的行为，上面甚至不知情？那麦科尔自然是完全不知道了。"我提到了我曾经间接为其效力的上一任秘密情报局局长。

图普拉干笑了一声。恰巧这时女服务员送来了我刚点的啤酒和辣酱土豆。图普拉小心地把那几张照片合拢,给食物腾出位置,也防止照片被弄脏。他问我辣酱土豆是否也是赠送的,看起来分量很足。我回答他说不是,这次是我点的,希望他会喜欢。他立马用小叉子叉起一块土豆,蘸上红色的布拉瓦酱,急忙送进嘴里,他饿了。显然,他很喜欢吃。

"有点辣,对吧?"他满足地说,"这是墨西哥菜吗?"接着他回答我说:"现在的局长已经不是麦科尔了,而是斯佩丁。这是一九九四年的事了。虽说你已经退出,但我没想到你竟然不知道这件事,你可是在外交部上班的。"

"我只关注我的工作。其他事对我来说都不存在。"

他完全没有理会我决绝的言辞。他知道一切对所有人来说必然存在,没有什么会被彻底遗忘。过去就像是无法阻挡的入侵者。

"命令如同迷宫,汤姆。时不时会有人中途迷路,也有人会被忽略。命令链通常很长,但不是很牢固,因此也不紧绷;某个环节松动、缺失或扭转一百八十度是很平常的事。至于了解情况,这是大部分人都想避免的事,对此你自己也有经验。很少有上司会过问一切,这样如果事情办砸了,或者有人用了过激的手段,甚至趁机打击报复,那么他们就能发一顿脾气。如果我们失控了也一样。你很清楚要时刻控制住自己是一件多么难的事。在某些情况之下，你是不由自主的。以前你也失控过，你记得吧。"

他的这番话刺痛了我，让我十分难受，我觉得他在耍阴招。这也许是他为了能提前说服我而使用的诡计，这样无论他委托我做什么，无论发生什么事，我都会接受：我让入侵者进入了我的思想，为他敞开大门，任由他畅行无阻，任由他大举进攻，正如叛徒或者卧底（我的同事们）常常做的那样，还有那些在陷落的围城、堡垒和城堡上疏忽职守的人也是如此。我的确被过去困扰着，但是我每天早上都努力打起精神——这几乎是下意识的行为——把过去赶走，将它拒之门外，而我也做到了。人会习惯于屏蔽思想、画面、事实甚至自己的所作所为，而这最终会变成日常生活的一部分（好吧，不至于变成这样，我夸张了），变得像起床、刷牙、洗澡、刮胡子一样平常，这样出门的时候就能干干净净、轻轻松松。如果有人把这些回忆摆在你的面前，那就是另一码事了，处理起来会更困难。图普拉是最了解这些回忆的人，庸俗如他便这样做了。我不认为他有恶意，他只是为了自己的利益而已，只要是他认为行之有效的方法，他就绝不会弃用。

没错，我在服役的二十多年间，曾经失控过两回，我想他指的应该就是那两回,当时我向他口头汇报了,并没有留下书面说明:我出于必要而正当的理由杀死过两个人,一次是为了自救,还有一次是为了阻止一场可能导致许多人死亡的灾难(没错,在事情发生以前,没有什么是确定的)——死亡规模可能会类似巴塞罗那恐袭和萨拉戈萨恐袭。后来的那一回,我在某一瞬间也有过报仇或惩罚对方的念头,要区别这两种意图并不是件容易的事。我告诉自己,我只不过每隔十年或十一年杀死一个人而已,一些同伴或前辈失控的次数比我多得多,扣动扳机的手指,紧握刀柄的拳头。

尽管我是这样告诉自己的,但是我并没有感到宽慰。"只不过是干了一件微不足道的坏事而已,而且我别无选择。"这种说辞很有用。"已经无法挽回了,也没有退路了,他们已经不在了,而我依然存在,我管好自己就行,那些已经消逝的死者又不归我管,就算我想管,也管不了。"当然了,还有这句:"他们知道自己冒的是什么样的风险,他们明白,无论是在公开的战争还是在秘密的战斗中,不是每回都能保住性命的,我和其他人都明白这个道理。"

毫无疑问,因为我的调查、我的掩饰、我的通知、我的揭发、我的伪装和欺哄,间接导致了更多的伤亡。但是人们只会对自己亲手犯下的罪行感到良心不安,也就是说,只有在亲眼见到别人死去，而且别人的死亡完全取决于自己的行动时，才会感到良心不安。正如安妮·博林的死亡取决于加来剑客挥动那把快剑时发出的呼啸声或扬起的疾风，他专程跨过加来海峡，并在英国料峭五月的某一天及时赶到。

此时便是意志、决心、意愿发挥作用的时候；即便是临时强加、摇摆不定、过于模糊或惊恐的意志；即便是一分为二的意志，一部分由我们掌控，另一部分由愤怒或恐惧掌控。你会保护自己、立马反击，或是冷静地在避免一场悲剧还是惩罚报复那些伤害自己同伴的敌人之间做出抉择，尽管你并不认识那些同伴，尽管他们可能也是渣滓，可一旦他们被杀害，这点也就无从考证了（每个阵营里都有渣滓，我们的阵营也一样）。接着发挥作用的是眼睛，你会亲眼看见自己的所作所为。"我亲手了结了那个人。那人拼尽全力抵抗，还想杀死我，但没有成功，因为我更熟练，更强壮，更迅速，更狡猾，或是行动起来更有优势。我除掉了一只臭虫，并让我的世界摆脱了灾难，从某种程度上说，我还伸张了正义。"

但是这种想法并不能抹杀回忆：你曾经眼睁睁看着生命从被你划开的伤口中逐渐流逝，鲜血汩汩流出；你曾经亲眼见过对方的惊恐和最后时刻的无力，以及他知道自己受了伤并想象（因为人们总是只会想象，仿佛那天还没有到来）那天是他末日时的惊讶。你可以从他的眼神中察觉出，他似乎无法相信或绝望地想要否认自己正在死去，你觉得自己感知到了他在弥留之际的所思所想："不，不可能发生这样的事，我怎么会看不见、听不见、说不出话来呢，这颗还在运转的大脑怎么会马上就停止或者熄灭呢，这颗脑袋还是满满当当的，还在折磨着我，我怎么会再也无法起身甚至连手指都动不了呢，我怎么会被扔进坑里、河里、湖里、山谷里，或者像柴火那样被烧掉却不像柴火燃烧时那样香气扑鼻呢，如果那时我还是我的话，我会散发出难闻的烟雾和烤肉的味道。在杀死我的人看来，在那些看见我、收拾我、操纵我、搬运我的人看来，我仍然是我，他们仍然能通过我的五官认出我，仿佛我还活着，但在我看来并不是，在我的意识中也并不是，不过我似乎不会有意识了……"

你忍不住回想过去，没有丧钟为那些被你杀死的人鸣响，即便他们是活生生的个体，即便他们没有友人相伴独自死去，也没有帷幕缓缓降落。

对于这一切，我都明白，或者说我都能想象得到，因为曾经有过好几次——没错，是有过那么几回——我以为自己会那样死去，后颈或额头中枪，身侧被捅一刀，或是在难以言喻的疼痛和呼吸困难的夹击下中毒身亡。

我记得,我有一个受害者终于接受事实,他明白自己即将死去,毫无怨恨地看着我,眼神里只有一丝责备,但并不是责备我,而是责备宇宙规则,它没经同意就把他带到这里,在庇护他的那段时间里裹挟他、纠缠他,而现在又连招呼都不打就突然带走他、驱逐他、抹杀他。在最后的时刻,他仿佛把剩下的最后一点力气都用上了,他拼命地摆动自己的脚,在他的想象中,摆动的速度很快,仿佛他还能跑还能逃。他躺在地上,根本站不起来,他在虚空中奔跑,幻想自己最终能在死后脱离险境,而事实上,正是那轻盈又无力的步伐带领他走向死亡。

当大脑无力抵抗变化的思绪时,为了能度过每一天,为了能不被梦中积压的重负压垮,你也会接受宇宙规则。你告诉自己,被消灭是必然的事,而且归根结底,那些人就像我、图普拉以及所有决定改造世界的人一样——哪怕我们只是改变了无人关注甚至无人知晓的微不足道的细节,自行选择了消亡的方式,不是病死,不是意外身亡,也不是自然衰亡,而是死在他们试图毁灭的敌人的手里。你告诉自己,在这种情况下,你已不再是你自己:我已不再是托马斯·内文森,而是在危急时刻被命运眷顾的无名敌人,历史上的战争幸存者也是这样被命运眷顾的，他们从未被重视，而是被轻视，被忽略。

拿破仑的士兵步行了数千公里，参加了无数场持续到黄昏并因光线昏暗和疲劳而中断的战斗，在饥寒交迫中穿着破靴子、背着沉重的装备步行穿过欧洲、俄国和北非，然后安然无恙地回家了。中世纪时，一些人参加完十字军东征归来，在家园的庇护下又生活了好几年，而当他们在炎热而遥远的土地上，或是在帆船上遭受苦难或肆意屠杀时，还以为自己再也见不到家乡了。有的人参加第一场前哨战时，刚开了几枪就死了；有的人在无休止的战场上战斗了二三十年也没受一点伤（或者只是多了几处小伤疤）。

大部分人都不是自愿参加的，而是在征兵时被招募的，他们是被迫的，或者入伍时年纪太小，根本不知道自己被卷入了何种险境，也不知道会有何等令人毛骨悚然的事等着自己。而我们呢，我们当中的几乎每个人都是自愿报名的，我们理应知道或者早已明了，算错一次，踏错一步，不耐烦一回，会有怎样的后果。虽然我一开始不是自愿报名的，而且那时的我很容易被吓唬，也很容易被哄骗——我就是个缺心眼儿，但我在为时不晚甚至还能逃脱的时候没有退出，当时我已经忘记了为什么会从事那份工作，我以为干那一行是为了让自己有用武之地，是出于责任感，是出于自己不愿意承认的热爱和自豪：忠于祖国，热爱祖国，抑或是那句著名的"保卫祖国"。

图普拉飞快地吃完了那盘辣酱土豆，出于歉意，他给我留了一块，他或许是太饿或者太爱吃土豆了。他注意到辣酱土豆差不多没了，跟我说让我再给自己点一份，他很抱歉自己狼吞虎咽地把它吃完了。我向女服务员示意，向她指了指几乎什么也没剩的盘子，然后转了一圈食指，意思是让她再上一盘。她在另一张正在招呼的桌子旁点了点头，事实上，桌子都已经坐满了，仿佛春天已经来了，我也不觉得冷了。

"她明白你的意思了？"图普拉问我。

我发现他很焦急，他还想吃辣酱土豆，他甚至没放下小叉子，就像一个要求继续吃东西的孩子。

"嗯，在这里用手势比在英国更频繁，也更高效。"接着，我回应了他的阴招。"我从没有失控过，图普拉。当时我就告诉过你了：第一次我别无选择，第二次是在两种都很糟糕的结果之间做选择。我做了你教我做的事，阻止了一场灾难。难道我没有阻止一场必定会发生的灾难吗？要是你还记得的话。"

"随你怎么说，汤姆。那不是必定会发生的灾难，只是很可能会发生而已。这样最好了，你一直知道自己做了什么，也知道你是故意那么做的。但愿当你找到那个你现在不愿看的女人时，依然明白这一点。"

他没法继续聊这个话题了。洋葱头刺耳且不知疲倦的演讲把图普拉激怒了，现在他正在谈论某个地区的人如何杀猪，他就是从那个地方来的，还描述了许多可怕的细节。马德里已经被外地人占领了。

"你去跟那个人说，还是我去跟他说？我完全听不下去了。他还在谈论食物吗？"

"差不多吧，还要更糟些，说的净是些吓人的事。你到底想跟他说什么？你又不会说西班牙语。我们换一个餐厅吧，别给我惹麻烦。我一点儿也不想跟那群人争吵。他们人太多了。而且今天还是三王节。"

"现在我们不能换地方。他们还要再给我们上辣酱土豆呢。"他能言善辩，仿佛这是一个无法辩驳的理由。

大块头恰好坐在图普拉身后，所以他比我更容易被大块头没完没了的废话影响，不过整个广场上的人都或多或少地被他影响到了。图普拉完全没给我劝阻他的时间，他背过身把椅子挪到离大块头非常近的地方，然后像是坐在剧院后排的人那样把身子往前倾，在大块头的耳边小声说了什么。奇怪的是，大块头一动也没动，安静得很，他继续背对着图普拉。如果突然有人跟你说话，还用你听不懂的语言跟你低声细语，正常的反应是转身看向对方的脸。那桌的其他人立马注意到了这段插曲，他们沉默了一会儿，期待着图普拉把话说完，这样洋葱头就能告诉他们图普拉说了什么。在那段时间里，图普拉用英语跟他说了什么，不是很长，但也绝不是不痛不痒的话。接着他起了身，在坐回我对面之前，我看见他伸出一只手放平，然后上下挥动了好几次，他想用这样的手势让对方冷静下来。那个满嘴炸羊肠的混蛋倒是看懂了，从那时起他说话的声音就变小了。

"那是谁？你认识他吗？他跟你说了什么？"我听见那桌的女人们既好奇又惊恐地问他。

我知道我的前上司很会让人瞬间感到恐惧；他上一秒还微笑着说友善的话，下一秒就语气严肃地威胁别人，毫无过渡。不管我怎么努力观察他，这一点我永远学不会。

对此，大块头是这么回答的。

"没什么，没什么，只是个精神错乱的外国人而已。"他小声说完，然后便陷入引人瞩目的沉默之中，直到过了好几秒才有人鼓起勇气接着说话，他们谈话的兴致立刻降低了。仿佛他们突然不想再听到关于恶心的食物或其他低级话题的愚蠢闲谈了，那群人连一句有趣的话都没有说过。仿佛他们已经意识到危险正在逼近，意识到在我们这桌旁边是没法安心谈话的。

只要图普拉愿意,他就能变成一个世故而友善的人,但他能毫无征兆地冻结欢快的聚会,他洞悉一切的眼神会突然变得凛如霜雪,他波澜不惊的嗓音有时听起来像是踏霜的脚步声或者冰块的破裂声。只要对他有利,只要他愿意,他就会向四周散发出邪恶的烟雾。我曾经试图模仿过他,但并没有成功。

"你跟他说了什么?"我问他,"他恐怕什么都没听懂,我怀疑那个蠢货除了'thank you'之外,根本听不懂别的英文。"

"他肯定能感觉到我把刀抵在了他的腰上,刀尖稍稍刺到了他。只要我再用点力气,就能将整把刀捅进去。他根本不知道刀刃有多长。要是你没见过那把刀,你永远也不会知道。"

"你带了一把刀?你疯了吗?你用刀威胁他?你连分寸感都丧失了,不至于这样对他吧。我没见你抽出刀来,你把它放哪儿了?"

这会儿他像淘气的小孩似的把双手藏在桌子底下。他抬起了那只紧握着吃辣酱土豆用的小叉子的手,然后干脆利落地做了一个从下往上捅的动作。

"我丧失的是无限的耐心,它随着年龄的增长而不断消减。我看你已经忘记最初那几堂课了。它们是最久远的,却是训练中最基本也是最应该牢记于心的内容。任何东西都是一把刀,都是一件武器,问题在于如何握住它以及给它什么样的推力,你不记得了吗?如果你恰到好处地握住一支圆珠笔、甚至一支铅笔、一把镊子、一把梳子,更别说一把剪刀、一把指甲锉、一支牙刷,对于那个感受到尖头的人来说,那就是一把刀。这玩意正好有三个金属尖头,对于那个被它们抵住的人来说,那三个尖头就变成了宽宽的刀刃。"

他扬扬自得地把小叉子扔在盘子上(如果他是西班牙人的话,肯定还会喊一声"哎呀"),然后开始找女服务员。她正好端着一份辣酱土豆向我们走来。刀架子的朋友们趁机找她结了账,他们决定离开,但并不知道为什么要这么做。刀架子还是沉默着,一句话也没说。

"你知道伊佩尔科尔发生过什么事吗?"没过多久,他这样问我。他狼吞虎咽地吃了四五块土豆,他原本想把这些土豆留给我的,作为对他之前大快朵颐后为我做出的补偿。几个更体面的客人急忙在我们旁边那桌坐下,在一月六日这一天,户外餐区坐满了人,真是不可思议,虽然这一天通常是一家人带着孩子和他们的新玩具出来散步、看热闹的日子。他又把那个名字念成了"哈伊珀克",我差点没忍住纠正他,根本没用的,大多数英国人对语言和发音并不感兴趣,就跟我们西班牙人一样,甚至更甚。

"你刚才说,一九八七年六月十九日,一家超市被汽车炸弹引爆,造成了二十一人死亡,四十五人受伤。死者中有五个孩子。最小的那个只有九岁。"我还没有失去记住信息的能力。

"我指的不是这个,"他回答说,"这只是些肤浅而冰冷的数字,只是我们所有人——从法官到百科全书——掌握的最终数据而已。我想问的是,你知不知道那件事是怎么发生的,那些出门购物的人,他们因什么而死,遭遇了什么。人们出门购物肯定不是为了什么急事。"

"当时我不在西班牙,贝尔蒂。我没法记住那些我可能从没读过也从没听过的细节。当时我已经被正式宣告死亡了,不是吗?那还是你决定的。我也不想知道这些细节,我为什么要去想象更多可怕的事,我自己的事已经够可怕了。除此之外,那场袭击的结果我还是能想象出来的。我见识过那些装置的威力。"我停顿了一下,"是的,尽管发生在西班牙,但那些年类似的恐怖袭击实在太多了,每一次新的袭击在某种程度上都削弱了其他袭击的严重性。现在也有恐怖袭击,但是频率变低了,所以也更容易被区分开来。就跟阿尔斯特省之前的情况类似。如果你现在跟我讲述细节的话，我会觉得比那时听说的更可怕。时间的流逝会造成更强烈的惊讶和恐慌，也会让人理解得更透彻。人们会更加震惊，想知道怎么会发生那样的事。"

图普拉一点儿也不在乎我的想法。他只想让我看看那些已经摆在桌上好一会儿，可我一眼也没看的照片。他还想让我告诉他，好的，我会负责从这三个女人中找出那个人。他的确让我越来越好奇，我很难不低头，不去看那些照片，那些人像、那些脸孔。不过，那也可能是她们走在街上时的全身照。

"埃塔巴塞罗那小分队的三名成员在一辆偷来的汽车后备厢内放了四百四十磅的炸药和一个定时器。弹药、汽油、胶水、肥皂片。他们要造成最大程度的伤害。这一点儿也不奇怪。他们把车停在了那家超市的停车场。他们还打了几通根本无法追踪也来不及追踪的电话来混淆视听。根本不可能有人能在十分钟或十五分钟内，在那么大的地方找出一个隐藏的包裹。因此，周五下午四点十分，炸弹被引爆了。停车场一楼被炸毁，停车场地面形成了一个直径长达五米的大坑，一个巨大的火球穿过这个大坑，烧死了那些不幸经过的人。据说这种混合炸弹的威力和凝固汽油弹类似，也就是说它能附着到人的身上，燃烧温度能达到三千摄氏度。黑色的浓雾挡住了人们的视线,女人们根本无法逃走(大部分受害者都是去那购物的女性)。""她们也像牲口一样死去。"我立刻想到了这句话,"还有她们的五个孩子,以及少数几个男人。""附在她们身上的燃烧物根本无法被除去,也无法被扑灭。有几名受害者完全被烧焦了。后来,毒气还导致了其他一些没有被烈火吞噬的人窒息身亡。这完全是卑鄙邪恶的行径:从地点、日期、时间、死亡的方式、受害者的类型还有袭击的随机性都能看出来。"

"'还是跟已死的人在一起,倒要幸福得多了。'这句话也适用于这里。"我用《麦克白》中的引文回应他之前所说的,只是这段引文简略且不够准确。

"他们这样做什么也得不到,什么也得不到。他们清楚得很,但还是这么做了。"图普拉继续说,仿佛没有听见我说的话,或是觉得我的评论不合时宜。但是他肯定听见了我的话,因为他一边嚼着辣酱土豆,一边说:"乔治对埃塔很熟悉,他会告诉你,那些策划并执行那场袭击的人很可能相当兴奋。他们并不痛苦,据他说,一点儿也不痛苦。"

"嗯,他们成功地让人们害怕了,这是他们永恒的目的。"

"是的,人们害怕了,那又如何?这么做并没有让他们更进一步。你们还在这儿,他们也还在这儿,十年过去了,什么都没变。一点意义也没有，对吧？这都不值得被写进历史。那天死去的人无法复生，凶手在监狱里腐烂。当然了，我说的是被抓住的凶手。他们在被审判时没有流露出一丝悔意。据我所知，每当他们那些逍遥法外的同伙实施了新的恐怖袭击，埃塔的囚犯就会在牢里开苹果酒或香槟庆祝。"

"那些制造伊佩尔科尔恐怖袭击的人被审判了？我不记得了。是什么时候的事？"

"一九八九年。"

"哦，那会儿我还是个远方的死人。当时究竟发生了什么事？"

"袭击的实施者、策划者以及当时埃塔的首领桑蒂·坡特罗斯——如果我没记错他的名字的话——被定罪了。每个受审的人都被判了近八百年，你也知道他们能在里面待满多少年。等等，我这还有另外几个人的名字。"他从大衣口袋里掏出了一张折起来的纸，把它递给了我，"你来念吧，我不知道怎么念这些巴斯克名字。"

纸上齐刷刷地印着三个名字，可能是豪尔赫打的：拉斐尔·卡里德、多明戈·特罗伊蒂尼奥和何塞法·埃尔纳加。我不禁有些惊讶，在西班牙、北爱尔兰的两个阵营或者其他地方（著名的多勒丝·普赖斯出狱后，我还跟她有过接触)遇到女性恐怖分子并不是罕见的事,她们有时甚至身负重任。在德国和意大利有这样的女人,更别说在苏联、拉美和中东国家——以色列自然被包括在内——到处都有凶残的女人。我们当中也有这样的女人,我们不是恐怖分子,而是恐怖分子的克星,更准确地说,是阻挡他们的围墙,主动权几乎一直掌握在他们的手里。

"有一个女人参与了?这是唯一的巴斯克姓氏。特罗伊蒂尼奥是加利西亚的姓氏,卡里德应该也是。有一个女人参与了那场袭击?"

尽管如此,考虑到那场袭击极端残酷,我仍然觉得此事难以置信。我已经说过,我接受的是老式教育,而成长经历总是会给一个人留下或好或坏的烙印。我曾经见过女性参与暴行,但她们主要参与准备和组织工作。我发现跟男人相比,她们更容易犹豫不决,更容易有所保留,更容易左右为难,也更容易提前内疚,这就是所谓的"复杂心理"。一些女性之所以走到了最后,更多是出于对同伴、对目标强烈的忠诚感,或是为了抗争,而不是为了真正的信念。

"她是在那家超市里安装炸弹的人之一,是真正的行凶者之一。我不明白,事情都到这个地步了你竟然还觉得奇怪,你不止一次跟她们打过交道,甚至还跟其中的一个或两个上过床。"图普拉的记忆力非常好，简直是个行走的档案馆，"有女人在场，人们觉得更安心，但是你我都明白，女人的同情心就像传说一样不真切。我是说一般情况下。还有那种认为女人没那么残忍的观点也同样不真切。虽然很多女性不是生性残忍，但是要把这种思想灌输给她们并不难，她们也不会竭力反抗，而一旦接受就无法回头了，军队里应该全是这样训练有素的女性：她们有决心，有毅力，一旦做出决定就不会动摇。想想那些掌握权力的女人吧。想想我们可怜又可爱的麦吉。想想安娜·波克尔，当时她在本国也有'铁娘子'的绰号。"

"我不知道安娜·波克尔是谁。"

"那就多学点儿东西吧，不要在这里无精打采地浪费时间，这样下去你会变成植物人的。什么都得了解，我们干这一行就得了解得越多越好。历史是最需要读的内容，因为在历史中可以找到用以应对各种情况的教训、指示和行为准则。我们遭遇的只不过是已经发生过的事的不同变体而已。"

他用训斥的口吻说了这番话，仿佛我还在听从他指挥，还在接受训练。但他很快克制住了，换了话题，因为，虽然我拒绝看照片的幼稚行为激怒了他，但是他还指望我做出决定，他知道如果他反过来激怒我，那么他从我这里什么都得不到。他又点燃了一支烟,他的嘴里还嚼着辣酱土豆,每隔一小会儿他就用那小小的三叉戟戳一块土豆吃。

"残忍会传染。仇恨会传染。信仰会传染……光速间就变成了狂热。"现在,他的语气中有一半的肯定,还有一半的追思,"所以他们才会那么危险,因为他们难以被阻挡。等你回过神,森林大火早已蔓延开来。这也是我们最早学到的内容,我们应该及时发现祸端,斩草除根。但是在雷德伍德的清单上还提到了另外两样东西,一共五样,你等一会儿……"

雷德伍德是军情五处和军情六处的传奇老教官,是给好几代特工上过理论启蒙课的哲学老师,他可能已经退休或者去世了。现在轮到图普拉忘记课程的内容了。

"疯狂会传染。愚蠢会传染。"我补充道。

我们训练时的那份清单我倒是记得很清楚,它的真实性已经被验证过太多回了。人们一旦接受了一种信仰,先会非常严肃,然后会变得庄重。他们开始相信那种信仰所涵盖和涉及的一切,并因此变得愚蠢。如果被反驳,他们就会愤怒得发狂,他们不允许别人叫自己傻瓜,也不允许别人质疑那突然成为他们的一切和他们存在之理由的东西。从那时起,为了捍卫自己的信仰,他们开始毫无理智地憎恨那些不赞同他们狂热信仰的人。而那些公开与他们对抗的人则会受到残忍的对待。一旦他们尝到残忍的滋味，便会依赖它，散播它，很久才会厌倦。按照雷德伍德的说法，解药只有一种，可是在精神失常时，这种解药几乎不可能发挥作用。

"还有唯一的解药，你记得吗？"我问他。

"啊，没错，那是徒劳的安慰。笑也会传染。"他说，"真遗憾，只要那五种疾病中的任意一种占据了上风，笑的作用就会被消解；而且那五种疾病经常同时出现，它们彼此呼唤，等五种疾病齐了，一切也都无济于事了。我们只能向它们宣战，并且击垮它们。是这样的吧？"

"没错，这就是那堂课的内容。"我回答他，我还补充了一句，"对了，贝尔蒂，你刚才说'我们干这一行'。你忘了我已经不干这一行了。"

他毫不在意我的提醒。

"难道你没发现，这就是我们正在做并且一直做的事吗？慢慢地击垮狂热。这是一个漫长的工作，每一步都至关重要。帮帮我们吧，汤姆。回归对你有好处，而且就这一回。"

我盯着他的眼睛，马德里冬日的阳光驱散了我身上的寒气，阳光下他的眼睛看起来是蓝色而不是灰色的。我笑了笑，或许我没能掩饰住胜利的表情，显然我看不见自己。他求我帮忙了，尽管他在没有别人在场时使用了复数的"我们"来掩盖这个事实。根据我此前的推断，这个任务既不是斯佩丁也不是斯佩丁的下属交代的，他们甚至很可能不知道图普拉究竟在做什么。他在他的朋友豪尔赫也许还有军情六处的支持下单独行动，而斯佩丁对此并不知情。自从柏林墙倒塌、苏联解体以来，一切都变得更松懈也更模糊了。像他这样的中层管理者有了很多可操作的空间，可以利用国家资源来处理王室并不关心甚至可能明令禁止的事。他们下达了许多杜撰的命令，也就是说，他们根本没有收到来自掌权者的命令，收到的顶多是个人、公司、跨国集团的命令，有时甚至不知道命令是谁下达的（那些命令甚至可能来自某位拥有顽固对手或未结恩怨的富豪，他把女王陛下可敬可靠的情报局特工当成工具来使用）。

在一九八九年至二〇〇一年的这十二年间，笼罩着这个世界的阴霾不断扩散，而双子塔袭击事件终结了这种一成不变的局面，也终止了阴霾的扩散。我们大多数特工从没思考过这场行动的获益者会是谁。我们猜想肯定是国家，于是我们像往常那样服从于我们的直属上级，有流言说在那段漫长的困惑、混乱和相对被动的时期，我们的上司为不同的东家服务，对此我们只是耸耸肩膀。

尽管如此，为什么图普拉这么在意那个与埃塔合作的女人呢？我的第二祖国和第一祖国的问题通常不会互相影响，而图普拉和他的诸多化名只有一个祖国。当然，我马上想到了一点：反恐怖主义解放团的丑闻仍然困扰着西班牙，在八十年代，这个秘密辅警组织在费利佩·冈萨雷斯的工人社会主义政府的授意下，绑架并谋杀了多名埃塔成员和同情埃塔的人士；因此，西班牙政府目前无法在反恐斗争中放开手脚走捷径。即使英国秘密情报局的某位特工在官方渠道之外执行某项任务，也不会有人告知当前的阿斯纳尔政府，因为他出于政治和宣传原因无情地批判了反恐怖主义解放团发动的肮脏战争，尽管他内心深处很可能并不觉得他们的做法有什么不对。

内政部高官、警察、国民警卫、士兵、曾经参与反恐怖主义解放团的国防高级情报中心工作人员，以及被指控挪用公款（即所谓的行贿基金）组建并资助他们的工人社会党领袖被判入狱还是最近的事。

"一九八七年以后这个女人还做过什么？"我问他，"我们现在谈论的是十年前的事。这么多年来她还活跃吗？还是个持续的威胁？我说不好，我不是很了解，但是我觉得埃塔衰亡的速度比这类组织希望的还快。你跟我说参与伊佩尔科尔事件的埃塔成员很快就被审判了。他们可是制造了一场惨绝人寰的恐怖袭击啊，他们被审判的速度未免太快了。他们正常的做法应该是躲到法国去，或者逃到美国去，再也不回来。"

"那是迄今为止受害者人数最多的恐怖袭击：二十一人死亡，四十五人受伤，其中部分人的伤残情况非常可怕。"图普拉又说了一遍，他想跟我强调埃塔的恶劣行径，但又不想过度渲染，"我也不是研究那帮人的专家，他们的小分队给出了沉重的一击，但他们似乎并没有满足。埃塔不停地压榨自己的成员，不惜牺牲他们，甚至任由他们被炸死。这真是奇怪的行动方式。他们被安排了一项又一项任务，甚至没有喘息和消失的机会。如果他们在制造了伊佩尔科尔恐怖袭击之后，像我想的那样继续留在巴塞罗那，并且还用机关枪扫射了一名上校，或是在国民警卫队的面包车上安装了黏性炸弹，那么他们自然过不了多久就会被抓住。你想知道发生于仅仅六个月之后的萨拉戈萨营房爆炸案的细节吗？"

"不，你不必告诉我。我看过关于那场袭击的一两张照片，是在哪儿看到的我记不清了。有一张照片我记得很清楚，当时应该到处都登了。一名国民警卫或者消防员抱着一个身受重伤、脚被炸碎的女孩。"

图普拉挥了挥手，仿佛是在告诉我"没错"或者"你还想如何"。

"那个参与过这一切的人,"他说,"难道不是一个持续的、不确定的威胁吗?即便她已经不再是个威胁,她难道不该为自己做过的事而接受惩罚、付出代价吗?正是因为那个女人不是传统意义上的埃塔成员,她至今没有落网,她也不可能因为被过度剥削或工作超负荷而自行落网。除非我们想办法让她落网,而这就靠你了。"

"我。但为什么偏偏是已经出局的我?"

"没有人可以完全置身事外。那些自以为已经退出的人,只要迈出一步就又会重新加入。没有比你更好、更合适的人了,那个女人跟你有许多共同点。她不完全属于任何一个国家,她有一半北爱尔兰血统和一半西班牙血统。她也精通这两门语言,虽然我们并不知道她是否像你一样有讲其他语言的才能。她参与过这两场袭击,而且可能还参加过之前的某场袭击。另一方面,据我们所知,她从一九八七年开始就不再参与埃塔和爱尔兰共和军的行动了,甚至不再参与远程策划、设计和监督。事实上,当人们得知她曾经参与过伊佩尔科尔恐怖袭击时,她已经消失得无影无踪了,差不多就像你变成詹姆斯·罗兰而汤姆·内文森被宣告死亡的时候那样。你隐姓埋名地生活了好多年,而她很可能从九年前起也过上了这样的生活。所以从表面上看她已经退出了，但是这些组织的情况跟我们差不多，退出的人只要迈出一小步就又会重新加入，不论自愿的还是被迫的，也不管过了多少时间。只不过为这些组织效力的情况更糟，很少有人能获得许可离开，他们得先证明自己的忠诚经得起一切考验才行。至于这个女人的情况，谁知道呢。或许他们觉得她已经没有价值了，完全可以做一个'外人'了；或许她不够狂热，疑心不够重，而且未来也派不上用场；或许她是在目睹了巴塞罗那和萨拉戈萨的大规模袭击后自行离开的；或许她反思了，后悔跟他们合作、为他们出谋划策、为那几场屠杀助力，后悔她做过的所有事。在仅仅一年的时间里，有太多人死去，有太多死者的身份无法确认，也无法精确统计数量，这就跟抽奖一样全凭运气，还有太多死去的孩子。一切皆有可能，我们永远不知道自己会如何反应，但是嗜血成性到毫不犹豫的人是例外，比如这位巴塞罗那小分队的何塞法。"

他用英文的发音方法读了这个名字，差不多读成了"约塞法"。

"可以确定的是，她做了一件没人能阻止并惩罚她的事。事实上，他们根本找不到她。所以，她可能是个嗜血成性的特例，只不过暂时不活跃，或是像媒体总说的那样，她是个潜伏者，正伺机实施新的暴行。在这三个女人中，有一个就是她。"图普拉又用食指不紧不慢地指了指那几张照片：一，二，三。"我们不知道究竟哪个是她。这是问题所在，我们没法确定哪个是她，但我们不会使用黑帮的手段。黑帮那些人会劫持她们几个小时，严刑拷打她们一顿就能弄清楚了，除非这个嗜血成性的女人接受过严格的训练，能经受住这些折磨，我觉得这是不可能的。但是我们不会这么做。即便是我们单独行动时也不会这么做：那时我们仍然是王国的一部分。其中的两个女人完全是无辜的，我们不会去绑架一位可怜的母亲，一位可怜的老师，或是一位诚实的餐厅女老板。总之，我们并没有公开作战，我们不会为了避免危险、杜绝后患而牺牲任何人。他们倒是神志错乱地觉得自己是在公开作战，还认为自己是正当的。这就是我们和他们的区别，这也让我们处于劣势。就仇恨而言，他们也领先于我们。仇恨不是我们的风格，你知道的。我们对仇恨并不熟悉。"

图普拉发表这些言论时的语气过于中立，简直让人怀疑他在说反话。但仔细思考一下，有什么能阻止他或他的西班牙朋友豪尔赫热切地追踪某位参与过极其可怕的罪行的次要人物呢？但那已经是十年前的事了，对恐怖分子来说，十年太久了，因为他们必须让罪行不断累积，让它们几乎不间断地发生，才能模糊过去的罪行，同时还能让我们气馁，让我们觉得已经过了这么多年，可还是看不到尽头。他们追求的是最终的无差别，他们追求的是让人筋疲力尽。

那些袭击的实施者——可以说是罪魁祸首——在监狱中服刑多年。还有下达最终命令的那个名叫桑蒂·坡特罗斯的人，他是当时埃塔的最高首领。一些人在西班牙服刑，另一些人在法国服刑。如果在每一起犯罪案件中，都要找出那些有意或无意地以某种方式参与或促成犯罪的人，那些提供过关键信息或不经意地说出要点的人，那些在某个夜晚收留某个亲戚或邻居却不知道他们为何而来、第二天早晨会在城里或乡下做什么的人，那些把钱转给有需要的朋友或把积蓄捐给某个非政府组织或某个教区，并以为这样能帮助别人摆脱困境或解救饥饿儿童和困苦难民的人，那些借出螺丝刀、胶水、汽油、肥皂、钉子——甚至是一个小叉子——却没有思考过对方为什么需要它们或者会如何使用它们的人，那么一大半人类都能被视作共犯或同谋。

事实上，这就是那些犯下滔天罪行的人以及大多数杀人犯所采取的论调，他们试图证明是受害者自己引发了犯罪行为，即受害者自己导致了自己的死亡或残疾。如果国民警卫没有让自己的家人置身于危险之中，那么就不会发生萨拉戈萨和比克营房的屠杀；如果政府当局行动高效，并在收到我们模糊的通知后便疏散超市的人群（把炸弹藏进汽车后备厢只是个不起眼的细节，他们原本可以阻止炸弹爆炸），那么伊佩尔科尔的屠杀就不会发生；如果我们从未被侵略过的祖国——连罗马人都没能入侵它——没有被秘密地占领，那么就不会有警察、士兵、记者、法官或店主被处决；如果企业家都毫无怨言地支付赎金，支持我们的大业，并展现出爱国主义精神，那么就不会有企业家被处决；如果英国人没有在占领我们整座岛数个世纪后，又偷走我们一部分岛屿的话，那么阿尔斯特就不会有人死去；如果天主教徒没有迫害我们，并试图把我们驱赶出像伦敦或坎特伯雷那样属于我们的土地，那么也不会有人死去。那是他们的土地，也是我们的土地，更准确地说，是我们的土地，他们的土地在南方，他们快回去听弥撒吧，不要来打扰我们。

责任永远是别人的，而且分摊责任是很容易的事……这一生中，我听过各种各样的辩解，总结起来，最常听到的是这句话：没错，我杀人了，但那是他的过错。我想我也在某种程度上使用过这句话。

都已经过去这么多年了，浪费时间、金钱和精力寻找那个女人有什么意义呢。有那么多逍遥法外的罪犯，有那么多无法证实任何细节甚至连直接或间接的参与者是谁都无从得知的案件；有那么多不为人知的暴行，它们被伪装成意外、突发疾病、命运的打击、失误、厄运、自杀、胆大妄为、莽撞草率或者对自身力量的错误估计，或者被归咎于他人，被归咎于承受谴责与惩罚的替罪羊。

我少不更事时，也曾经遭受过这样的威胁，惠勒教授跟我说过一段我至今仍时常想起的话："总比你因谋杀罪被逮捕要好得多，不是吗？"这是他把我委托给图普拉后说的话，我因此结识了图普拉。"无论你多么无辜，多么自信地以为一切对你有利，你永远不知道审判会如何结束。真相并不重要，因为它是由某个永远不会知道真相的人决定和确定的，那个人就是法官。这并不是交给某个只会瞎猜或凭直觉行事的人就能解决的问题。仔细想想，其实审判任何人都是一件荒谬的事。"

也许正因为如此，我们这些王国的守护者有时会回避或越过法官。有时，我们完全确定究竟发生了什么事，我们耳闻目睹，不需要一场正式的审判，因为审判可能会反驳或推翻我们，可能会认为我们证据不足、口说无凭，甚至认为我们的证据只不过是"传闻证据"、谣言、闲话和无稽之谈。

惠勒曾经是战时的守卫者，在战争中，一切变得更加清晰，几乎没有拖延和斟酌的余地，他还说："我不会承认任何法院的权威。如果能避免的话，我永远不会接受审判。除此之外我都能接受。记住这一点，托马斯。你可得想明白了。你可能会被随意地送进监狱。只是因为他们讨厌你。"

我们都知道，相反的情况也有可能发生，一个有罪的人也会被随意释放，仅仅因为某个并未目击任何事情、除了双方互相矛盾的证词之外一无所知的人对他有好感。我想这就是关键所在，图普拉师从惠勒，惠勒没有白做他的导师。

"如果我们对仇恨这种情感并不熟悉的话，贝尔蒂，那为什么事已至此，你们还要追踪那个女人？十年很长，而且在有利于我们或者高层时，我们还曾经让更糟糕的事情发生。如果在这段时间里，她都没有进一步的行动，那么她可能已经不再是个威胁了。我很难相信这是为了伸张正义。正义重要与否取决于时机与视角。"

图普拉一直在吃第二份辣酱土豆，他一块一块地吃，更有耐心了。他看了看周围，然后向女服务员示意结账，灿烂的约克阳光驱散了空气中的寒意，但并没有让寒冷彻底消散，在一月六日这一天，我们在室外待了好一会儿。他虽然极力克制着，但已经彻底不耐烦了，他还要仰仗我。他像赌徒似的迅速收起了那三张照片，把它们重新装进信封里，然后交给我。

"好吧，我看你今天是不打算看了，你是不会让我高兴了。你想让我求你，让我提心吊胆，我可以理解。没关系。你把照片带走吧，等你想看的时候，在家安心看吧。我明天或后天给你打电话，那时我应该还在马德里。我提前跟你说一下：你得在她们的城市住上几个月，如果你速度够快的话，只要住上几个星期，那座城市在西北地区，就在这里，在西班牙。你得跟她们建立联系，找到那个涉事者并排除另外两个可怜的女人，她们什么也没做。至于细节，等你同意了，准备好了，我再告诉你。或者你跟乔治碰个面，他会把细节提供给你。"

"除非我答应你。"我回答他。

女服务员带着账单过来的时候，他把双手插进了大衣口袋里，让我明白虽然是他找的我，但是出于地主之谊必须由我来结账。我接过信封，把它收了起来，然后我们站了起来，事实上，我很难从那些照片上移开目光，眼睛总会去看那些它们决定不看的东西，但是我很高兴能有机会在他不在场时安心地看那些照片。我总是可以对他撒谎，告诉他我一点儿没觉得烦，对他的那些手段一点儿也不感兴趣。

我一迈开脚步就看见那位夏多布里昂的女读者坐在另

一个户外餐区，像我们一样忍受着室外的寒冷，奇怪的是她还戴着帽子。她的手里仍然拿着那本被翻开的厚书，但是她抬起了那双蓝眼睛，望向图普拉，而不是我。这一次他没有回看她，这让我确信他们俩认识。不论图普拉多么深爱他的妻子，对婚姻多么忠贞，这都不是他的作风，那个贝丽尔到底有什么魔力。可能他变成了那种没有人保护就哪都去不了的中层管理者，连去稻草广场见自己的前下属都不行。

"你肯定会答应我的。"他喃喃地说。

"答应什么？"我忘记了自己刚说的话。

"你会答应我，然后搬去那座西北城市。"

他的自信并没有冒犯到我，因为决定权在我，而不在他。我已经不再遵从他的命令了。对此我没有做任何回应，我告诉他：

"你肯定认识那个女人，那个读《墓中回忆录》的女人。她还在那儿守着呢。我想你把她带来是有原因的，她可要着凉了。"

"啊，她还在那儿吗？"他头也不回地回答，"纯属巧合。记住另外一个过去的教训：疑神疑鬼与毫无准备一样糟糕。你要去哪儿？"

"回家。我住得不远。"

"我陪你一起,顺便伸展下腿脚,然后我坐出租车走。"

"随你吧。"

我们沉默地向市政广场走去,先爬一段楼梯,然后我会继续向勒班陀大街或帕维亚大街上贝尔塔和孩子们住的房子走去。这并不是因为我们像真正的一家人那样庆祝三王节,但如果我露面的话,他们会很感激,至少我愿意这么认为。有时我觉得我对他们来说就像一个远房亲戚,如果出现了,他们表示欢迎——一个从美国来的讲趣事的叔叔,而且他很有钱,如果不出现,也没有关系。这么多年的缺席是无法弥补的。图普拉在通往市政广场的线街停下了脚步 ——仿佛他在反复考虑的并不是这件事,而是费神用一通演讲来启发我是否值得——然后他说道:

"人们,或者说个人,的确会厌倦仇恨。随着时间的流逝,引发仇恨的原因逐渐模糊,人们很难一直像最开始那样感受到强烈的仇恨。他们独自面对这一切,必须非常自律才能每天鞭策自己。人们迟早会忘记,会变得懒惰和消极。但那些组织可不会。他们不会忘记也不会原谅任何事,因为总有一些成员在别人休养生息、作壁上观或日益衰老时,让仇恨的火焰熊熊燃烧,他们会及时完成交接,绝不允许火焰熄灭。一些家庭对他们的子孙也是如此,代代相传,无穷无尽。这些组织就是为此而成立的,正因为如此,他们才会这样难以战胜，经久不衰，他们有时甚至能存活好几个世纪，让世界陷入绝望之中。一个群体越丧失人性，越缺少反思，越闭目塞耳，就越坚固，越狂热。他们所有人身上都有宗教的痕迹，他们继承了绝不会有人质疑的敬奉与信仰，这就是他们的力量。一种愚蠢但强大的力量，理智根本无法影响它。"他停了一会儿，又取出一根烟，他一边点燃香烟，一边看着市政广场上手握发焰筒的堂阿尔瓦罗·德巴桑的雕像，抽了两口烟后，他用香烟指着雕像问："这个穿着紧身裤的人是谁？"

"堂阿尔瓦罗·德巴桑，他是圣克鲁斯侯爵、勒班陀战役西班牙舰队的海军上将。"

"你现在就住在那里，没错吧？勒班陀大街。是一五七一年，对吧？塞万提斯不就是在那里失去了一只手吗？"

"是的，他二十四岁时，失去了一只手。他管自己叫'健康的独手人'。"

"那儿写着什么？"他凑上去想读基座上的铭文，"给我翻译一下吧。"

"我不知道你是否会喜欢。"看完那几行字之后，我说。

"为什么？说了什么？不要漏掉任何内容。"

我尽可能地翻译给他听。

"勒班陀凶残的土耳其人，特塞拉岛①上的法国人，整片海洋的英国人，他们见了我都会害怕。"

"'整片海洋'，是吗？"他打断了我，"关于这一点我得去证实一下。还说了什么？"

"效忠国王，为国争光，吾心可鉴，为我的姓氏克鲁斯②与我宝剑上的十字架。"

"还行。这话过时了，但是还行。"接着，他又继续之前的话题："我们也不会忘记的，汤姆，因为我们必须模仿他们，看起来像他们，才能与他们作战，否则我们会迷失方向，会陷入极大的劣势。我们也是一个组织，一个机构，一个古老的团体，各类案宗要求我们必须伸张正义，它们是我们的备忘录，是我们的纪念品，如果你愿意的话，甚至是我们的敬奉之物。但与恐怖主义团伙、黑帮甚至一些受尽凌辱与压迫的民族不同，驱使我们的不是仇恨，也不是复仇的欲望，更不是永不消散的屈辱感，他们需要这些才能生存下去并获取养分，才能轻而易举地把它们灌输给

---

① 指一五八二年七月二十六日发生在特塞拉岛海域和圣米格尔岛海域的蓬塔德尔加达海战。
② 阿尔瓦罗·德巴桑是圣克鲁斯侯爵，"克鲁斯"跟"十字架"是同一个西语单词。

新一批的追随者并大量地招募他们，让叛徒和敌人以为自己永远置身刀剑之下，永无安宁之日，即便几十年来他们并没有遭到应有的判决。遭到威胁与谴责的人每天早晨都在恐惧中醒来，他们会想：'不是昨天，不是前天，不是上个月，也不是近五年、十年中的任何一天，时间在日夜变换间流逝得如此缓慢。但是谁能保证不是今天，不是我若无其事地走在大街上的时候，谁能保证今天他们不会在我的饭菜里下毒，某个朋友不会来敲我的门，然后给我一枪。'那个被强烈憎恨的人，那个能感觉到也知道自己被憎恨的人，每一天都活得像被判决的第一天，因此他一直保持警惕并做好了准备，他永远保持警醒，时刻准备战斗。"

图普拉说话时一直望着那座雕像，眼神中夹杂着认同与反感，崇拜与挑衅。有那么一瞬间，前者占了上风，因为他突然说：

"那句'效忠国王，为国争光'，那是事实，对吧？人们对此没有疑问。"接着后者占了上风，因为他对着堂阿尔瓦罗的铜像说了一句荒谬的话："你居然说'整片海洋的英国人都怕我'。你可真敢吹牛。"他又接着说，仿佛说的是一段剧中人物并不知晓而只有观众才能听到的旁白："无法体会到仇恨的人更得不到保护，他们很自信，没有了杀戮的欲望，但实际上他们甚至连保护自己的欲望都没有了。

他们以为政府会忘记，君主会忘记，共和国会忘记。他们觉得自己要做的事太多了，没有时间回溯过去，当下推着他们向前；他们让过往的罪行消逝，因为有时这样做在政治上对他们有利，如果将那些罪行埋葬，他们就会成为赢家。他们以为自己在众多战线中无关紧要，这么做对我们有利。他们错了。我们对仇恨并不熟悉，没错，我们也不该允许自己那么做。我们没有投入激情，但是时间没有向前推移，我们永远不会忘记任何事。对我们来说十年前的事就发生在昨天。甚至发生在今天，发生在此刻。"

第四章

过了整整一周我才告诉贝尔塔这件事。我不觉得我有义务这么做,因为我们一起生活的时间很少,相处得也很平淡,我只是按照惯例偶尔见她,从过去曾经属于我们俩而现在属于她的房子里进进出出,和她打几通与金钱或孩子们有关的实用的电话,孩子们已经长大成人,虽然他们还没有独立,也已经有了自主意识。还有零星的性活动,但频率越来越低,而且"零星"这个词也不是恰当的委婉表述。这种事发生时,我猜测是因为她遭遇了某种挫折,某种瞬间的失望或冷落,我确信她跟某个人或者两个人保持着性关系,她什么也没告诉我,我也没有问她,我已经说过,我无权过问,问了反而是多管闲事和粗鲁无礼的表现,她没有完全不理我,没有不让我见她,已经很宽容了。

我感觉她容忍我是出于固执，或是出于对过去迷信般的忠诚，仿佛她不想完全背叛年轻时的自己和没那么年轻的自己。也可能是因为在她最孤独最不称心的日子里，在她觉得自己年老色衰时（在我看来毫无理由可言，我觉得她还是一样迷人，但是每个人都有自己的理由），我对她还有些用处吧。随着无限的可能性逐渐消失，随着未来变得不再抽象，不再无边无际，也不再是一沓白纸，而是越来越具体狭隘，越来越局促，越来越明确——也就是说，随着每一天过去，未来逐渐变成了过去与现在，人们会渐渐满足于自己当下拥有和残留的东西，没错，满足于剩下的东西。

这是我某种程度上不得不承认的事：我经受着想要书写新章节的诱惑，我没有写完我的小书，虽然我觉得已经写完了。特别是我之前提过的，即使你已经累了并决定要放弃一切，即使你想念从未有过的平静生活（而这本身是一种幻想，如果平静的生活与你曾经有过的紧张、虚假和危险的生活截然不同，那么你根本不会想念它），可一旦做过局内人，做局外人就变得无法忍受，身在其中时，你觉得自己偶尔能弄乱宇宙的一根睫毛。人总是难免想要影响世界，即便自己的影响力微乎其微，也想要改变某个微不足道之人的命运。而具体到眼前的这件事，就是让那个在参与过滔天罪行之后过得快乐逍遥的人，让那个曾经为这些罪行辩护并将它们从记忆中抹去的女人,让她在自以为改头换面、安然无虞时付出代价。

于是,我在家里仔细地看了那三张照片,等到了图普拉迫不及待的电话,确实是迫不及待的电话,他第二天(一月七日,周三)早晨就打电话给我。当天我们临时见了一面,和他的朋友或同事豪尔赫一起吃了一顿便饭(好吧,他们俩是事先约好的),豪尔赫告诉了我具体的细节,交给了我材料和为我准备的伪造证件,连这都准备好了,真是让人惊奇,说明我最后的答案对图普拉来说是多么透明可见,他如此了解我,真让我气馁,我离开那个机构并摆脱过去的躯壳后,本该有更大的变化,本该变得更高深莫测,难以捉摸。如果我觉得他替我选的身份不合适的话,豪尔赫——或者乔治——完全愿意给我换新的身份、新的职业和新的名字。

他是个五十多岁的男人,看起来更像是西班牙职业外交官,而不是正式或业余的特工,尽管我们没有固定的外表,并且还得不断地改变外貌,但是他的穿着实在太讲究了,仿佛是他一贯的作风。他穿着一件双排扣高级毛呢西装外套和一件驼色皮风衣,这身衣服让我十分恼火,我联想起许多我在独裁时期见到的肆无忌惮的富家子弟,他们以为自己是国家的主人,事实也的确如此,我曾经十分鄙视他们。他甚至还戴着珍珠母袖扣,领带上扣着别针,上面饰有某位人物的珐琅肖像,这在九十年代并不常见。幸亏他没有用发油(不然我早就跑了),他的头发往后梳着,右边有一道精致的发缝,一头漂亮的银发就像一些儿童故事书的封面那样闪闪发亮。他的五官很端正,但是鼻子有点大,嘴唇没有他自己希望的厚,看得出来他是个喜欢调情的人。他有一双生动、细长的绿眼睛,细长到有时很难找到它们,那双眼睛似乎从不看向前方,它们似乎得看向更远的地方。唯一与他的大使、大臣或领事气质不符的是他那撮比头发颜色更深的胡子,他的胡子既不稀疏也不浓密,两端没有翘起,在他那张尊贵的脸上虽然稍显突兀,但还不算过分。

作为一个出身高贵的人——不管他是真的还是装的,他介绍了自己的全名:豪尔赫·马奇姆巴雷纳。他的姓氏听起来像是杜撰或借用的,我敢肯定那不是他真正的姓氏。我看了一眼他在没贴照片的证件和护照上给我指定的名字,他非常得意地把它们递给我,自以为很高效。

"米盖尔·森图里翁·阿吉莱拉?森图里翁?这个姓氏会不会太浮夸了?"我问他,"我从来没听说有谁姓这个的。"

我提醒图普拉,免得他忘记了,在西班牙第一个姓氏才是最重要的,人们通常用第一个姓氏来称呼别人,第二个姓氏是母亲的姓氏,原则上只在官方文件上会使用。至少不久前仍是如此。

"如果它的意思跟英文相同的话,"他指的是 centurion[①] 这个词,"那么在我们看来,没人会起这么荒谬的名字。"

出于对图普拉的尊重,或者是因为别无选择,我们说的是他的语言。马奇姆巴雷纳说英语非常自如,尽管他犯了很多错误,而且口音极重,是永远不会改善的那种,但至少能让人听懂他说的话。

"这个姓在这里不太常见,但还是存在的,马德里有六七个人有这个姓。"假马奇姆巴雷纳回答,"这个姓让人一听就能记住,这是它的优势。平淡无奇的名字一点儿用处都没有,实际上,在你不想被人怀疑的时候,它们反而更容易引起怀疑。奇怪的姓氏更可靠,我认识一个叫戈麦斯·安提圭达德的人,您觉得怎么样?他是一家大酒店的经理,谁会想到给自己编这种姓?您看,那么多作家都摒弃了他们的马丁内斯、费尔南德斯和佩雷斯,纷纷改成了阿索林、克拉林、菲加罗甚至萨瓦尔特和格尔文苏。"

我很想打断他,告诉他克拉林和菲加罗只不过是阿拉斯和拉腊的笔名,这两个姓一点儿也不普通。我推断他跟许多外交官一样,对文学一无所知,只记得作家的姓名。

[①] 前文"森图里翁"的西文单词是 Centurión,对应的英文单词是 centurion,意为百夫长。

"人们马上就能习惯稀奇古怪的名字,并且会觉得越来越顺口。森图里翁能让人记住,让人好奇,让人想问您这名字是怎么回事,然后您就能讲讲那些战役,毫不费劲地开始一场对话,不必像大苍蝇一样纠缠别人,也不必找借口。您别忘了,您得赢得那几个女人的信任。"他用那双迷离的眼睛观察了我一秒钟,"但是如果您不喜欢的话,我们就给您换一个姓。还是您更喜欢加西亚·加西亚?"

他的语气里有一丝嘲讽。我觉得他是个如假包换的富家子弟,甚至可能是佛朗哥时期的富家子弟。在我的印象里,"大苍蝇"这个词从七十年代以后就没再听过了。我想知道他为谁工作,他极有可能是在内部或外部为国防高级情报中心效力,国防高级情报中心隶属于国防部,那里有许多坚定的佛朗哥主义者,他们并没有因此而背弃民主,所有人都自然而然地改变了信仰,并且不会良心不安。此外,那些怀念旧体制的人能自己行动,或者在左翼或右翼上司的指挥下行动,那样的上司无处不在。

我发现一旦接受了,这对我来说就变得根本不重要了,或者说,我不认为这是我的事。就跟过去一样,这是图普拉委托我的事,我明白我会跟他或他指派的某个人打交道,很可能又是像莫利纽克斯那样的人。这一回他没有听从上级的命令,但是谁能跟我保证每回都听从命令呢。不管这项任务是谁指派的，目标都不难达成。归根结底，都是为了揭开一名女恐怖分子的面具，如果可能的话，还要将她绳之以法。至少当时我是这么认为的。

"不，不，您别担心。如果您觉得森图里翁更好的话，我绝不会跟您争辩。在收到下一次通知前，我都是森图里翁。事实上我很喜欢这个姓。"

"您看吧？"马奇姆巴雷纳满意地说，"您马上就习惯了，我看您是个机会主义者。"

"照片呢？这里没有照片，贝尔蒂可能有几张，只不过是三四年前的照片了，但是我想应该能用上。我不认为自己老了很多。"

马奇姆巴雷纳和图普拉一起专注地盯着我，仿佛我是一只虫子。马奇姆巴雷纳不可能对我衰老的速度有任何看法；图普拉可能会有看法，我希望他不要把我和他两百年前在布莱克韦尔书店认识的那个年轻人做比较，我和那个年轻人毫无关系，这是肯定的。从多年前的那个早晨到现在，他的变化比我小得多，可能因为他一直都是那副模样，我是这么认为的。他也比那时更自负，他很在意自己的外表，很会打扮。

"等您决定好米盖尔·森图里翁是什么模样，并且差不多变成他的时候，我们再弄照片、贴照片，在这之前做没什么意义。"马奇姆巴雷纳回答说,"选一个您满意的模样吧。您是想染金色、棕色还是白色的头发,留髭、留胡须还是全剃光,头发留长一些还是剪短一些,有发缝还是没发缝。发缝让人显得更整洁,更优雅。"他毫不谦虚地指了指自己的发缝。"不过,您没时间留胡须了,得尽快开始才行。如果您想留的话,以后再留吧,反正胡须总会长的。总之,外貌由您来决定,毕竟展示它的是您,而且贝尔特拉姆跟我说,您在这方面很有经验。为了确保万无一失,外貌越吸引人越好。要赢得一个女人的信任,有时唯一的方法是征服她。让她爱上你,或者随你怎么形容都行。在床上。"接着他开始说西班牙语,仿佛他需要用自己的语言来说粗俗的话。"勾引她,跟她做个一次或者二十五次。整根进入,在每个地方都把她插到最深处……"

我在他说得更露骨、变得更亢奋之前制止了他。他是个表面谦和实则粗鲁的富家子弟,富家子弟中这样的人很多。

"好了,我明白您的意思了。原则上我不打算走这条路。这只会让事情变得复杂和混乱,做起来更困难。还有别的路可走。而且您看,贝尔特拉姆听不懂西班牙语,您别忘了。"

"您说得对,抱歉,贝尔特拉姆,和说相同语言的人在一起,不知不觉就脱口而出了。"他用英语道了歉,"我刚跟内文森说，也许他应该跟其中的某个女人上床。"

"这事他是做得到的。"图普拉回答说，"他那时候在这方面做得并不差。在他服役的时候。"

"他说还有别的路，他更愿意走别的路。别的什么路，内文森？我一条路都没看见。"

我没有回答他。如果他想象不出来的话，跟他解释也没有意义。

"我会尽量让自己变得好看的，"为了结束这个话题，我说，"尽管我已经没有什么年龄优势了。我跟过去不一样了，贝尔蒂。"

他们俩又以一种让我窘迫的方式审视我，评估我对那三个女人有多大的吸引力，仿佛我并不在场，仿佛他们是在屏幕上看我。我默许他们观察我，但我觉得很不自在。

"我看您长得挺不错的，五官端正。"马奇姆巴雷纳说，"您比我年轻，我没什么可抱怨的，在这方面我是非常成功的。如果你们想知道的话，前几天我跟一个女演员在一起了。"没有人鼓励他说下去，幸好他理解了这个讯号。"打扮一下会更好，这是肯定的。我可以派西格弗里多去您那儿。"

"西格弗里多？"我问。这个名字让我不安。

"我的私人理发师，他也会给男士化妆。您别害怕，他是科尔多瓦省波索布兰科市人，不是德国人，也不崇拜瓦格纳。"

"说不好，"图普拉喃喃自语，审视着我，"你得染下鬓角和两侧上方的头发。这个部位的头发看起来最灰，容易显老。注意，不要大片地染，最好能挑染。上面的头发没有问题，那里没有白头发。后移的发际线显得你风趣而可靠，宽大的前额让人有好感，这部分我们不需要改进，而且你也不秃。但是你最好别留胡须，你的胡须长出来应该是白色的，显老几岁并不合适。就像乔治说的，为了确保万无一失。"

"染鬓角？像你一样从几百年前就开始搞得花里胡哨吗？都到这个节骨眼了，你想让我变得跟你一样虚荣？"

虽然我用了开玩笑的语气，而且毫无冒犯的意思，但是图普拉并不觉得这句话好笑。难道他以为自己那头浓密的鬓发能完全骗过别人吗。他严肃地看了我一眼，然后不赞同地挥了挥手，仿佛是在说："真傻，忌妒心真强。"

我接着说："而且，我不认为我在这里必须大改模样。我从没在西班牙执行过任务，所以不会有被认出的风险。"

图普拉左右挥动他的食指，以此训斥我。"你已经失败了，别再走那条路了，"那只手指说，它还说，"哎，汤姆，你真的生疏了，真的快不行了。"

"别忘了我跟你说过的话。我们找的那个女人有一半的北爱尔兰血统，虽然她在这里生活了大半辈子，你去过北爱尔兰,那里的一切都在慢慢平息,还留有希望,不像你们在巴斯克遭遇的那些事。但没有什么是确定的,一切都不堪一击,我们走着瞧吧。即便什么都没得到解决,人们也不想继续了,DUP那些令人作呕的福音派、长老会成员以及PUP的那帮蠢驴除外。"他指的是两个主张统一的党派——民主统一党(Democratic Unionist Party,即DUP)和进步工会党(Progressive Unionist Party,即PUP),前者是愚蠢的极右派,后者是愚蠢的左派。"在那么小的地方,死亡人数竟然多达三千四百人。埃塔杀了多少人?"

"不到他们的四分之一。"马奇姆巴雷纳回答,"但是请注意,这里只有一个阵营在杀戮,另一个阵营则温顺地献出了自己的脖子,既没有以眼还眼,也没有说要报仇,要是仔细想想,还挺奇怪的。在你们那里,双方都上了真枪实弹,你们的军队也参与了。这样会让死亡人数翻好几倍。"

"虽说现在只有一个阵营,但是也曾经有过例外。"我指的是八十年代的反恐怖主义解放团。

"例外很少,相比之下很少。"豪尔赫补充说,或许是因为他曾经于八十年代参与其中,谁知道呢。

无论如何,他的说法不无道理。埃塔的罪行是无法宽恕的,而且持续了三十年,跟阿尔斯特相应的屠杀事件持续的时间差不多。不论有没有犯下杀人的罪行,埃塔的成员在民主制度建立时通通被赦免，而他们报恩的方式却是更残忍地与民主制度斗争，相比独裁制度他们更厌恶民主制度，他们肆无忌惮地屠杀。

"正因为如此，"图普拉继续说，"很可能不会有人通过干掉我们的人来破坏谈判或会谈，而你是我们的人，汤姆。这不仅是因为你回归了。我们还在继续帮助你的家庭。应该说，你的两个家庭，你应该清楚，你用你的薪水都做了些什么。"

现在轮到我不觉得他的提醒好笑了。我已经答应他了，拿让我失去经济保障来威胁我没有任何意义。他担心我会退缩，担心我在开始前或半路放弃。我们最后一次在伦敦见面并互相道别时，他提醒我："我们不会抛弃那些曾经为王国效力的人，这一点你很清楚。但我们的确抛弃了那些失败的人，失言的人，那些透露了不该透露也不能透露的事的人。如果你不希望我们撤销你的赡养费和所有的经济保障的话，请你记住这一点。而且，我们还能起诉你。"

我从没有失言，连跟贝尔塔都没有。我牢牢记住了，我这辈子都跟一九一一年和一九八九年改革后的《官方保密法案》紧密相连。

我想，既然只要他们找你，你就必须效力，并冒着被报复或在已被消耗殆尽的年龄风餐露宿的风险，那么这一切是否并非空谈,是否会有更苛刻的要求。我想,我是否根本无法脱身,就像无法摆脱假装同意放人然后把人除掉的黑帮。唯一的方法是变成一无是处的人,变成可以被舍弃的人。我以为我已经做到了,可现在他们又召我归队,虽然不是正式途径。我很高兴我并非一无是处。

"但是在阿尔斯特,"图普拉继续说,"也许有一些逍遥法外的人,他们可能把你的照片钉在了飞镖的靶心,这些照片会被分发传阅。过去有这样的人,但是现在大概率没有了,因为几乎没人记得你,那些记得你的人以为你已经死了。那个女人很难也几乎不可能熟悉你的脸,但最好采取充分的防范措施,因为我们永远不知道谁会画下我们的肖像。甚至可能某个手艺好、记忆力也好的人已经画下了我们的模样。你看,我们没有任何关于那个女人的可靠描述,连照片都没有,她一直让人捉摸不透,一直处在阴影之中。好吧,我们有一张她现在的照片,我昨天把它跟另外两张照片一起给你了,但是没有她过去的照片,我们不知道那三个女人中哪一个是我们要找的人。这并不意味着别处没有她的影像,正如你的影像还有所有人的影像都会存在于别处。我们的问题在于,我们没有找到她过去的模样,她过去的模样多少能透露一些她的身份,并给我们指明方向。她大概改变过自己的容貌上千次。这就需要你出手了,这不是一个简单的任务。她并不会有顾虑。如果她起了疑心,可能会逃走,但也可能会杀了你。"

他吃完了作为甜点的天空培根,然后点燃了一根烟,在相对文明的二十世纪,餐馆里还有吸烟区。

"所以我并不是想让你戴上荒唐的假发,也不是想让你打扮成当地人的模样,但是你不要在那座西北城市以真实的面目出现。更不要以你假死之前的模样出现,会被那些怀恨在心并播撒仇恨的人牢牢记住。所以你也别打扮得太年轻了。"

他似乎突然被我之前的玩笑逗乐了,因为他带着亲切的微笑说:

"你只管变得像我一样虚荣就行,跟我能学到东西。事实会证明我是个好老师。尽管我并不愿意如此,但这是实话。"

我跟马奇姆巴雷纳说的是实话:如果能避免的话,原则上我不打算征服任何人,我不打算征服那三个女人中的任何一个,更不想跟她们上床,即使她们当中有人愿意。而这也没那么容易,或者说,对我来说已经没那么容易了,我指的是说服她们,或者按照豪尔赫那个粗俗的富家子弟的说法,勾引她们。不仅因为退役后我缺少这方面的训练,还因为仅仅是脑海里闪过这个想法,我便浑身懈怠。跟对方约好，给自己增添魅力，收拾打扮，出门，长时间交谈，隐晦地暗示——得暧昧一些才行，关心一个陌生人的生活与观点，关注她，耐心听她说话，记住她说的话——这是一种奉承的方式，就像牢记老师的教诲似的。既要献殷勤又不能显得荒唐，既要有所行动又不能显得好色淫荡、卑躬屈膝、油嘴滑舌、咄咄逼人，还要估计她对看似随意而自然的触碰的反应，对爱抚肩膀的反应，对过马路时搂住腰部的反应，对在电影院、音乐会和出租车里我的大腿靠近她的大腿的反应……只要想到这一切我就觉得疲惫不堪。更别提还得亲吻、抚摸、掀起裙角（如果裙子容易掀的话）、拉开拉链、解开纽扣、喘气、凝视对方、脱衣服——即便只脱一半、纠缠另一副身体并努力让对方满意，也许还得假装故意模仿激烈小说中的激烈，抑或假装从最愚蠢、最虚假的电影中复刻的绝望与急迫。更别提我可能会在别人的卧室里过夜或者让别人睡在我的床上，可能会跟那个人一起起床，在她枯燥的陪伴下吃早餐，夜晚的激情往往被视为错误和草率的行为，并在清晨消退，至少从某个年龄开始便是如此。

回马德里以来，我在性方面的需求下降了，仿佛退役在很多方面都让我萎靡不振，其中一些是我意想不到的。偶尔和贝尔塔约会就能满足我，当这些约会因为她的幻想与考验被取消时,我会去同在使馆工作的英国女同事的公寓,实际上她是我的下属(她在我回西班牙不久前开始在那里工作),从第一天起,她就对我青睐有加,看我的眼神中充满了强烈的好奇,还有一丝诡异的家长般的温情,尽管我的年龄比她大了近一倍。我怀疑她之所以对我好奇,是因为她知道我的经历,或者至少听到过风声,她大概觉得用一个间谍来填补她性史上的空缺是很大的诱惑。她也是那种通过庇护无依无靠之人、引导迷惘之人和安慰饱受折磨之人来寻求满足感的年轻女孩,而在我适应空虚的那段时期,她大概觉得我兼备这三种特征。

她叫帕特里夏·佩雷斯·努伊克斯,她也是西班牙和英国混血儿——如果我没记错的话,她还是内战期间一位不起眼的流亡者的孙女,这位流亡者在英国与一些知名人士相逢——阿图罗·巴雷亚、查韦斯·诺加莱斯,可能还有塞尔努达。她和我一样精通两门语言,但她在伦敦长大,所以她更接近英国人,她来西班牙只是为了过暑假,跟我正好相反。她有一双敏捷、活泼的深褐色眼睛,她的笑容频繁而随性,但只能让旁边人高兴一会儿,因为她的快乐既不深刻也不持久。虽然她年纪极小(完成学业后很快因为能力出众而被录用了),但她很明白自己要的是什么,觍着脸接近我的是她,维持关系的也是她。这只是一种说法而已，因为她还跟很多同龄人交往，尽管听起来很荒唐，但她只是把我当成一个她以为英雄辈出的时代——冷战时期——偶尔能享用的稀奇古怪的战利品而已（每月一次或两月一次，频率不会很高）。

她觉得那个时代英雄辈出、传奇神秘，这让我过早地觉得自己变成了一只古老的恐龙，那个时代并没有那么久远，仍是我生命的一部分：通过她的眼神，我见证了自己曾经的生活变成了历史、往昔、过去，当这种事发生时，我们不禁苦涩地问自己，曾经做过的事究竟有无意义，我们不难得出这样的结论：即便我们没有抬起一根手指，即便我们不曾存在也不曾玷污自己，一切也仍然相同。

她总是在庞萨诺大街的家里接待我，对我的态度中混杂着愉悦、迁就（那种自以为是的年轻人对年长者的迁就）以及对传说毫不减退的好奇心，而我却被禁止满足她的好奇心，她只能通过阅读来想象我曲折的经历，这正是可怜的贝尔塔几十年来所做的事，只不过对于贝尔塔而言，不存在任何轻浮或娱乐的元素，也不存在口口相传的孤军作战（更确切地说是不为人知的孤军作战）。帕特——所有人都这样称呼她——属于快节奏、重实效、不会陷入道德两难的一代人，这代人想做什么就做什么，他们不会质疑世界的规则，同时也会履行自己的义务。她天生的好心肠并不会阻碍她以公务员身份出现时变得严厉苛刻，毕竟她和我，还有图普拉，甚至首相，都是这样的。她会对那些在她的上司看来危害或威胁王国的人毫不留情，其中一名远程指挥她的上司正是图普拉，我立刻就发现了这一点，我有些惊讶。与我的那段肉体关系没有给她带去任何麻烦与困惑，也不会让她留恋。和她在一起，我一点儿也不费劲儿。

我还没有得到所有的资料，我在等待完整的情报，他们在我出发前才会把这些情报交给我，但是马奇姆巴雷纳和图普拉已经提前告诉我，那三个女人中有两个已婚；另一个似乎是单身，但也可能是离异或丧偶，她是一个沉默寡言的人，城里的人对她知之甚少，因为她几乎不跟熟人谈论自己的事，总之她自己一个人生活。

如果我被迫踏上那条泥泞的情与性之路，或者单纯的性之路，那么对待已婚女性，首先得战胜她们对欺骗丈夫、让陌生人融入她们日常生活的抗拒感（更多的是心理上的抗拒而不是肉体上的抗拒，肉体接触是机械的，而且性交之后还会有洗净痕迹的淋浴），这真是额外的、令人厌烦的任务。除非她们已经习惯做这样的事，并且毫不在意，抑或是她们的婚姻早已出现裂痕，正等待机会装上小型炸弹把婚姻炸毁。

我希望她们当中不会有人真把我当一回事，或者把我当成替代品。当然，如果真的出现这种情况，我已经有一些经验了：让她们狠狠失望，然后不做任何解释就消失，把情人们交由司法处置，或是交给被她们背叛的同伙处理，后者对她们来说通常更糟。有一回我于心不忍，但也没到下不了手的程度，之后她们遭遇的事就与我无关了，也不是我的过错。她们选择了帮助她们所帮助的人，藏匿她们所藏匿的人，参与她们所参与的组织，投身于她们所投身的事业，虽然有时是因为受到蒙骗或迷惑，正如许多没经验的男人那样。我得在那座西北部的城市找出并确认那个女人——三个女人中的一个，不管她是谁——是那几场屠杀的罪魁祸首，她必须为此付出代价。即便她不必付出代价，她也应该那么做。即便因为她不再构成威胁和已经改过自新而不该那么做，为了以防万一，我们也得打断她的生活，因为我们是天生的复仇者——如果我们不是，那在这个健忘的世界上，还有谁会是呢？

图普拉说得对：我们对仇恨并不熟悉，但我们是档案本，是记录册，我们永远不会忘记别人因为疲倦或为了不沉浸在痛苦中而忘记的事。我不知道他有没有意识到，但他说过的话让我们——带着我们凡人所有的局限——更接近那位多少个世纪以来人们以为存在的上帝：在他那不会流逝的纷繁杂乱的时间里，记住并保留一切的上帝。对上帝来说，没有新旧，没有远近。"对我们来说十年前的事就发生在昨天，甚至发生在今天，发生在此刻。"那位在今天已经失效但在大部分历史时期都有效的上帝大概就是这样观察一切的吧。因此他无法原谅一切，它们不在他的掌控之内，因为在他眼中，一切罪行都不会过期，也不会减轻，一切罪行同时发生，并持续存在。

但是还有另一个原因促使我回来，促使我接受这个任务：不让自己怀疑过去所做之事是否徒劳的唯一方法是继续做同样的事，过动荡人生的唯一理由是让人生继续动荡，痛苦存在的唯一理由是延续痛苦、眷顾痛苦、滋养痛苦以及怀抱怨恨，正如只有坚定地犯罪才能让犯罪履历延续，只有坚持罪恶、随意伤害别人（先伤害一些人，再伤害另一些人，直到无人幸免）才能让罪恶的轨迹绵延。

恐怖组织不能主动放弃，因为那样会裂开一道深渊，他们会回看过去的自己，会因为放弃以及因此造成的浪费而毛骨悚然。连环杀手继续杀人是因为只有这样他才能永远不回顾过去，回顾那些他仍然清白无辜并且有意义的日子。否则就是承认麦克白夫人令人惊恐的宣言："费尽了一切，结果还是一无所得。"抑或那句——"我们犯下卑鄙的罪行，却没得到任何好处。"几乎没有人愿意这么做，需要有极强的意志才行，而极强的意志已经从这个世界上消失了。

我们跟他们一样，只不过我们有自己的方式。对我来说，像过去那样在大使馆工作是难以忍受的，尽管我掩饰了这种感受，假装自己很满意、很感激、很知足，仿佛没有东西横亘其中，仿佛我从没离开过那里，仿佛我缺席的、孤独的、假死的那几年，用来阻止无人知晓的灾难的那几年从来没有存在过。我阻止了许多灾难，它们没有发生，没有发生的事就像在迷雾中行驶却永远不会现身的船只。

然而，我知道，为了阻止灾难，为了不让那些不想听到我们的消息、还不了解我们就看不起我们的公民遭受灾难，我曾经做过什么样的事。他们觉得我们是存在的，我们应该保护他们免遭危险，应该让他们免受那些暗中窥伺王国、不惜一切代价只为摧毁王国之人的威胁。但是他们拒绝了解我们是如何行动的，因为他们觉得，他们定会谴责我们的做法，会对此愤怒不已。人们要求安全，却不愿玷污自己，连了解情况都不愿意。如果失败了，那么我们的罪名便是玩忽职守；如果成功了，如果因为意外或失误而被人发现我们成功了——最好是对此保持沉默，那么我们的罪名便是施暴或谋杀。于是，他们会愤怒地表示抗议，指责我们没有更人道、更温和地对待那些人；如果我们那么做的话,那些人会让他们站成一排,将他们逐一杀害,或者把他们集体炸死。

从我的受害者的角度看,我做过丑恶歹毒、令人发指的事。我曾经虚与委蛇,欺瞒哄骗,煽风点火,我曾经为了赢得信任而背叛别人,伤害过那些对我动情甚至给予我仓促而轻率的爱情的人。我曾经把别人送进监狱服刑,甚至送他们上黄泉路,我曾经亲手杀死过两个男人。这只是简短的概括。在战争中,没有时间悲痛。

然而,当你停下来时,你会逐渐回想起那些脸孔与对话,歌声响起时酒壶碰撞的声音,微笑、天真的眼神以及友善的话语,拍打肩膀的手掌和不配得到的爱抚。还有某具赤裸的身体,她以为拥抱的是自己人,是一个风华正茂的英雄,可她拥抱的却是即将毁灭自己的凶手。你开始怀疑这一切是否有必要,每次行动,每次承诺,每次诡辩和每次欺骗,痛苦逐渐将你侵蚀,将你打败。你因痛惜而在半夜里大汗淋漓地醒来,因悔恨而惊慌失措,你被困在已经发生并且无法挽回的往事的蛛网中。逃离那里的唯一方式便是做回原来的自己,做曾经做过的事,继续与无足轻重的、具体的敌人作战,他们是抽象的敌人的化身,如果我们不抢先一步惩罚抽象的敌人,他就会把我们消灭。到那时你会明白,一旦开始,一旦迈出了第一步并且扭曲了方向，那么你只能沿着扭曲的路继续前进，并不断扭曲它。

起初指派给我的联络人正是佩雷斯·努伊克斯，即帕特或努伊克斯（我会根据不同的心情、地点和时机，用这三种方式称呼她），她是我在新流放地——那座我最好别提名字的西北城市——的莫利纽克斯。它也是一座临河的城市，就像那座英国城市，我在那里避难了好几年，却没有退休的感觉，因为我日复一日地等待回归之日，还在那里组建了一个临时家庭，我希望在那座西班牙城市不会发生同样的事，这不是在大半个欧洲分配并抛弃孩子的问题，这是不可能的。图普拉预估我最多只需要几个月就能完成这个任务，但根据我的经验来看，一切都会延长，会变得纷繁复杂，会比想象中的更费劲。计划从来不是一帆风顺的，而是永远坎坷不平的。

我意识到佩雷斯·努伊克斯虽然年轻，但职务比我想的更高，或者她被给予了充分的信任，虽然我不是很清楚她是为图普拉效力，还是为马奇姆巴雷纳效力。我想当然地认为她为图普拉效力，尽管马奇姆巴雷纳会给我在当地提供后勤保障。毕竟，这是为了掩护当时束手无策的国防高级情报中心或者在暗处提出请求的那个人；是为了给因丑闻和审判反恐怖主义解放团而深陷危机的西班牙当局洗脱嫌疑。在八十年代,反恐怖主义解放团曾经在费利佩·冈萨雷斯的工人社会主义政府的领导下行动,人们也怀疑他,很难相信他完全不知情,但这是次要的。实际上,这是为了转移所有西班牙人的注意力,不论是警察、秘密特工、军人,还是平民百姓。如果不得不做一些龌龊的事,那就让英国人来做,这就是他们的打算。或者让一个英国人单独行动,一个复仇心切、正义凛然并且跟爱尔兰共和军还有未了恩怨的英国人——一个像我这样的英国人。很快便有人通知我,有可能会发生丑恶至极之事,我不能说我完全是被骗去那座西北城市的。

"如果你找不出她曾经参与八七年恐怖袭击的证据的话,"某天下午佩雷斯·努伊克斯告诉我,"如果你找不到能依法逮捕那个女人并保证她能被定罪的充足证据的话……"她不想一上来就把话说完。

"我基本不可能找得到,"我立马回答她,"这么多年了,她不可能保留任何能证明她有罪的证据,没有人会这么蠢。要在那三个女人里找出她、确认她的身份并且不引起任何怀疑已经是很难的事了。所以呢?你想说什么?把话说完吧。"

努伊克斯还在犹豫。我们在米盖尔·安赫尔大街的一家咖啡馆里,最好在使馆以外的地方谈论那件事,那里离大使馆比较近，但不至于特别近，当时英国大使馆是一座由建筑师布赖恩特和布兰科－索莱尔——前者是粗野主义者，后者是理性主义者——设计的奇怪建筑，位于圣人费尔南多大街和蒙特·艾斯金萨大街的交叉口。

可笑的是，帕特觉得自己在任何方面都高我一等，她在我们偶尔发生的关系中保持奇怪的家长式作风是一码事，但把这种作风扩大到那些我是老手而她是新手的事情上就是另一码事了。在那些事情上，她还没学会走路，而我已经在周游世界后归来，更确切地说，我在周游世界时死去，归来后被埋葬。可笑的是，出于谨慎，她不敢告诉我坏消息。可笑的是，她觉得我如此敏感和脆弱。这就是退役的后果，人们以为你承受不了压力，变成了一个懦夫。

"在这种情况下，你得确保她构不成威胁，确保她不再悄无声息地在那里走动。确保她无法伤害任何人。"她跟我说得很慢，很谨慎，仿佛是为了不要吓跑我。即便如此，我也完全明白她的意思。

"啊，那该如何实现呢？除了使用永远奏效并且能对世界上任何人使用的手段之外。我不认为你跟我说的是这个。"我想逼她一字一句地说出来。

"你知道只有一种稳妥的方式，应该就是永远奏效的那种。据图普拉说，你对它非常了解。"

我注视着她生动的深褐色眼睛,一方面因为她对我的小心翼翼而觉得好笑,另一方面因为这出乎意料的转折而茫然失措。我没想到那次寻人任务背后隐藏着这么深的意图。我已经说过我接受的是怎样的教育。

"就是这样吗?你是在跟我说,如果不能把她绳之以法就把她干掉。干掉一个可能已经退出所有恐怖主义活动的女人,一个可能有孩子而且从几年前起就过着平静生活的女人?干掉一个可能已经忘记自己做过的事,要是记得的话会追悔莫及的女人?这样会不会太夸大也太过分了?"

此刻她不再谨慎,而是露出了强硬和愤怒的一面,人们年轻时很容易这样,因为从未见识过强硬和愤怒的后果。这就是狂热分子讨好少年并招募他们的原因。图普拉绝不是狂热分子,但他非常了解狂热分子的那套方法,并且能够运用自如。

"过分的是她参与过的那些恐怖袭击。按你的说法,那些幸存者肯定没有忘记。失去一条腿或一条胳膊的人,永远坐在轮椅上的人,他们肯定不会忘记,每天早晨起床的时候,每天晚上睡觉的时候,每时每刻,他们都会记得。而且他们没什么可后悔的,后悔出门?后悔没出门?他们没什么可后悔的,因为有人替他们做了决定,决定像买彩票或掷骰子的人那样随机除掉他们。然后是那些死去的人,他们不能遗忘也不能记得任何事。两场袭击的死者加起来多达三十二人。对他们来说没有什么'也许'可言，他们所有的'也许'都已经在十年前终结，那些孩子死的时候还不到十岁。你跟我说什么？一个改过自新、悔不当初的女人？一个爱自己的孩子的母亲，一个把可怜的丈夫蒙在鼓里的模范妻子？她的丈夫甚至可能不会怀疑自己娶的人究竟是谁。一个将罪行留在过去而自己偷偷过着平静生活的人？你对我说的话比这还糟糕。在杀死了三十二个人并导致多人残疾后，她怎么能过上平静的生活？那个女人没有这样做的权利。"

"她或许没有这样做的权利，"我回答她，"但是她有被审判的权利。如果因为缺少证据而无法审判她，那又如何？由我们来审判她，判决她，然后处决她？这才是过分的做法。这是所谓的国家恐怖主义，把我们拉低到跟他们一个水平。"

佩雷斯·努伊克斯脸上掺杂着难以置信和失望的表情。没错，年轻人要变得激进和野蛮一点儿也不难。她大概认为我是个经验丰富且毫无顾虑的人，但她忽略了顾虑也会随着经验的累积而增多。

"你就跟我说这个？"她回答，"连我都接受过这样的教导：如果别无他法，有时必须降低到他们的水平才能打败他们,才能阻止他们继续杀戮。尽可能不要这么做,好的,没问题,但是有时就得这么做。你肯定经历过这些,汤姆。如果你跟我说没有,我也不会相信你。而且,这其中并没有国家介入。"

我并不确定自己是否经历过这些,准确地说,我认为并没有,但是我不打算回顾自己的经历。我也没有被准许回答她,告诉她我过去的遭遇。我把最糟糕的经历深藏于心,我至死都得把它深藏于心,不管是在我活着的时候,还是在往后无数个世纪里,到那时,我将只是一个死人,一个不会揭露任何事的死人,一个永远无法被看穿的死人……或许图普拉说得对,他是这个世界上最了解我的人,也是唯一能让我敞开心扉交谈的人,因为他很了解我的行动。现在他又通过佩雷斯·努伊克斯给我下达命令。他没有亲自告诉我那些最令人不快的行动,那些行动可能会让我拒绝他的提议,让我继续在勒班陀大街和圣人费尔南多大街游荡并时常在帕维亚大街逗留。

那间咖啡馆里挤满了人,满是烦闷地下班、放学但还不想回家的人。我们周围有许多人,我不想让别人听见我们的谈话,但喧哗声实在太大——是西班牙语无误,人们不太可能听见别桌的交谈。

"我提醒你犯罪是有诉讼时效的，"我告诉努伊克斯，"好了，好了，这些罪行还没有过诉讼时效。我不明白为什么人们认为十年不够长，但是二十年或西班牙规定的不知多少年就够长，我估计是取决于犯罪的严重性，基本每个地方都这样。但是在极少数例外的情况下，诉讼时效会被提前或被推后。如果犯罪的人已经不再是曾经的那个人，如果他已经不构成威胁，那么改成十年又有什么关系呢？这种情况有可能出现，有可能发生。十九年十一个月时，某项罪行仍然可以被严格审判，但是再过三十天就不可以了，而这又有什么意义呢？设置这些时限是愚蠢的做法。今天我能被判一千年监禁，明天我就能自由了，因为一切都行不通了？突然间罪责不存在了，谋杀也不存在了，一切都被一张日历抹去了？时间把曾经存在过的事变得不存在了？正义可真荒唐，它是一种理想状态，是不可能实现的。我们假装正义存在，并且还要实现它，但它根本不可能存在。如果我们接受毫无意义的规则，那就是另一码事了，人们总得利用某些东西来维持表象。但是我也说不好。如果那个女人彻底隐退了十年之久，那她肯定还躲着她的同伙……或许她憎恶他们，或许他们跟你们一样急切地寻找她，好跟她算账，因为她心怀不满，因为她临阵脱逃，因为她无动于衷，谁知道呢。但如果她已经不是过去的那个人了，如果她只是一个在那座外省城市生活的人，我们也要冷漠地杀害她吗？就算按照法律规定她犯罪的诉讼时效还没过，那又有什么关系呢？毕竟恐怖主义犯罪是有诉讼时效的……"

"可是任何事都不该有时效。"佩雷斯·努伊克斯无情地说。我们从未谈论过这类问题，她的冷漠根本藏不住。毫无疑问，她属于图普拉那一派，他在塑造她，我以后得压制她的这种绝对主义观念。"你说得没错，那很荒唐。荒唐到这些法律都是错误的，没必要理会它们。事发时年代久远就能减弱它的严重性吗？不能。正如你所说，时间不会废止任何东西，也不该废止任何东西。甚至不会削弱任何东西。悔恨也不会，不然这也太舒服了：'哎呀，我杀死了几个孩子，但是我很后悔。'别再有愚蠢的想法，也别再原谅那些人。这就是我们存在的目的，因为正义不堪一击。"

我不禁惊讶地看着她，以一种全新的眼光看着她，我并不赞同她的观点。我们的交往一直是轻松而友好的，我从来不觉得她是个冷酷无情的人，尽管她在工作上的确铁面无私，正如我所说，她是个非常敬业的女人。当然了，我也没有机会去探究这一点。即便是图普拉也不会如此直截了当地蔑视原谅那些人的做法，他有灵活的一面——通常表现为恬不知耻，而这是她所缺少的。也许这就是他的方法，先创造一个全心全意、愿意肝脑涂地的狂热信徒，再适当地纠正她。帕特还没有到纠正阶段，她处于原始的狂热阶段。

"我不清楚时间是否会废止或者削弱事实，"我回答她，"但是时间会把事实变得无足轻重。我不认为有人会在意两百年前的罪行，连一百年前的罪行——一八九七年的罪行——都不会有人在意。如果那些罪犯还活着，我怀疑没人会花费精力去追捕他们，连你也不会。我们坚信那些罪犯永远存在，是世界的一部分，每个时代都有各自的罪犯，由同时代的人去惩罚他们。如果他们没能做到，那也不是我们这些后来人的事，我们得负责处理我们的罪犯。过往罪犯的数量如此庞大，我们根本对付不过来。因此，在人们还相信上帝的时候，会把那些人留给'最后的审判'。人们相信上帝会让每个人各归各位，而且上帝还会知道哪些行为应该被定罪，哪些行为是正当的，以及哪些人是真心悔过甚至因此而得到了救赎。那是一个更令人振奋的世界，人们期待着上帝的审判能到达凡人的审判无法企及的地方。"

"你在跟我说什么呢，汤姆？你自己都说了，那是侏罗纪时代的事了。今天，我们所有人都知道除了我们的审判别无其他,所以大家最好赶紧行动。连那些信教的人都知道这个道理,而且如果可以的话,他们也会尽快给自己讨回公道。"

她说这句话的语气十分轻蔑,仿佛只是因为我回顾了持续了几世纪的上帝审判传统,她就认为我也是侏罗纪时代的人。她属于我们这个时代越来越多的某类人:他们假装现实中不再存在的事物从未存在过,他们急迫地封印过去,不由分说,仿佛过去是他们的一大麻烦。我没有理会她。

"举个例子,你根本不关心一七六六年这个城市发生过什么,或是一八〇八年这里发生过什么,当时确实有暴行发生。你会感觉到抽象而短暂的悲痛,但那就像看虚构作品时的悲痛,就像你在读小说或看电影。法国入侵,人民起义,这些事件留在了戈雅的画里,你去普拉多博物馆看那些画,它们看起来就像被画家虚构出来的画面。一场持续多年的游击战。它发生过,仅此而已,今天没人会因此而愤怒,而这并不仅仅是因为受害者和刽子手都已故去。距离当然会削弱和废止往事。在一定的时间内,我们寻找的那个女人也会死去。最重要的是,她会变得遥远,没有人会记得她。甚至连她参与过的那些袭击也没人会记得,它们仍旧让我们毛骨悚然,但是已经不像十年前刚发生时那样让我们毛骨悚然了，已经不至于如此了。那个女人可能对自己做过或参与过的事感到震惊。她可能对任何人都构不成威胁。恰恰相反，她可能只想救人，只想弥补自己的过失。或者用侏罗纪时代的话说，她可能只想救赎自己。用'赎罪'这个词可能太过时了，那是三叠纪时代的词。"

"我不知道一七六六年这里发生过什么。"她被那个不熟悉的年代给困住了，她会因为不知道某件事而恼火，因为她的确是个敬业又较真的人。

"埃斯基拉切的暴动。"

"谁的暴动？那是怎么一回事？"

"埃斯基拉切侯爵，一个效力于我们有史以来最好的国王卡洛斯三世的西西里岛人，你可以在历史书上找找这个人物。他想出了个主意：禁止人们穿长披风戴宽檐圆帽，以此严防人们秘密携带武器。此项举措激怒了人民，尽管人民本就已经因为面包、肥皂和食用油的短缺而愤怒不已。这并不重要。可以肯定的是，瓦隆卫队骑着马，举着马刀，冲向叛乱的人，砍向男人、女人、孩子，据说还有婴儿的头颅，他还在马约尔广场向人民扫射。连你都不知道曾经发生过那场屠杀，你也没必要知道。屠杀持续了三四天，死了上百人。你看，一切都会被废止并被遗忘。难道你想为此做些什么吗？在任何一个国家，在任何一座城市，都发生过活着的人并不知晓或并不关心的血腥事件。他们不在意那些事,即便那些事就发生在他们散步和玩乐的街道上。"

佩雷斯·努伊克斯沉默了几秒钟,她看了看四周,仿佛是想从咖啡馆的顾客身上感受到对埃斯基拉切的暴动的关注或悲痛。所有人都在热烈地交谈。她终于知道该如何回答我了。

"好吧,也许发生在遥远过去的罪行确实会有失效的日期,但那只是因为我们无能为力,它们已经脱离了我们的掌控,我们无法惩罚它们。人在江湖,身不由己。"她和我以前的导师索思沃思先生一样知道很多俗语,但并不总能正确使用它们,毕竟她更像英国人而不是西班牙人,尽管我的职责是保卫英国,但我觉得她和我正好相反。"但是伊佩尔科尔的事,萨拉戈萨的事,这些事还历历在目,随时可能重演。埃塔还在疯狂地杀戮。爱尔兰共和军没那么猖狂了,但是他们还没解散,也没有签署任何文件,如果他们的签字还有效力的话。他们的几个首领被赦免前就在触手可及的地方,他们早晚会被赦免,国家会让步,但我们不会。你自己也说过,我们的罪行,也就是我们这个时代的罪行,应当由我们来处理,而不是等待它们冷却下来,让我们和后来人都束手无策。此外,一切都是相对的。如果那些瓦隆卫兵复活的话（我知道，这只是假设），或许没有人会让他们为屠杀妇女和孩子付出代价，也不会让埃斯基拉切付出代价。可要是希特勒还偷偷地活着，而且人们发现他老态龙钟——好吧，他得有一百多岁了——如果可以的话，你会亲自给他一枪。十年或者十五年前，当他还是个九十多岁的老头时，你就会这么做。你不会让他接受审判，因为会有各种问题随之而来：巧舌如簧并渴望出风头的律师会为他辩护，杀人犯和蠢货们会去监狱朝圣，人道主义者会抗议……你会不假思索地杀掉他，给他的脑门来一枪就完事了，你就承认吧。"

我被佩雷斯·努伊克斯夸张新奇的想法和她的激情、决断逗乐了，狂热总是伴随着激情，因此狂热才那么危险和富有感染力，它把一切都描绘得很简单，这样能吸引到大量的信徒。温和与节制无法被点燃，需要人们花费好多工夫才能学会，需要数年时间而不是短短几天。此时我想起了沃尔特·皮金，即猎人艾伦·桑代克。在对希特勒了解不多，并且希特勒还没有让人间变成炼狱时，他犹豫了。而在帕特里夏的想象中，我已经掌握了所有资料，知道他罪大恶极，也了解整段历史，但是我面对的不是一个正在作恶的五十岁男人，而是一个无法再害人的老人。尽管谁也说不准：只要他还活着，就有可能害人，一个年老体衰的人也可能会害人。紧接着资料、身份、姓名就会发挥作用：如果那个人毫无疑问是希特勒，大部分人都不会怜悯他，不管他多么无助都不会可怜他，无论他看起来是个多么虚弱萎靡、无依无靠、安全无害的老人，大部分人都不会对他宽宏大量。

努伊克斯说得对。我会给他一枪，眼睛都不会眨一下，因为他杀人如麻，他让人们自相残杀，因为他的杀戮行径无法被原谅，直到今天仍然无法被原谅，即便到时间的尽头也必然无法被原谅。没错，她说得对。我不会让他接受审判，不会冒险让当今那些软蛋们允许他在配有电视的文明监狱里延续生命（元首极爱看电影，他会很爱看电视剧的），甚至给他自由。

如果给杀人犯说话、否认和解释的机会，你根本无法保证会有什么后果，而希特勒拥有绝佳的口才。虽然从他的嘴里蹦出来的不过是些愚蠢、空泛和好战的言论，但是他能让倾听者相信，而这个新世纪的人们比二十世纪三十年代的人们更容易被操控，也更容易大惊小怪。但我不会向帕特里夏承认她说得有道理。

"我不知道，"我对她说，"有可能吧。但是这并不会发生，所以你的想象是多余的。"

"不至于那么多余,"她固执地回答我,"把这个假设搬到现实,搬到我们这件事上来。这个女人作的恶在数量上很少,但在本质上恶劣程度并没有降低。她不会后悔也不会改过自新。安置炸弹随机把人炸死的那种人骨子里就有这种能力,而我们骨子里的东西是不会变的。你不是天真无知的人。而且,能做出这种事的人没时间后悔,她忙着生存下去、不被惩罚,忙着拯救自己,忙着为自己辩护,忙着说服自己为祖国或大业做出重要的贡献,说服自己是受祖国或大业所迫。恐怖分子不是爱国主义者,不是革命者,不是信徒,也不是党派成员。首先,他们是杀人犯;其次,他们所寻求的是让谋杀得到嘉奖,得到一些人的鼓掌欢呼。当一个人杀了人,他首先想到的不是死者,随后想到的也不是死者,而是他自己:'我现在该怎么脱身呢?'即便他并非出于自愿,而是意外杀了人。即便无意撞死了一个孩子,大部分人感到沮丧也不是因为受害者,不是因为对那个孩子造成了无可挽回的伤害,而是因为自己的正常生活可能会被断送,因为随之而来的可能的后果。他们最关心的是躲避后果。是销毁尸体,是制造不在场证明——如果有必要的话,是消除痕迹并抹去指纹,这些事你清楚得很。然后是给自己开脱。对死者的痛惜要来得很晚,前提是会来的话。我并不是说没有例外,但这是普遍情况。我们依赖于自己的主观性，依赖于自己的观点，依赖于凌驾于一切之上的生存的本能……但是在一七六六年的马德里为什么会有瓦隆卫队呢？那些瓦隆卫兵是比利时人，对吧？没错，他们是佛兰德人和瓦隆人。"

"我估计是雇佣兵吧。为什么梵蒂冈会有瑞士卫队？为什么查理五世洗劫罗马的时候会带上德意志雇佣步兵兵团？按照你的说法，我想那时候的杀人犯寻求的是杀人的机会，此外还有战利品和酬劳。"

"我说不好，大概都有可能吧。但总体上说，雇佣兵又是另一回事了。他们没有更好的谋生方式，为酬劳而战，并暴露于危险之中。他们不为信仰也不为理想而行动，不会超过必要的限度残忍地杀人，也不像有一点危险就冲向手无寸铁的民众的恐怖分子那样躲躲藏藏。"她自信地回答道，仿佛那是她提前深思熟虑过的问题，也有可能是她随机应变的能力很强。"我没听过德意志雇佣步兵兵团，也不知道罗马那件事，那是什么时候发生的？为什么会发生？"佩雷斯·努伊克斯对历史了解不多，她学习的是其他学科。

"现在你也没必要知道这些。那是在一五二七年发生的。这些书里都有。如果你愿意的话，稍微多读点书。"探究历史需要多少时间啊，每个时代的年轻人真是可怜。应该从母亲肚子里就继承这些知识，这样我们就不需要从头学习同样的知识，一代又一代人，每个个体都得自己学习。我年轻时也甚是可怜。

努伊克斯忽略了我略带恶意的评论。她读书很多，但都是关于她生活其中并且离不开的二十世纪（她即将迅猛地潜入二十一世纪），仿佛此前的一切对她来说都没有用处，而且与她无关。

"无论如何。那个女人都得付出代价。她几乎触手可及，她已经被围攻了。而且，我们得不计一切代价防止她某一天重操旧业。我说过，要是你找不到证据，再用这种方法。如果你找到确凿的证据，那就能逮捕她，并让她像那些在超市里装炸弹的人一样接受审判。他们当中还有一个女人，如果我没记错的话……还是说，那是在萨拉戈萨？"

"是在巴塞罗那。何塞法，某个何塞法。她显然承认了自己做的事，并且毫无悔意。她反倒很得意。但是，她正在监狱里待着，许多年里监狱让她神志不清，激愤恼怒。然后她平静了下来，不过只是偶尔。与之相反，我们这名北爱尔兰女子正过着正常的生活。我也许能找到她，但是我不会找到任何证据，我已经告诉过你了。"

帕特看了看四周，此刻她似乎希望不被人看见。根本没有人注意我们。然后她打开了手袋，在里面仔细找了一会儿，然后把一个袖珍录音机摆在了桌上。录音机是关着的。

"套她的话。让她坦白，然后录下来。我从几分钟前就开始录我们的谈话。你看这多简单。"

我好奇地看着她，恐怕还带着居高临下的态度，但愿其中并没有同情。她太乐观了，她没有实战经验。

"啊，是吗？但是我没有任何事要跟你坦白，而且我无所谓，我并没有提防你。倒回去一点儿，看看我们的声音听起来如何。"

她顺从了。咖啡馆里的叫喊声和吵闹声实在太大，我们的声音听起来很模糊，几乎被淹没了，我们说的话几乎无法被分辨。

"你看这多简单，"我重复了她说过的话，"但是，你认为有人会跟别人坦白自己曾经参与过那样的罪行吗？而且还是跟一个陌生人，一个新来的人。许多埃塔成员很蠢，但没有蠢到那种程度。而且那个女人可能接受过爱尔兰共和军的训练，并不是说爱尔兰共和军要聪明得多，但是拜托。他们比自己的对手——那些统一党派的枪手——还是要聪明一点的，多一点是一点。"

"你要做的是让自己不再是个陌生人，你要赢得她的信任。"

"一下子赢得三个女人的信任？你别说傻话了。她们肯定相互认识，那座城市不是很大，如果她们互相认识的话，肯定会谈论我，谈论一个刚来的人。她们可能会互相倾诉与我交往的过程。女人的话很多。"

"男人也一样。"

"谁说不是呢。但是女人确实话多，在这一点上我们并无不同。无论有些人如何坚持认为男女有别，但实际上我们之间的不同之处非常少。"

佩雷斯·努伊克斯陷入了沉思，她咬了几秒钟下唇。我推测她看到了困难所在，也接受了它：没有人会承认自己在六个月或更短的时间内参与了分别造成二十一人和十一人死亡的屠杀，死者中还有三岁的小女孩。（一九八七年待在西班牙必然是很难受的，我当时在很远的地方。）除非你是何塞法·埃尔纳加、卡里德、特罗伊蒂尼奥或首领坡特罗斯，在监狱里向手上没有沾染那么多鲜血的同伙吹嘘炫耀，他们的同伙会把杀戮当成壮举来崇拜。但并不完全是这样。努伊克斯非常执着，她仿佛读懂了我的心思。

"我还不能给你提供细节，"她告诉我，"接下来的几天里我会把情报给你。我估计你离开之前得把它们熟记于心，然后销毁。好吧，你应该知道如何保管它们。但我知道你能监视和窃听其中两个女人家里的情况，或者只能窃听，我不太确定。他们能办到的，他们已经在行动了。基本能确定会有麦克风，可能在某个房间里还会有隐藏摄像头，它很可能会被安在客厅里，卧室里安静无人的时间太长了。在第三个女人的家里似乎没法这么做。但是她家几乎就在你住处的正对面，虽然有点远，在河的另一边。如果她没拉窗帘的话，能用望远镜……你窃听不了，但是能看到些什么。这些都能帮助到你，接近她们不会是你唯一能做的事。不管她是谁，都可能会对另一个人坦白，你就能把听到的话录下来。或者她不需要坦白罪行，只要她跟某个知情的人、某个拜访她的过去的同伙聊起那几场袭击就行，谁知道呢，一切都有可能。"

正因为如此，她之前才陷入了沉默，因为她不该告诉我这些事，还没到时候。她的确很乐观。

"别那么想当然，帕特里夏，别那么天真。最有可能的结果是即便这样我也得不到证据。或许能找到对我们来说有用的证据。但是不可能找得到对审判有用的证据。"

"有前者就足够了。我们就采用第二种选择，这也在计划之内。"

"好了，好了。为什么让我来做这件事？如果我找到她，你们之后能再派个人过去，某个更有经验的人。图普拉完全没有提过这一点，他只让我找到那个女人。而我只同意做这么多，并没有同意除掉任何人。"

"他先让你这么做，但是他得把所有可能的情况都考虑在内。方案 B、方案 C，还有方案 D。你不会用到最后的方案的，放心。"

"如果肯定不会用到最后的方案的话，我们就不会谈论这个问题了。而且，我已经告诉过你了，那样做会把我们拉低到跟他们一个水平，那是国家恐怖主义。"

"我已经跟你说过了，没有任何国家介入其中。因此我们能更自由地行动，有一位西班牙将军，我记不清他叫什么了，他在之前的某次采访中明确说过：'在反恐斗争中，有些事是不该做的。如果做了，就不该说出来。如果说出来了，就得加以否认。'他冷静地总结了所有国家——所有国家，无一例外——都明白的事实。只不过在这件事上我们是在国家外部行动。如有必要，也可以从国家之下或国家之上行动。不过必须是在别无选择的时候才会这么做。而且，把更多的人牵扯进来是很不谨慎的做法。跟以往一样，参与的人越少越好，知道的人越少越好。你只需要知道每个阶段该知道的事，仅此而已。就跟从前一样，就跟平常一样。"

那个如此年轻的女孩说"就跟从前一样""就跟平常一样"，仿佛她目睹过我的经历和我的任务，而在她还没有出生或者还在襁褓中的时候，我就已经在执行任务了。毫无疑问她和图普拉很亲近，我想正是因为这样她才觉得我是个传奇，而图普拉是个神话。图普拉借她的嘴在说话。她跟我说的一切都是图普拉的指令，我看得很明白。我再次听命于他，这让我觉得痛苦，却又让我如获新生。

"到时候你已经在那里了，我们不会再派人去了。除非有这个必要，但我不这么认为。你会很了解那个地方以及那个女人的习惯。据图普拉说，你相当有经验，尤其是在临场应变方面。"

我想知道图普拉是否只对她说了那句话（比如"汤姆在激烈地处理问题方面很有经验"），还是跟她讲述了死在我手里的那两个人，还是平白无故给我增加了几个死者，谁知道呢。这就是那些从年轻时就认识我们的人的问题所在，他们说的话似乎很有权威，从他们嘴里说出的一切听起来都像是真的。不管是说真话的时候，还是说谎的时候。

是的，我等了一周才告诉贝尔塔我要走了，我决定等到事情迫在眉睫、她已没有时间劝阻我的时候再这么做。我觉得她不会费心劝阻我，但是你永远不知道别人会有什么反应。但我可以确定她会摆出不悦的表情，并表示不同意。我可以确定她会觉得这样不好，是贻害无穷的错误，是走回头路，是重蹈覆辙，是我的旧疾无法根治的预兆。矛盾的是，她对我各种遭遇的了解比新来的努伊克斯还要少，她一直在原则上反对我的行动。她认为从本质上看，这些行动是肮脏且不道德的，是受精心策划的背叛与欺骗所支配的，这些行动的本质恰恰在于从不直面对手，而是永远从背后出击。然而，她足够聪明地意识到（她确实非常聪明），这些行动对于世界的正常运行和我们肤浅而脆弱的和平来说，是必不可少的，它们能最大限度地减少动荡。

并不是说她谴责这些行动本身，她不是那种即使是在人们与最狡诈、最具破坏力、最黑暗的势力作战时仍然要求透明和公平竞争，以便凸显自己正直的愚昧公民。她不是那种要求取缔情报部门以及虚伪的媒体所谓的行贿基金、"下水道"、"阴沟"并以此凸显自己善良的人。但是她不喜欢我成为那个阴暗而秘密的领域的一分子，其他人可以负责，而不是仍然偶尔跟她同床共枕的丈夫。其他遥远而陌生的人，我们对他们从不了解，他们的行动我们并不知晓，他们的脸孔我们也从未见过。因此，贝尔塔和不愿意想起我们的大多数人并无不同。他们总是需要我们阴影般的保护，正如他们需要那些存在但不会现形的守护天使的保护，但我们是令人讨厌的天使，他们不会想象我们在空中飞翔或挥动翅膀，而是希望我们被镇压在地下墓穴的七把钥匙之下。他们为自己依赖于一群凶残可怖且肆无忌惮的人而感到羞耻，同时又期望我们在捍卫和拯救他们时不择手段。

"我后天离开。"我在一月十二日那天告诉贝尔塔,我常常在星期天去她家看望她,我等到孩子们和朋友出门后才跟她宣布了这个消息。"我会外出几个月,我不清楚到底会是几个月。请你转告吉列尔莫和埃莉萨,如果他们让我解释的话,我更难拒绝。你只要跟他们说你不知道就行了,是工作上的事,毕竟,我们之间也不是什么都说的,他们也清楚这一点。"

贝尔塔很快给了我一个了然于胸的眼神,在她的眼睛里,我看见了一丝失望、一丝遗憾和一丝漠然。我早已失去她的尊重,这是巨大的损失,而我已经认命了。她对我还保留着淡淡的情意和宽容,就像人们对待在生活中屡遭不顺并且状况频出的旧情人或兄弟姐妹那样。那是一些很早就将生活扭曲并且无法将其扳正的人,抑或是他们某天发现自己并不想那么做,他们在波折中自在得很,尽管他们看起来一点儿也不自在。贝尔塔的眼睛仍然让我着迷,它们缺乏她年轻时的光彩,但是仍透露出自然的欢欣,对未来充满信心,那是模糊甚至空洞并仅限于让人每天早晨乐观地醒来的未来。有些人满足于此,满足于存在和期待,甚至只要存在就行了。这样的人几乎都是女性,她们很幸运地能把存在看作是一种成就,一种胜利。

"确切地说,你这辈子什么都没告诉过我,从我们结婚开始,甚至是结婚以前。你绝口不提那些最重要的事。"她没有用怨恨的口吻说这句话,事情都到这分上了,那样做并无用处。准确地说,她像是在陈述事实。"所以你不打算跟他们道别了?"

"不,没这个必要。我不会离得很远,而且我可以偶尔过来。他们不太会意识到我不在,何必那么郑重其事呢。即便我在这里,他们也不是每天都能见到我。"

"我也一样。为什么你要告诉我呢?"

她立马明白我又要服役了,又要去做那些她不赞成且让她难受的事情。我觉得她不会责备我——这已经不是她的义务,而且现在我做与不做都跟她关系不大,即便如此,我还是羞于向她坦白。那相当于向她承认我无可救药、病入膏肓、恶疾缠身、性格软弱。

"你知道比较好,万一有急事呢。而且我觉得这是我欠你的。至少我得把能告诉你的事告诉你。我能说的向来不多,我一直都很感激你没有执意让我说,没有逼迫我。"

她站在客厅中间熨烫孩子们的衣服。她没有从摊开的衬衫上移开视线。

"所以你又要干回老本行了。我以为已经结束了。以为你不想干了。以为你厌倦了。"她的语气平淡,我也没有察觉出责备的意味。

"我其实并不愿意那么做,我已经厌倦了,"我回答她,尽管她很和善,但我还是有些拘谨,"但是我意识到我无法继续这样下去,无法这样生活,我觉得自己很没用、很消极,觉得自己只活在过去。不纠结于……复杂过去的唯一方式是用重要或疯狂的当下来替代它,而不是用寻常的当下替代它。我不知道有没有解释明白。你觉得这样很不好,对吧?"

她依然在熨烫那件衬衫,但是抬头看了我一会儿,我在她的眼睛里察觉到了一种机械呆板、不由自主或追忆过去的严肃神情。

"你早就知道我一直以来是怎么看待那份工作和那一切的,你逼我去想象它,那么我只能往坏里想。但是我的意见重要吗?即使是在我的意见应当有分量的过去,它都并不重要。我唯一希望的是你重操旧业后不要给我们其他人带来麻烦。"

不,她从没喜欢过我的工作,不仅因为它让我命悬一线,对我、对她以及孩子们(她最后那句话指的就是这个)构成威胁,还因为从理智和道德的角度看,它本质上是一份有害无益的工作,贝尔塔就是这样认为的。但有一回,她没有用如此消极的观点来看待我们的工作,没有完全谴责一场可能发生过或者她以为已经发生过的谋杀,那是一对趁我不在马德里故意接近她并赢得她信任的夫妇,最后他们只是威胁了还在襁褓中的吉列尔莫，我再次出现时，她惊恐地把这件事告诉了我。

他们自称是鲁伊斯·金德兰夫妇，在爱尔兰大使馆工作。爱尔兰大使馆的人从没听说过他们。我从没有见过他们。我回来时，他们已经离开了，据说是被调到罗马去了。那个男人西语说得极好，没有任何口音。那个女人叫玛丽·凯特·奥利亚达（奥雷迪是她的娘家姓），她有很重的口音，还会犯许多语法错误。我猜测他们是效忠于爱尔兰共和军的北爱尔兰人或爱尔兰人，至少那个女人是，后来我向贝尔塔保证，让她不用担心，这种事不会再发生，那对恶毒的夫妇绝不会再次出现在她的生活中。

我把这些情况报告给了布莱克斯顿，也就是图普拉当时的助手，他是个很高效的人。把这事交给了专业人士后，我就不再插手了，因为我还有其他更紧急的事需要处理。事实上，我根本没有关注那件事的后续，我之所以向贝尔塔做出那样的承诺，只是因为布莱克斯顿跟我说："放心，我们会盯着的。不是什么大不了的事，据我所知什么都没有发生，你的家人都没事。总之，你放心，我来处理。"这并不是因为我得到了那对假扮的金德兰夫妇被识别、定位、消灭的准确消息。我信任布莱克斯顿，因此我并没有核实此事。尽管如此，为了安抚我的妻子，我跟她说"我向你保证他们会永远忘记我们"以及"这样的事绝不可能再次发生"。我跟她说这些话时的语气极其阴暗和果断,以至于她推断我们已经把他们解决了,可能是我干的,也可能是"我们"中的某个人干的。

我发现这种可能性并没有让她太恼火,甚至让她松了口气——不仅为了她自己,还因为她觉得正义得到了伸张。她的反应同大部分自以为纯洁和高贵的人一样:理论是一码事,实践是另一码事;原则和信念是一码事,但有人与我、我的家人、我的孩子作对是另一码事。

那个鲁伊斯·金德兰在吉列尔莫的摇篮上方摆弄打火机,此前他"意外地"在吉列尔莫的床单上洒了芝宝打火机专用火机油。贝尔塔惊慌极了,面对玛丽·凯特的无动于衷,她想象自己的孩子被火焰包围的样子。因此,那对夫妻活该被杀死,被打断腿或脊柱,活该不能继续作恶,也不能在地球上播撒更多罪恶的种子。当人们没有直接参与或没有被意外卷入时,会表现得假仁假义;而一旦参与其中,一旦发现自己和孩子们处于危险之中,就会变得冷血无情。

如果这是贝尔塔事后[1]冷静下来时的反应,那么她在气

---

[1] 原文为拉丁语。

头上会是什么反应呢,她的反应会跟所有人一样。我曾经见过一个文明且宽宏大量的人变成了一头无情的野兽,更糟糕的是,他被毫无必要的残忍所支配,那是他惊惶的结果。我曾经见过一个善良仁慈的年轻女子在情况十分危急时这样要求那个可能会救她的人:"杀了他,杀了他,随便你做什么都行。挖掉他的眼睛,烧死他,踩死他。"仿佛她在说一只蟑螂或一只缠在她头发上甩不掉的蝙蝠。我曾经见过一位平心静气、甘心赴死的老人以灵活得让人难以置信的姿势站了起来,用拐杖使劲敲打一个男人的背部,等那个男人失去意识并倒下之后,他还继续打他的头,一次又一次,仿佛怎么打都没法让他确认自己已经安全了。我看见老人在告别时依旧苟延残喘着,事实上,在打爆了袭击者脑袋的几天后,他就因病去世了。他早死或晚死几天,被人很快杀死或像他后来那样缓慢而痛苦地死去,又有什么区别呢?

也许我们无法忍受的是被别人杀死,由别人来决定我们死亡的时刻与方式,于是我们就像野蛮人那样反抗:"我才是要杀死你的人,至少我要尝试这么做。"唯一不反抗的是那些被审判的人,他们已经提前知道了,他们已经被判决了一段时间,即便只是昨天的事:玛丽·安托瓦内特和她的丈夫,安妮·博林还有其他成千上万的人。然而,即便脑袋被架在断头台上,他们不也还是等待赦免直到最后一刻吗?甚至当刀剑开始在空中舞动,砍刀开始往下沉,他们不也还在等待吗?等刀刃落下,身体被分离,他们也许——只是也许——还期待了几秒钟。"任何一个行动都是一步,走向断头台,走向烈火,走向海的喉咙或走向一块你无法辨认的石碑……"[1]我想起了自从我认识图普拉和布莱克斯顿的那一天起就陪伴着我的艾略特的诗句。

"这不会给你们带来任何麻烦。"我回答她,"我已经远离那一切好多年了,不会有可疑的人知道你们的存在。"

她抬起头,从熨斗上移开视线,这会儿她正在熨烫一条自己的裙子,我曾经见过她穿那条裙子,也许我曾经帮她脱下或穿上过它。

"过去你厌倦了身在其中,现在又厌倦了身处其外。我总算明白了,真是幼稚。你的孩子们正沉浸其中呢。谁能跟你保证你不会再次厌倦?你打算后半辈子就这么过了?这就是你的计划?你想永远行踪不定,四处奔波?随便你,你自己看着办吧。"她低声说,她冷漠的语气听起来更接近鄙夷。那种鄙夷是你觉得另一个人不可理喻,袖手旁观任由对方离去,甚至不会提醒他路上有一棵大树会与他迎头

---

[1] 此处诗句引自《四个四重奏:艾略特诗选》,译文参考裘小龙译本。——编者注

相撞。"除了对循规蹈矩的当下不满之外,还发生了什么?如果我能问的话。如果不能的话,你也别担心。我也没好奇到那个分上。"

我可以告诉她一些事,也可以什么都不告诉她。我选择了前者,我觉得这是因为我幼稚地想诱发她的一点好奇心,或是想抖落她的一丝冷漠。我接受了事实,我没有资格抱怨我们的关系,总而言之,过错主要在我,甚至只在我。但是我无法忍受她毫不在意我的命运。多年来,她怀疑我已经死了,但她希望我还活着,并且得偿所愿了。而现在,我觉得她根本不在乎我会留在地球上还是会飞离地球。活着回来以后,我却不复存在了。幽灵不可以抛弃,因为他永远不会成真,而一个可有可无、意志消沉、顾影自怜、阴暗忧郁的丈夫是可以抛弃的。

"图普拉来过这儿。他来马德里了。他想让我帮一个忙,是一件只有我能做的事。好吧,或者说,基本没有其他人做得了。"

这会儿,贝尔塔立起熨斗,关掉它。仿佛是担心一不留神把裙子烫坏了。她把一只拳头顶在腰上,摆成了半叉腰的姿势,她用讽刺而失望的眼神看着我,也许不是失望,而是失落,我也说不清楚。摆成那个姿势的她很迷人,但是我不想告诉她,更不用说做些什么了。

"啊，那就说得通了。他让你觉得自己能办事，有用处。能说会道的图普拉先生，他能说服任何人。他甚至能说服你干一些你从没想过的事。连做梦都想不到的事。"她思考或回忆了一会儿，用另一只手的手背贴着脸颊，仿佛是想估测自己的体温，"所以说，他来过这儿。"

她的语气中透露出了厌烦。我的前上司纠缠我，召回我，也许这让她忍无可忍。她并不知道我们服役那么多年以来经历过的上千次冒险，但她知道我们不欢而散，至少我跟他是这样的。

"你为什么这么说？好像他说服你干了什么不得了的事。"

"他让我相信你死了，托马斯，"她气愤而迅速地答道，"你觉得这没什么大不了的吗？多年来我一直信以为真，而且深信不疑。"

"但是真相肯定在贝尔塔的脑海中闪现过，在她的梦里，在她清醒的时候，千百次在她的脑海中闪过，"我想，"她指的应该是别的事，在那种愤怒中还有某种类似怨恨的东西。"一种非常遥远并且扰乱心绪的想法第一次在我的脑海中闪现。或许是第二次。但这已经不是逼问、打听，或者询问的时候了。我们的时间已经过期了，抑或是我的时间已经过期了。是的，我的时间又一次过期了。

第五章

在那座西北部城市,他们以我的名义租下并分配给我的公寓里,最引人注目的就是一扇大窗,米盖尔·森图里翁可以通过那扇窗欣赏一段河景,那条河在穿过不断扩张的市镇时变窄了,右边仿佛是个舞台,那是一座横跨河流的桥,也是当地居民最频繁使用的一座桥,它几乎与米盖尔·森图里翁的住所垂直。从客厅的最左边可以看见整座桥,他就是在那里摆了一张小工作桌,每次他从书本或笔记中抬头时,都能看见有人从桥上走过。在他初来乍到的那几个日夜,在他很少与人接触并且天气冷得让他只能窝在家里的时候,他常常抬头看,过了很久才低下头,他觉得行人很有趣,他专注地观察他们,并为他们的多样与统一而着迷,他们两者兼备。正如他要求的,他们为他谋到了英文教师的职务,如果有必要的话,他还可以教授其他学科——在那座城市跟一个女人和一个女孩共同度过数年的流亡岁月后,我的教学能力得到了很好的锻炼,而她们的脸庞在我的记忆中逐渐模糊。每天清晨,在出门去学校之前,他都会带着好奇和一丝嫉妒观察走路上班的人们。

大部分人都迈着清晨时分有力或匆忙的步伐,所有人都知道要去哪里,为什么要去,他们很可能多年来都走着同样的路线,完成同样的任务,不用赶时间,也不需要早起,这是中型城市普遍的情况。但有一些中型城市渴望感受大城市的繁忙,凭借着无知的直觉效仿想象中的大都市的运作模式。至少每天早晨都是如此,伴随着醒来的冲动和低温的刺激,低温以深蓝色天空做伪装,想让人提振精神,可实际上根本没有人迫切地需要它。每天的那段时间,那座桥上人流攒动,看起来像是伦敦的某座桥。

让森图里翁当即感到嫉妒的是,他不属于这个人人各司其职的地方,他既不在那里出生,也没有自然地融入那里。他看着人们互相打招呼,一些人没有停下脚步,只是点了点头,或是挥一挥戴着手套的手,而另一些人则停下来迅速寒暄几句,所有人身上都散发着一股奇怪而日常的愉悦,为大家几乎必然在那里相遇而感到愉悦——大部分居民都是如此,多年来的每个早晨都是如此。或许是因为归属感而产生的愉悦，同时跨越连接两岸的桥，感知到别人往反方向走去，感觉到跟别人一起踩在河水上方坚固的地面上，这些都是喜悦的象征。在某种程度上，他很羡慕那些从一开始就被规划好的人生，不必像我一样担惊受怕，也不必像我一样遭遇惊心动魄的波折。那种人生肯定不会有冒险，自然也不会有犯罪，不会有我承担了大半辈子的责任。没人会关注这样的城市——除非有人心怀歹意，穷凶极恶，没人会威胁它，更没人会摧毁它。

最初的那几天，他下课回来待在公寓里，随着冬日夜晚的降临，他便坐在窗前，再次看着那座桥，这会儿，桥上尽是些慢慢悠悠走着路的市民，他们向更中心更古老的区域走去——那里有许多餐馆、酒吧、小酒馆、舞厅、电影院、音乐厅，还有几家偶尔营业的剧院；或是走在下班的路上，他们的心情平静了下来，准确地说，他们感到沮丧，因为他们又一次证明了自己的城市仍然是一座中型城市，她只能容纳适度的惊喜，只能容纳旋律优美但令人昏昏欲睡的简单主题的变奏。随着时间的推移，那里的节奏缓和了下来，失去了活力，那些一月的下午最终就像"在无限中流放的星期天"，我已经记不清这是某位诗人还是某位小说家说过的话了。然而，入夜后，即便是在工作日，节奏也会突然富有节制地加快，他看见过桥的有一对对精神抖擞、及时行乐的夫妻，有贪心地把享乐看得比休息更重要的游客——即便是在最冷的时候，主教座堂和修道院也有源源不断的吸引力，还有三五成群准备去找乐子的年轻人——那座城市是一座大学城，有好几个院系。无论是下雨、下雪，还是满天星星的大冷天，都不例外。

米盖尔·森图里翁从他的工作桌上监视所有人，为了熟悉那座西北部城市的习惯和节奏，为了能尽快模仿他们。他得沉浸在这座城市中，变成城市风景的一部分。一周或者顶多半个月后，这里的大部分人应该都已经见过他，还有少数人应该知道了他的名字，还知道他是那所传统老校新来的英语老师，他不是路过，而是会留下来，至少会待满那个学期，会不会再待几个学期就不一定了。没人知道他会不会慢慢地待满一年又一年，然后永远地留下来，在不知不觉间融入集体。

他知道并非如此，他的时间有限，最好尽快结束。他的任务是结识那三个女人，其中的两个并不重要，只是白费力气。他的任务是跟她们做朋友，跟她们接触，观察她们，试探她们，如果可行的话，套出那个重要的女人绝不会向别人坦白的事情，除非她因为良心发现想要赎罪，但他对此并不抱指望。他的任务是讨好她们，吸引她们，在最粗俗或最广泛的意义上引诱她们，也就是恭维她们，因为没有什么比赞美和关注——那种情深意切、心悦诚服的眼神中透露出的情意——更让人珍惜和习惯了，一旦喜欢上，也没有什么能比它们更不容易舍弃。即便恭维她们的是一只蚊子。

很多年前——分别是九年前、九年前和八年前，那三个女人也曾像森图里翁一样。她们都不是在那座西北部城市出生的，都是初来乍到，都是闯入者、外乡人。她们搬来的时候差不多还算年轻，但是也没年轻到少不更事的地步，有些人迫不及待地想要登上世界的车轮，而任何人都有犯罪和施暴的能力，要做到这一点比造福社会或取得重大的成就要容易得多，要实现前者不必学习和准备，也不必有钱，只要任由那些沉溺幻想的人说服并操纵自己就行，只要胆子够大、性格暴戾就行。有血腥想象的青少年比例很高，几乎和有同情心的青少年的比例一样高。幸运的是，他们中的大部分人满足于毁灭、轰炸和机关枪扫射的幻想，很少有人会付诸行动。青少年很危险，也很容易有危险。

因此那三个女人才会被怀疑，事实上，是因为一九八七年她们出现在那里的时候，没有任何能被核实的背景与过去，那一年发生了巴塞罗那和萨拉戈萨恐怖袭击。（她们每个人都跟各自亲近或亲密的人讲了一些自己的事，其中的两人告诉了自己的丈夫,但那些故事可能是编造出来的,每个人的生命中都有从未跟别人说起的黑暗阶段,抑或是觉得没必要提起,同样地,也没人会过问自己不知道并且连猜都猜不到的事。)

她们也许被吓坏了,她们看到那两个在伊佩尔科尔安置炸弹的恐怖分子——多明戈·特罗伊蒂尼奥和何塞法·埃尔纳加于同年九月被捕入狱,那场屠杀后他们没逍遥满三个月,而且还接受了审判。与此同时,首领桑蒂·坡特罗斯和另外一名起初顺利逃亡的卡里德也于一九八九年十月在法国被捕,此时距离许多巴斯克人眼中的英雄屠杀事件发生仅仅过了二十八个月。他们每个人都被判了八百年监禁。毋庸置疑,现在他们四个已经出狱很久了,但是一九九七年他们还在服刑,如果你的同伙在监狱里,那么你最好消失并躲起来。入狱多年会带来许多变化,那些拒绝揭发同伙的人突然变了,因为怨恨或无聊,抑或是为了在牢里得到点好处。也可能不是因为恐惧,也许那些女人是因为参与了罪行而惶恐不安,于是决定去一个新的地方寻求庇护,一个既不与世隔绝也不引人注目的地方,一个很少被关注也难得上新闻的地方。

当然了,一九八八年或一九八九年还没到她们后悔的时候。如果她们会后悔的话,那也得等到后来她们变成另外一个人的时候,她们在那座整洁的、所有居民各司其职的西北城市变成了另外一个人,那座城市似乎无法容忍瑕疵,也无法容忍无序的苗头。对那些狂热分子来说,这个过程非常缓慢,缓慢到许多时候甚至无法开始,顶多只能在别人和自己面前假装开始了。与为了信仰或事业所犯下的罪行相比,那些因为冲动或个人利益所做的事情——被憎恶、贪婪或仇恨所支配的行为——更容易让人后悔。罪犯觉得自己占理,还觉得受到了信仰或事业的保护。它们让他相信,自己只是为了实现某种比他和他的受害者更重要的东西的工具,他的受害者因为不走运而倒下,或者他们可能会伤害那信仰或事业,因此只能把他们除掉。

事实上,狂热分子甚至恐怖分子可能会想到很久以前我初次见到图普拉时他告诉我的话:"我们是举足轻重的人,我们是无名之辈。我们身在此处,却并不存在;我们存在,却并不在此处。我们干了,却又什么都没干,内文森,换句话说,我们没有干我们干了的事;再换一种说法,我们干的事没人干过。它自然而然地发生了。"这话有些道理,还很有吸引力。然而,它是自私并具有欺骗性的:它适用于我们,适用于任何擅自终结别人生命的人,也适用于出于私人原因杀人的个体,那些平民百姓中的杀人犯,没有政治、民族主义或宗教动机,也没有信仰和事业的人,为了摆脱对手或竞争者，为了早日继承财产，为了惩罚伤害过自己的人，为了让某个使他们无法呼吸的人从世界上消失——至少他们是这样认为的——而犯下丑恶罪行的人。这些人都选择了引领历史，都选择了干预历史。他们是一些在角落里偷偷搅乱世界的人，是一些不让事情顺利发展和自然结束的人。他们不可能被质疑，因为他们的计划无人知晓。但那句话也是不准确的，证据便是现在马奇姆巴雷纳或别的什么人发现了那三个女人，如果我幸运的话，其中的一个会不走运地倒下。

我想起她们时总是用复数，我意识到了这一点，尽管我知道其中的两个人并没有做过任何违法的事，她们很可能是好人，是普通人，或许还是很优秀的人。我想，这是我再次从事这一行当所受到的诸多诅咒之一。一个人在短时间内被各种猜测压得喘不过气，变得多疑，他在任何人脸上，任何人身上，甚至在那些最漂亮、最无辜的人身上，在所有地方，看见的都是邪恶。这就是本质所在，恶的领域不断扩大，毫无节制地增长，最终将所有人都囊括其中。现在至少确定了范围，里面只有三个人，直到我找出那个人并抓住她，或是直到我被她所伤。森图里翁反复告诉自己，如果他犯了错误并引起了怀疑——更不用说如果他把自己供了出来，那么那个能随意炸死陌生儿童的人会毫不犹豫地杀死他这个让人根本同情不起来的成年男人。出门打猎的人有时会忘记自己不是唯一的危险。他想俘获的猎物也很危险。

然而他具备一个可能的优势，也就是时间和时间通常会带来的自信。八九年过去了，他的猎物没有遭遇过任何值得一提的惊吓，没人找她，没人追捕她，也没人恐吓她。她的警觉性必然有所下降。我曾经化名为詹姆斯·罗兰在那座英国城市生活了四五年——我都没法确定到底是多少年，单调的生活让我放松警惕。我熟悉这个无人能幸免的狡猾的过程：日子一天天过去，然后就乱了，最后连算都算不清楚了。在那些日子里没有发生任何事，没有发生任何不正常和值得警惕的事，每个夜晚，你都会带着更少的担忧和焦虑上床睡觉，对第二天的恐惧也会变少，因为第二天没有理由变得不同。没错，你一直明白第二天可能会变得不同，某个手里拿着判决书并带着处决你的指令的人可能会到来。你明白，但是已经感觉不到了，你得下一番功夫才能控制住自己，才能保持警惕并记住这种感觉，就这样你觉得越来越舒适，失眠的次数也减少了。经年累月，没有人能在那么长的时间里一直保持紧张和警惕，即便是最偏执的人也不能。

那个女人——不管她是谁——可能和我在那座英国城

市时想过同样的问题："他们不知道我是谁,也不知道我做过什么。他们不知道汤姆·内文森没有死,也不知道他蜷缩于此地,过着地方上的大老爷们无聊而平静的生活。或者他们把我忘记了,因为没有什么能让他们恨我了,他们觉得我没有用处,也没有害处,他们不会浪费钱也不会让某个现役特工冒险来教训一个做过不利于他们的事但不会再犯的人。要是他们知道我还活着,那么对他们来说我只是一具尸体,只是一个伤害过他们但已经出局的人。他们并不在乎我仍然逍遥法外,仍然在地球上自由地呼吸。我们得关注今天和明天,不必再关注阴郁的昨天,因为它在逐渐消逝。即便是最残暴的事,也能在男人们和女人们——她们更能记住别人对自己的所作所为——瞬息万变的记忆中熄灭。正如发光的昨天也会一步步熄灭,没有挽回的可能。这是对于那些有过昨天的人而言。我已经不记得我的任何一个昨天。"

正如帕特里夏·佩雷斯·努伊克斯事先告诉我的那样,那座桥与河流并不是米盖尔·森图里翁从那座西北部城市的公寓窗户能看到的唯一东西,为了方便起见,我可能会把那座城市叫作鲁昂,用一个名字来称呼它,并给它的居民一个归属地,即使这个名字并不存在,是假的。

在另一边，在对岸，那三个女人中的一个，即伊内斯·马尔赞的公寓正好跟他在同一楼层——第三层。她是三人中唯一单身、离异或丧偶的那个，总之在那个人生阶段，她既没有丈夫也没有稳定的伴侣（以前有没有谁知道呢）。另外两个女人叫塞利娅·巴约和玛利亚·比亚纳，或者说，她们从多年前到鲁昂定居以来就一直用这个名字。由于在她们的客厅里装了有声隐藏摄像头，森图里翁能时不时听见、看见她们在公寓。摄像头愚蠢盲目地录下一切——它们无法在有人出现时才被激活，无法探测身体和声音，西班牙的技术没有那么高级，然后森图里翁会在自己的播放器里快进空白或无用的材料。录像带只有十二个小时的容量，一旦超过十二个小时，他就得回家查看累积的内容，删除无关紧要的部分，然后重新开始录像。这种摄像电路在当时是新鲜玩意儿，至少在这里是如此，同样新鲜的，还有佩雷斯·努伊克斯为了让森图里翁能跟她联系，或者在她接不了电话但又有紧急情况时，跟马奇姆巴雷纳甚至跟身在伦敦的图普拉及时联系而给他的移动电话。

然而，他完全无法窃听伊内斯·马尔赞——他们没有办法把类似的设备装进她的公寓，连话筒都不行，只能远远地隔着河水观察她，用望远镜比不用望远镜要好得多，虽然使用望远镜时他的视野会缩小，一间小客厅和卧室，那是朝向那条我称之为莱斯梅斯的河流、朝向室外的唯二间房。有时窗帘或百叶窗会被拉上,但是在白天的部分时间和工作日晚上的几个小时里,它们从没有被拉上过,她通常会把工作日的时间贡献给她的餐馆,因此森图里翁很快就成了那里的常客。

伊内斯·马尔赞是一个非常高的女人,高到能看出她因为身高而感到自卑,她似乎认为自己比大部分人高出一个头——比大部分的女人高出一个头,但她也比许多男人高出一个头——是对别人的侮辱,因为别人不得不总是仰着头看她。(一些粗俗的人肯定会叫她"长颈鹿"或"长脚鸟"。)然而,这并没有让她放弃穿高跟鞋,鞋跟不高也不低,总之是细高跟鞋。或许她已经得出了结论,选择穿平底鞋并没有用,反而可能会暴露她的不安。最好是像身材普通的人那样穿衣打扮,而不是用无效且不自然的方式凸显她的身高。而且她肯定想过,她的长腿是她为数不多的吸引人之处,她的想法或许没错。众所周知,高跟鞋能让小腿显得优美修长,这真是一项了不起的发明,在一九九七年,也就是在我们这些习惯了那时世界的人已经开始怀念的上世纪,那是一个公认的真理。

她的脸并不难看,但有点奇怪,因为她脸上的一切都很大:大眼睛,大嘴巴,鼻子没那么大但也不小(至少是笔直的，而不是弯的，也可能她整过鼻子)，下巴有点长但不是地包天，额头很宽，一头乌黑、浓密的头发从极其突出的美人尖往后散开，整张脸大得失调，对许多男人来说可能还很有威慑力，他们对那些超越自己的女人完全不感兴趣。

森图里翁在那间餐馆里立马就认出她来（他觉得自己初来乍到，向她自我介绍并表示祝福也不为过)，她满脸笑容，温柔而亲切，她以令人难以置信的优雅姿态在桌子间穿梭，仿佛不是踩在地上，而是在地面上方飞舞。她从一处滑到另一处，只能听见高跟鞋的声音，一种轻柔的声音，仿佛是抓挠声，或许她从少女时期就一直训练自己用这种方式走路。还能听到连衣裙轻微的沙沙声，她常常穿绸缎裙，而且刻意挑选看不出年代的款式，可能她已经作出了决定，做一个没有时代感的女人才是最适合自己的。她的眼睛有一种美丽的绿色调，但并不能完全弥补眼睛的硕大，它们着实引人注目，瞳孔、虹膜和眼白都很大，在脸上占据了许多空间，而那张脸又在那具庞大的身体上占据了许多空间，你根本不可能不目不转睛地盯着那具身体，同时感受到迷恋与拘束，抗拒与屈服，抑或是纯粹感到惊讶。因为身高的缘故，她看起来很苗条，但是如果仔细看，你会发现她圆润的身形和曲线，贴身的连衣裙凸显了她坚挺并且一点也不小的胸部（她的连衣裙通常都有优美的领口）和高翘的臀部。

敢跟她上床的人很可能会觉得满意并想再来一次，但问题在于要迈出这一步需要相当大的胆量，森图里翁一边想，一边看着她殷勤地在客人中间挤来挤去，就像一个希望别人谅解她庞大体形的善良女巨人。

森图里翁在家里看到她的时候也会研究她。为了不被她发现，他几乎把自己的窗帘全拉上了，只留下一个小洞，方便他根据情况用望远镜或用肉眼观察她。我不禁觉得自己在模仿《后窗》里的詹姆斯·斯图尔特[①]（每回轮到我观察时都会这样觉得），这对任何人的日常生活来说都是一种刺激，眼前有一个舞台并且可以肆无忌惮地窥探它，这种事永远都是一种刺激。当然，在某些舞台上没有发生任何事，或者发生的事很少，那么它们就会变得令人厌烦。

由于伊内斯·马尔赞独居，大部分时间都是独自一人，她一个人待着的时候就会变成另一个人。她不再像有翅膀的人那样行动，而是像一个没有意识到自己体形的笨拙女人。她在公寓里走动时，常常会碰到某件家具或者撞翻一些物品，书本、圆珠笔、小盒子、茶杯、棋子或整个棋盘，

[①]《后窗》是希区柯克导演的悬疑片，詹姆斯·斯图尔特扮演因摔断腿居家疗养、用望远镜窥视对面邻居的摄影师杰弗瑞。——编者注

这表明她在餐馆里轻盈的动作是表演出来的，是学来的、虚假的，就像一个演员在演出时努力变成他的角色，但结束后不会多演一分钟。这让她筋疲力尽，除非这种切换已经变成了下意识的行为。她在家里常常光着脚，上身穿着罩衫、短袖或者针织衫，下身穿着牛仔裤或者什么也不穿，长腿自由裸露着。我从没见她穿过便鞋，仿佛过于居家的形象让她反感，她顶多会穿莫卡辛鞋，一种完全可以穿着上街的鞋（在一九九七年，街上的人起码还是体面的）。她的脚很长但并不宽，要找到她能穿上的鞋码，大概跟去朝圣和去远征花费的力气相当，除非某位高级鞋匠为她量身定制并从他的城市把鞋子寄给她。也可能鲁昂就有这样的鞋匠。

她很难安静下来。她在看电视或电影时，常常会起身在室内消失几分钟，她可能去了厕所或者厨房，我也不清楚，或者去了另外几间不在我视野范围内的房间。她躺在宽敞的床上或躺在沙发上看书时，总是看不了几页就走神了，然后离开房间，拿起话筒开始打电话，她的电话通常很长，谈话时表情丰富，甚至还打着手势，她看起来几乎是个南方人。她还会停止阅读——她会把摊开的书倒扣在任何地方，包括地上，打开收音机或播放唱片，然后在客厅里跳一会儿舞。尽管她个子很高，但是舞跳得并不坏,她跳得很优美,很有节奏感,至少森图里翁是这么认为的。如果跳舞时观赏者听不到音乐,只能听到尴尬的沉默,那么所有人都会显得有些滑稽或粗笨,而森图里翁能听见莱斯梅斯河水的潺潺声,那是能平复夜晚麻木心情的持续不断的背景音。当时它还没结冰,现在它快结了。伊内斯·马尔赞是一个躁动不安的女人,她几乎不能长久地保持安静,然而她看起来并没有因为孤独而觉得不适。也许她只是不喜欢静止不动。

鉴于她如此独有的特征,要估计她的年龄并不容易。根据情报,她三十八岁。这是她身份证上的信息,但是如果在她身后还藏着那个北爱尔兰女人的话,她的身份证就是假的。她扎着马尾辫,没穿裤子也没穿裙子时,看起来要小几岁;穿着连衣裙和高跟鞋时,看起来要稍微大几岁。

在餐馆每周停业的那两晚(周日和周一,周日全天停业),她要么出门,要么在家里接待客人。有一回我看见她跟几个朋友一起过夜,她们点了比萨,一边吃,一边瞟几眼电视上的问答节目,她们有说有笑,并没有太关注节目的内容,这只是聚会的借口而已,观察者如此推断。我不知道她出门时会去哪里,可能是去电影院,可能是去竞争对手的餐馆吃晚饭,可能是去参加派对,去舞厅(因为她喜欢跳舞）或"红酒区"喝酒，也可能是去某人家里。现在还没到跟踪她的时候，不管森图里翁经验多么丰富，不管多难被发现，都不宜打草惊蛇，以免让她怀疑有人在跟踪她并已经确定了她的位置。也没到让她知道自己是住在河对岸的邻居的时候，他尽量在确定她还没有起床（他去上课的时候，她还没起床，因为她得在餐馆里熬夜，所以醒得晚）或者她已经在餐馆的时候进出公寓楼。要是他们在街上或是在同街区的商店里相遇的话，不要紧，因为所有的鲁昂人都会去那个区，几乎所有人每天都会过桥一次，确切地说，是两次。

有一天晚上，她在公寓楼大门口被一个穿着精致的老式服装、五官普通的中年男人接走了。他通过望远镜看到那个男人系着一条鲜艳的领带，袖口别着黑色的袖扣——可能是缟玛瑙质地的，可以想象他的大衣底下一定穿着一身优雅而精致的毛呢西装，那身西装很可能是量身定制的，这就是在中型城市生活的好处之一，它们保留奢侈遗风的时间比大城市更长。那个男人戴着一顶深色的宽檐帽，以此搭配那件厚外套。伊内斯·马尔赞从门口出来的时候，他摘下了帽子，向她鞠躬行礼，并向她伸出右臂，示意她挽着他，去河边走走，但被她委婉地拒绝了。挽着一个比自己矮十公分以上的人走路时会很不舒服，而且他像她侄子

205

那样挽着她的手臂也不像话。这是伊内斯·马尔赞最不足挂齿的难处之一。总之他们开始向那座桥走去，尽管那个男人个头不高，但他似乎因为身边有一位如此高挑的女性而感到自豪。他可能是银行家、企业家、建筑商、世家子弟或穷讲究的人。那可能是一次商务约见，可能是献殷勤的那种，但基本不太可能很快有进展，也不会有圆满的结果，密探从他的窗口如此预测。

他很快发现，上午过半，在她前往餐厅开始漫长的一天之前，有一名女助手每周会来两天，有一个男人会在另外的某天过来，几乎总是周四。（那时森图里翁已经下了早课回来了。）他看不见她跟那个男人在做什么，看不见完整的过程，因为上楼后不久，在她亲切地亲吻和拥抱他以示欢迎，给他倒上一杯啤酒并跟他简单交谈后，伊内斯·马尔赞会小心翼翼地掩上——几乎是关上——卧室和客厅的窗户。（她的动作很随意，并不是有意识地这么做，也没有把窗户关严实，因此，幸运的话，森图里翁能通过缝隙隐约地看到些什么，还能找一个有利的角度用望远镜来观看，他乐观地想。）她把卧室的窗户也关上了，这预示着他们迟早会去那里，但是那个人不像是她的情人，尽管你永远不会知道谁会对谁产生情欲，也不会知道原因，一切都是有可能的。（有时连那个被迷住的人也不知道自己为什么会被迷住，被渴望的人也不知道对方到底看中了什么，尽管双方通常都不会问对方这个问题，只是趁机享受一把而已。）

并不是说那位客人长得不好看。他有一双细长的浅色眼睛——很可能是蓝色的——和一只硕大的鼻子，鼻尖有轻微的弧度，看起来似乎有水珠即将往下落，仿佛他正经受着感冒或冬季过敏症的余威。他那头金色的直发向后梳成了整齐的长披发，卷曲的鬓发更像是七十年代而不是九十年代的风格，就像歌手史蒂芬·史提尔斯年轻时留的那种鬓发，他跟史蒂芬·史提尔斯有几分相似。他不可能是她的固定情人的最重要原因是他个头很小，他不仅比伊内斯·马尔赞矮——这是鲁昂和其他任何地方几乎所有男性共同的命运，而且在她身边显得小鸟依人。此外，尽管需要看第二眼才能发现那个女人丰满的部位，可一旦发现，便再也无法忽视了，而与之相比，那个男人看起来太瘦弱了。他身材匀称，五官甚至很英俊，但你难免会估量这对情侣在交媾时会遇到的困难，如果用最传统的体位，他的头最多只能够到她的胸部。森图里翁不喜欢他。事实是，在他做客的很长一段时间里，卧室都被遮挡住了。

米盖尔·森图里翁并不关心伊内斯·马尔赞的性生活，也不关心塞利娅·巴约和玛利亚·比亚纳的性生活，他只对它们在多大程度上可以引导他接近她们三人感兴趣。如果她们当中的某一位对性或男人并不感兴趣，那么在他的行业里永远不该轻视的那扇门就会关上。

那个周四到访的男人跟某天晚上来接她的那位当地名人相反，他穿得很随便，自以为时尚，他脱下外套，露出了马甲和皮裤，还搭配着一双西部片里的枪手穿的黑色尖头靴，就差叮当作响的马刺了。从外表看，他可能是一位歌手或在西北地区工作的摇滚乐演唱会推广人，可能是夜店老板，独立电影演员（波希米亚风格已经过时了）或电视明星，但鲁昂并没有电影产业，电视产业不发达且有区域限制。因此，森图里翁想（他专注于寻找答案，对其他的一切视而不见），他可能是过去的旧相识，是认为往昔比实际上更久远的故人，他很自信，并把这份自信传染给了伊内斯·马尔赞。不排除他是埃塔的旧成员或与埃塔有关的人，甚至不排除他是爱尔兰共和军的成员（可能他和她说的是英语而不是西班牙语）。

离开那些组织或变成储备力量的人很少能准确地驾驭"平民"的特征，即变得平平无奇。另一方面，虽然在一九九七年他们还没有被强制蓄留巴斯克修道士发型，但这种发型已经大量出现了，搭配这种发型的通常是耳环（这是男女皆宜的发型），因此要辨认出埃塔的同情者甚至是埃塔最迟钝的活跃分子并不难。可笑的是，他们所有人都不愿舍弃这种发型,仿佛他们会因为避免引人怀疑和掩人耳目而认为自己是叛徒,而这明明是首要的保密戒律。从某些方面看,他们一直是一个因顽固而愚笨的组织。

那位没戴马刺的枪手第二次来访时,森图里翁一看见他从伊内斯·马尔赞的公寓楼大门出来(窗户仍然是掩着的,所以她看不见他),就决定下楼跟在他身后。森图里翁等他过桥走向自己所在的河岸(也就是南岸),然后一直保持着五十步的距离跟着他走到"红酒区",森图里翁不确定这个区域之所以叫这个名字是因为过去它的街道上流淌着红酒,还是因为这里许多外墙都是红褐色调。这里的建筑都不高,顶多有三层,外墙的颜色鲜亮、浓烈,包括西瓜绿、黄色和蓝色,但大部分都是洋红色、藕荷色、樱桃红、赭黄色、栗色和紫色。这里是吃喝玩乐的地方,在那些纵情年代,这里是妓院林立的地方(虽然如今仍有几家半掩门面),带着某种红衣主教的气息。

森图里翁看见他走进上百家店铺中的某一家,在几条如迷宫般蜿蜒曲折,时而平行,时而垂直,时而倾斜的窄街上,人们接踵摩肩,这个区域还有港口的余韵,莱斯梅斯河仍处于半通航的状态,近两个世纪以来,鲁昂通过这条河得到了充足的货物供给。尽管天气很冷,森图里翁仍在室外的一条凳子上坐下了,他点了一杯甘蔗酒和一根烤肠，从那里观察着吧台，因为那位小个子枪手史提尔斯把手肘支在了吧台上，他向酒保做了个手势点了些什么，然后站着等待，他站上了一个几厘米高的金色金属平台，但没有付钱。三十秒后，一个长着牛脖子、留着寸头的大块头从里屋走了出来，他是个大老粗，穿着不搭调的高档西装、衬衫和领带，很可能都是意大利货。他的酒馆跻身三大最有名、最赚钱的酒馆之列不是浪得虚名，在吃开胃菜和午饭的时间以及下午晚些时候，根本不可能在那里找到空桌子。可能这家餐厅的老板修饰自己粗俗外形的唯一方式——我猜他是老板——就是花大价钱买衣服让自己看起来笔挺体面。甚至在上午也不例外。

他带着一脸急切与宽慰接待了史蒂芬·史提尔斯，他们俩进了里屋，在那里待了一小会儿，差不多四五分钟，正好让我有时间喝完甘蔗酒，胡乱吃下烤肠并付了账，因为枪手出来以后便毫不犹豫地继续往前走。虽然他没有用马刺装饰靴子，但是靴子还是在他走路时大摇大摆地叮当作响，叮叮当当，鞋底大概有金属装饰，很可能是在脚尖底下的部位和脚后跟上。他往右转再往左转，又往右转再往左转，然后又在另一家店门前停住了，在这家店门口，他敲了敲不对客人开放的偏门。门被打开了，他走了进去，接着门在他身后关上了。这一回我在几米之外徘徊，但一直盯着那家酒吧。大约三分钟后，他从同一扇小门出来了——尽是些短暂的拜访，这会儿他吹着口哨向那座桥走去，他过桥去了北岸，我也照做，我一直跟他保持五十步的距离。他进入了主教座堂附近的上层阶级社区，那里有绿树成荫的大道和花团锦簇的广场，有十九世纪和也许是建于二十世纪二三十年代的楼房，它们经过了精心的翻新和整修。鲁昂曾于一九三六年落入佛朗哥的统治，因而在战争中没有被轰炸，它完好如初，仿佛被保存在了蜜罐里。

史提尔斯的下一站是一扇高耸而尊贵的大门——过去那是留给马车的地方，那里有各种胶木或板岩质地的银色牌子，并标明了多家事务所、公司、诊所或律所的名称。他按了自动门铃，我注意到他按的是左栏第二个门铃。他大概是对着电话机低声报了自己的名字，门立刻打开了。他走了进去，仿佛对那里很熟悉，我凑近看了一眼。四楼A室，某块银色牌子上对应的是"公证员加斯帕尔·戈麦斯-诺塔里奥"，我觉得这是命中注定的。[①]

我退后了几步，一边等候，一边翻阅一家报刊亭的杂志（我买了一本杂志和一份报纸），史提尔斯很快再次现身了，他在里面待了六七分钟，我想知道他留着长发，穿着

---

① 诺塔里奥（Notario）在西班牙语中是"公证员"的意思。

皮裤和像铃铛一样叮当作响的尖头靴在公证处出现会有什么效果（也许他们会把他偷偷带进去，不让他经过等候室，免得让客户看见他不合时宜的打扮）。他又穿过了那个上层阶级社区的几个街区，我远远地听见他断断续续的欢快口哨声，一个自信并且无忧无虑的男人，他像某个顺利完成任务并获得好处的人那样心满意足。到了另一扇豪华的门前，他又重复了之前的动作。他按了门铃，立刻就被放行了，我又一次跟了上去，此时他拜访的是"德雷斯·鲁伊韦里斯·德托雷斯和比达尔·塞卡内尔诊所"。"尽是些受人尊敬的富人，"森图里翁想，"有钱的酒吧老板，还有伊内斯·马尔赞。"他已经推测出枪手在鲁昂是做什么的了。他很可能根本不住在鲁昂。

森图里翁在回学校继续上课前还有几个小时的时间。他上午有两节课，下午也有两节课，加上他家离学校很近（步行四分钟的距离），因此他有足够的时间观察伊内斯·马尔赞的动态，观看塞利娅·巴约与玛利亚·比亚纳的录像，或者在城里做调查。而夜晚是完完整整属于他的。于是他又跟踪了一会儿走向火车站的史蒂芬·史提尔斯。他进了站，仿佛已经买好票了，径直向一座站台走去。他在一张长椅上坐下，看了一眼挂钟，然后从大衣口袋里掏出了记事本，他开始用已经用掉一半的铅笔做简单的笔记，可能是在记录他在鲁昂的行程中已经完成的步骤，可能完成得还不少。他继续吹着口哨，现在他吹得更克制了，这会儿森图里翁听出那是《正午》里的旋律，一部西部片里的歌曲。

他看了眼公告牌，发现那座站台的下一趟火车还有二十分钟才会出发，而且车程很短，中间停四五站，终点站是那座我称之为卡蒂利纳的城市，那座城市虽然比鲁昂小，却是鲁昂的死对头，包括在足球方面也是如此。两座城市的球队交锋时，双方的球迷或一些好斗的球员斗殴的情况也不少见。卡蒂利纳距离鲁昂大约一百公里，虽然它没那么宏伟壮丽，因此也没有那么多游客和酒店，但是它以摩登现代、充满活力与生机且拥有更疯狂的夜生活自居，就像维哥之于拉科鲁尼亚和加利西亚的蓬特维德拉，不过维哥的人口比那两座省城更多。但在这里，情况并非如此：如果鲁昂有二十万人口，并且数量还在下降的话，那么卡蒂利纳的人口已经超过了十万，并且数量还在上升。

为了进站台，森图里翁买了一张到第一站的车票，然后他用手势询问枪手是否介意他坐在那张长椅上，可否往旁边挪一点位置给他，他在枪手身边坐下，翻开了那份刚买的报纸。史提尔斯还在做笔记，但不吹口哨了。

"我了解到您是个很好的供货商。"森图里翁突然友好地对他说。

那个小个头男人身体抖动了一下,猛地合上了笔记本,他转过身用冷冰冰的眼神盯着森图里翁,摸了摸湿漉漉的鼻尖。

"我不知道您在说什么,"他回答,"听着,我没有时间,别烦我。"他想起身离开,但是森图里翁抓住了他的小臂,把他拦下了。他明白如果他把手狠狠地按压在某处,那么他的手会像生牛排那样沉。这也是特工必学的技能,至少在英国是如此。这样要命的压力足以让枪手没法起立,也没法离开,不过在站台上他也走不远。

"在您的火车开动前,您有十五分钟的时间,"森图里翁一边说一边抬头看向挂钟,"别着急,我不是警察。当然了,警察在出示警牌和给犯人戴上手铐前也会这么说,对吧?您保持警惕是对的。我叫米盖尔·森图里翁,如果您需要的话,我给您看我的证件。"他收了手,不想做得太过分,然后把手伸向了对方,史提尔斯没有握住他的手。"我来这儿没多久,但在拉德曼达餐馆不少人向我推荐了您。"那是伊内斯·马尔赞的餐馆的名字。"在鲁伊韦里斯和比达尔医生的诊所也是如此。另外一个人也跟我推荐了您。"

"谁?别跟我来这套,比达尔医生跟您说起我了?"

"啧，那些说漏嘴的人的名字可是说不得的。我并没有说是那位医生透露的。他那儿还有候诊的病人、护士和前台接待，就像拉德曼达餐馆有客人、服务员和厨房工作人员。全城人都会去的'斗鸡眼猫头鹰'也是如此。人们喜欢假装自己是知情者。我在那里也听到过一些事。"这是一家酒馆，鲁昂最受欢迎的酒馆之一。"我知道那位长着牛脖子的大块头先生很重视那家酒馆。那位穿着非常高雅的先生，我不知道他姓什么。他是老板，对吧？"

"贝鲁亚？贝鲁亚跟您谈起我了？我不信。"

虽然森图里翁不一定能猜对，但他做了全面的分析：那个人是此地负责经销和零售的毒贩。他也许在卡蒂利纳做夜场生意，并且很可能是用他另一门营生赚来的钱来经营、维持和扩大自己的夜场生意。他在鲁昂有几个固定的买主，是一些不愿冒险、不愿遭遇不快的意外，也不愿购买毒性过强的毒品的人，他们因为他送货上门而酬谢他，这样他们就不必见到任何可疑和满脸凶相的人。而且这个人住在一百公里以外的地方，他们并不会在同一个城市里遇见他，这样再好不过了。而他则有了一批讲文明、有权势且付款准时的客人，他们绝不会给他制造问题，不会哀求他更不会威胁他。他会把剂量大的毒品存在酒吧，这样还能给一些信得过的老主顾享用它们的机会。但也不是多大的剂量,最多二三十克。

森图里翁敢肯定,如果警察在那座站台上搜史提尔斯的身,可能还能搜出一两包毒品,尽管他在坐上驶向鲁昂的火车前装进口袋里的大部分毒品都已经交付出去了。肯定还能找到他刚收来的一沓钱,他们肯定是付现金给他的,谨慎、干净又迅速的交易。这样的男人会想让森图里翁成为他的新客户,以此扩大他的客户网。森图里翁想知道他有多少客户,伊内斯·马尔赞家肯定不是那天上午他拜访的第一站。

"我没说是他告诉我的,您看我连他叫什么名字都不知道。但是人们会谈论,别人会谈论,'斗鸡眼猫头鹰'里的人也会谈论,总之……那里有些客人不只是吃下酒菜的,对吧?一传十十传百,而且您几乎每个礼拜都来巡视一回,嗯,人们会观察,会拼凑出真相,会发现通常您走到哪儿货就出现在哪儿。您的外表和着装不一般,很有个性。"这句话似乎让史提尔斯很受用,他忍不住笑了,人们普遍有难以估量的虚荣心,即便是那些最无关紧要的人也有。"在这里大家都相互认识,包括那些常来城里的卡蒂利亚人。"

"卡蒂利纳人,"他纠正我,"叫我们卡蒂利亚人是为了故意让我们难堪。"

"抱歉,我不知道,这是我在鲁昂听到的叫法。好吧,卡蒂利纳人。我只想让您拉我入伙,给我也供货。跟我做生意会很顺利的,您能得到好处,我向您保证。就我们待在这儿的这会儿工夫,您就能额外挣点钱。如果您愿意的话,我们正好有时间做第一笔交易。"

"那谁能告诉我关于您的情况呢?您要是一个名字都说不出,我可没法查证。而且拉德曼达餐馆我不常去,只是偶尔去那儿吃晚饭。"

森图里翁反应很快。

"我也没说我常去那儿,只不过那里有人跟我说起过您。您去问问那儿的老板娘伊内斯·马尔赞关于我的事吧。她跟我不是很熟,我已经跟您说了,我来这儿没多久。但是别人向我引荐了她,她知道我是谁。"

"您认识伊内斯?"

"我们还不太熟,但肯定会熟起来的。她很有魅力,她是个了不起、令人钦佩的女人。"

他疑惑地扫了我一眼。理发师西格弗里多在马德里给我修剪了一个不错的发型,帮我遮住了发际线,还染黑了我的白头发,黑发白发在鬓角交织。当时我留着罗伯特·雷德福过去留的那种暗金色的小胡子,它长得很快,已经让我看起来像模像样的了。史提尔斯大概觉得我在同龄人里算好看的了——他应该还没满三十岁,可能还觉得我有点守旧,像是十年前的人。但这通常并不是一种阻碍,恰恰相反,守旧的人很有魅力,不必经历试炼,也不会显得荒谬可笑,甚至还让人信赖,因为他能让人回到过去,过去有种优势,即不会构成威胁。那是一种虚幻的信赖,但它的确给人这种感受。

伊内斯·马尔赞离真正的美人差得远,她很不自信。尽管如此,歌手史提尔斯的那位模仿者觉得我配不上伊内斯。

"我并不认为您够格,"他毫不客气地脱口而出,语气中似乎流露出了傲慢和优越感,"在任何意义上都不够格。"

"所有人都不够。更别说您了。"森图里翁直起身子,从上往下打量他。即便他们两人都坐着,他也比枪手高出不少,大概十公分。伊内斯·马尔赞应该差不多比他高二十公分。"不过我知道你们认识很久了,事情也没有往那个方向发展。总之,交给我吧,我会看着办的。怎么样?你到底和不和我做生意?"我突然开始用"你"来称呼他,好让他感到不安,或者是为了给之后的事做铺垫。

"我得先做调查。米盖尔·森图里翁,对吧?这名字起得好,跟你很配,都一样可笑。"他变得难对付,或者说是突然谨慎了起来。"看看我有没有运气通过伊内斯查到些什么。"他马上从外套里掏出一台比他们给我的还要简陋、落伍的移动电话(以今天的眼光看,都是废品和古董),想要立刻给伊内斯打电话。

我再次抓住了他的小臂,猛地制止了他的动作,有些动作是气势磅礴、令人恐惧、无法抗衡的。

"听着,你这个白痴。"我说。骂人时必须用"你"来称呼对方,即便是温和、幼稚的辱骂也一样。"我仔细想过了,我宁愿她不知道你要告诉她的关于我的事。她不必这么快就知道我对她有好感。我不是警察,跟你说了我不是,白痴。"我又说了同样的脏话,不想让他以为自己听错了。"但是,我可以随时通知那位警察。"车站里正好有一位警察,我不清楚他是旅客还是在巡视,每个省份都有警察不声不响地巡视,埃塔在各地行动。"作为一个好公民,我可以建议他在这里搜你的身。你带着几包毒品和大量现金,再明显不过了。而且可能还有别的。你一副带着武器的模样。你不会用它,但他可不知道,你既有毒品又有武器,他不会喜欢的。光凭这件事,他就能让你搭不上火车,可能还会让你在警察局过一夜,在那之后……好了,给我几包东西,今天这事就了结了,这样对你来说要好过多了。告诉我你的电话号码,方便下次沟通,顺便告诉我下次给你打电话的时候,你希望我如何称呼你。我猜你只会在公证员那儿用真名吧。戈麦斯-诺塔里奥,对吧?可真够累赘的。"

我只是在虚张声势而已，因为我根本不知道史提尔斯叫什么，也不知道他可能会使用的绰号。事实上我什么都不知道，一切只是推测和猜想而已。我毫不费力地迅速恢复了过去的习惯。

他斜眼看我，目光中夹杂着困惑、急迫、不快和忧虑。这就是某些年轻人的劣势：他们常常以为自己能吞下整个世界，可一碰到挫折就气馁了，如果挫折来自某个更沉着、更年长的人就更是如此。他本以为自己占了上风，可突然间不知怎的，他害怕我会要他好看。他看了眼警察，又看了眼挂钟，距离他上车还有四分钟，已经能看见远处的火车头缓缓驶来。

"您记一下。"他说。

"我记性很好。你说吧。"

他分段说了一串数字，停顿的时间足够我把它记住。然后他又说：

"接电话的很可能是我。如果不是的话，您就说找骑士团长。"

虽然他完全不必顾忌，但他仍然没有用"你"来称呼我，这是个好现象。通常第一次见面时，就会确定等级，之后就不会有人去改变它。很久以前，我跟图普拉就是这样，现在他还能控制我，就是因为他我才会到这个地方来。

"看来你很有抱负。这样就够用了,这样就行了。"森图里翁喃喃地说。骑士团长①,不知是姓氏还是绰号。

他恢复了理智,或者是屈服于我温和的口头恐吓。我甚至不必向他亮出我那把像香烟一样随时带在身上的旧宪章武器卧底左轮手枪。佩雷斯·努伊克斯给过我一把更现代且没有序列号的武器,它很干净,也就是说,没有被登记,也没有被使用过,如果我不得不做一些事的话,可以用上它。我不是很擅长使用它,事实上所有的武器我都不擅长,我把它留在了马德里的一个抽屉里。但是这把六四年生产的左轮手枪从很久以前就陪伴着我,它很轻,携带方便,就像小型手电筒或大号打火机。

我抬起手,松开了骑士团长。他把手伸进马甲的内口袋里,然后轻轻地放在了长椅上,遮住了拿出来的东西。我稍稍伸出手,等他松手的时候,两包东西马上消失了,没有人看见。我站了起来,张开双臂,仿佛要向那位乘客告别。

"我们说好了,跟伊内斯·马尔赞一个字都不能提,没问题吧,骑士团长?在我跟她联系前,你我并不认识。什么时候跟她做交易由我来定,告诉她什么信息也由我来

---

① 西班牙语单词 Comendador 既是"骑士团长"的意思,也可以作为姓氏音译为"科门达多尔"。

定。"我还小声加了一句:"一路顺风,白痴。骑士团长。"考虑到未来的交易,这样做并不多余,换句话说,是为了再次削弱他的士气,贬低他的名字。这样他就能更清楚地领会究竟是谁为谁办事。我第三次骂他,他依旧没有反应。他没有回骂,没有恼怒,也没有回答。

假装拥抱他时,我在他背上拍了几下,并往他的大衣口袋里塞了马德里惯常的金额。他不会抱怨的,相反,鲁昂的一切都更便宜,卡蒂利纳就更便宜了,可卡因肯定也一样。他用手背摸了摸胯部,这就是他不需要摸口袋就能验证的方式。从一开始我就明确地表示,我不会白拿他的货,不会像暴徒或劫匪那样对他。在地方上——好吧,在哪里都一样——每一分钱都被看得很重,最好能让他从我这得到点儿好处。

火车放慢了速度,它已经驶进了站台。骑士团长没等火车停稳就上了车。他带着叮当作响的脚步声飞速离开了,仿佛我在追赶他,而他在逃命。他要么是在找特定的车厢,要么是想要远离我,想把我留在地面上,留在今天。

森图里翁决定,当天晚上他就应该跟伊内斯·马尔赞有所进展。她是唯一单身、离异或丧偶的女人,唯一独居的女人,是他唯一可以尝试走捷径获取信任的人,也就是说，她没有伴侣的羁绊。夫妻关系有时会给第三者可乘之机，实际上那些精神萎靡、复仇心切、厌烦恼怒的妻子正等待着第三者的到来，到处都有这样的妻子，比这样的丈夫要多得多，丈夫们通常只是懒惰、肤浅和盲目乐观而已。但从原则上说，必须把这种关系视为不可逾越的障碍，必须假装已婚女性是不可亵渎的，必须把所有的主动权都让给她们。这是对她们表示尊重的一种方式，尊重总是令人感激的，不论她们期待与否，不论她们值得与否，甚至即便她们根本不希望得到尊重，即便她们因为对方过于被动和谨慎而恼羞成怒。总而言之，跟她们接触时不能着急，她们要么真的顾虑重重，要么在别人接近时假装顾虑重重。

森图里翁那天晚上去了拉德曼达餐馆，在二月那个寒冷的星期四，那里并不拥挤，老板娘能匀出几分钟给客人，尤其是给那些独自吃晚饭的客人，她会陪他们一会儿，除非他们拒绝。

"您怎么样了？您的学生还好吗？您还适应这座城市吗？您从马德里来，可能会觉得这里有点儿无聊。"她一边记录，一边和善地问他。

在餐厅里，她一如既往地面带微笑。她的笑容非常热情，令人愉悦，但如果你不只是盯着她的笑容，而是想探索一番，那么她的笑容就是个小问题。伊内斯·马尔赞不仅有一张大嘴和两片厚唇，还有两排硕大的牙齿，就像狼的牙齿，只不过没那么尖而已。光是想到把舌头伸进那里，都会觉得为难甚至害怕，仿佛是要把舌头伸进锯子或碎纸机里。友好甚至甜美的表情让人觉得没那么危险，但还不够，那些牙齿看起来还是很有力。森图里翁不禁厚颜无耻地想："可能她是那种不需要接吻的女人，有些女人对接吻不太感兴趣，更在意其他部位和别样的激情。但愿如此。"

"我没有太多时间让自己无聊，"他回答道，"安顿下来并适应新的生活要比一开始看起来的更费劲。但是，如果有您这样的人能指引我的话，一切会变得更容易也更愉快。只是偶尔，您别害怕，我不会过分地麻烦您。不知道您能不能允许我邀请您共进晚餐。当然了，不是在这里。地点由您来选。"

一说完这些话，他就觉得自己太直接，太着急了，他很后悔。但很可能伊内斯·马尔赞并不缺注重实际或坚定执着的追求者，或许她已经习惯了某些毫不掩饰的猥琐和意淫的眼神，那些人只对她凹凸有致的丰满身材感兴趣，只对她有节制的领口感兴趣，然而这种目光并不会有任何结果，它们只是转瞬即逝的遐想，立马会被面对她出众的身高和异常的体形时油然而生的懒惰情绪所消解。她的身体是无法被驾驭的，必须听从她的指挥或支配才行，而这是普通男人不会喜欢的。鲁昂和马德里一样，到处都是普通男人。

伊内斯·马尔赞对我的邀请感到惊讶。她陷入了沉默，手里还拿着圆珠笔和记录本，她若有所思，似乎不确定自己有没有听错。她知道自己没有听错。或许她只是不明白，为什么一个相貌不错并且比她矮七八公分——如果穿高跟鞋的话，会比她矮出更多——的外乡人，会对她一见钟情并迫不及待地要让她知道。

她已经过了会脸红的年纪，但森图里翁发现她有些慌乱，而且并不排斥他的示好。她的笑容中夹杂着怀疑（"这人到底想要什么，是想任性妄为，还是想要标新立异，有些人会搜集国家、省份或稀缺样本"）和克制的媚态（"所以这位老师喜欢我呢"）。"真有意思，女人普遍复杂得很，"森图里翁这样想，"即便是全世界公认的美女也觉得自己浑身是缺点，会很容易夸张地在镜子前悲伤绝望。如果深入研究一下，你会发现大部分女人要么很可怜，要么觉得自己很可怜，也不知道是谁给她们灌输的不安全感。由于这个女人连地方上公认的美女都不算，在她独自一人时，在人流低峰期，在她没法假装在餐厅里飞舞也没法让裙子沙沙作响时，她大概觉得自己就像个怪物。或许最多她会觉得自己长得很独特。谁知道她是否会在沮丧时服用可卡因来振作精神呢。"

在回答前,她想争取几秒钟时间,森图里翁注意到了这一点。但时间实在太短,她既没答应也没拒绝。

"我很感激您,但是吃晚饭对我来说非常困难。几乎每晚我都在这里守着。您知道的,老板的眼睛……"

森图里翁觉得,这句话听起来像是某句谚语或乡间俗语的开头:"农场主的眼睛能让牧草生长""农民的眼睛能让小猪长胖",诸如此类。他突然有了这样的疑问:这是英语谚语还是西班牙语谚语,还是两者皆是?他觉得像是英语谚语,但现在一切都是跟风和抄袭而已,这不是什么好事。

根据他的情报,这个北爱尔兰女人来自农村,是一个里奥哈或巴斯克男人和一个巴利米纳、巴利莫尼、阿马或弗马纳女人的女儿,女方年轻时曾作为交换生在圣塞瓦斯蒂安度过一个夏天,两人最终结婚,并在莱克蒂奥、德瓦或类似的地方定居。关于她父母的信息只有这些,过去人们不受控制,可以不受干扰地做事和生活,还可以随心所欲地行动,并且不需要汇报。关于她这个女儿的信息就更少了,似乎她从少女时期就令人捉摸不透。她的全名是玛丽亚·马格达莱娜·奥鲁埃·奥德亚,是按照西班牙的习惯起的，父亲的姓氏在前，母亲的姓氏在后。在村里或在家里，大家可能叫她马格达莱娜、马格达或者甚至是马格。她就是埃塔和爱尔兰共和军的远程合伙人，也是我要找的人。

有北方血统的人更可能达到伊内斯·马尔赞的身高（比纯种的西班牙人更有可能，尽管一切皆有可能，这里一直有女子篮球运动员）。而且她会说英语，有一天晚上森图里翁听见她在拉德曼达跟几个外国人周旋。她会说英语并不奇怪，鲁昂的旅客越来越多，而她经营的餐厅口碑很好，但还没有追求精致到令人望而却步的程度。他远远听见她说了几句英语，觉得她说得很流利，不过有很重的西班牙口音。当然了，这可能是装出来的。但是对于母语者或双语者来说——对此我非常了解，要避免使用从小到大用惯的说话方式是非常困难的，比如说我为了让我的父亲能听懂，马格达莱娜·奥鲁埃·奥德亚为了让她的母亲能听懂的说话方式。还不如假装完全听不懂来得容易，免得冒险，免得一不小心犯了致命的口误，因为说得太好而引人怀疑。

森图里翁不能停止观察任何迹象，不能允许自己不把伊内斯·马尔赞当成罪人，也不能允许自己不把塞利娅·巴约和玛利亚·比亚纳当成罪人，关于这一点我已经说过了。森图里翁事先对她们一点儿也不感兴趣，但是你不可能对你交往过、观察过、监视过的人毫无兴趣，即便只是把这一切当成好戏或者消遣。过去，在我几乎不思考也不提问的流浪岁月里，我有过这样的经历，我曾经对某个冷漠无情的杀人犯产生好感，他或她属于那些让别人像牲口一样死去的人，就像那位任何人都会对着他的胸口开一枪的贝希特斯加登住户，只有这样才能让他们彻底失去缓慢的黄昏。他们是加快时间，不给仁慈时间的人，这是他们的本性和偏好。他们是在超市里，在火车站或是在营房里，根本不注意有谁在场就加快、摇晃和推搡时间的人。

但几乎没人能每时每刻都冷酷无情。杀人犯有时也会亲切而快活，他会大笑，会唱歌，会弹琴，会微笑，会拍手，会拥抱，常常赢得人们的好感，会安慰人，会使人振作精神，会给人希望和生存下去的遥远目标，并赋予存在意义和理由。"人类的一大麻烦，在于我们无法拥有说一不二的感情。敌人身上总有让我们喜欢的地方，我们的爱人总会有让我们讨厌之处。正是这种纠结不清的情感把我们变得苍老，让我们皱起眉头，加深我们眼周的皱纹。"一个多世纪前，有一个爱尔兰人如此写道，他就是诗人叶芝。他还写过类似的话："我们永远无法体验无拘无束的恨和毫不含糊的爱，我们总是厌烦地宣称着'是'和'不'，我们的双足羁绊在'可能'和'也许'的遗憾之网中。"意识到这一切后，森图里翁能随时随地看见恶。在鲁昂的日子里，他也在自己的身上看到了恶。

"刚才我说吃晚饭，但也可以吃午饭和早饭，去散步或去电影院，去吃顿开胃菜，喝酒或喝咖啡，看你怎么方便。我们可以用'你'来称呼彼此，对吧？我们语言里的'您'这个称呼真是越用越烦。"我故意用了"我们"这个词，她可能在内心深处并不完全认同这是她的语言。

"当然可以，如你所愿，还有一件事。米盖尔，对吧？我是伊内斯。"

"我知道，伊内斯。"

第六章

森图里翁很快就毫不费力地约她见了几次面,在成熟富家子弟马奇姆巴雷纳的那位罗西尼式发型师和其他人的帮助下,他在鲁昂期间选择的造型很讨人喜欢。而且他还年轻,尽管他觉得自己很老,青春在二十世纪末无限地延长。此外,对许多女性来说,外表没有感受重要,那些走在她们前面、旁边,坐在她们对面,甚至睡梦中背对着她们的人对她们的感受。

森图里翁发现伊内斯·马尔赞受宠若惊,但并没有充满幻想,她无疑谨慎又多疑,或许她从小就没少被愚弄。那些只想体验一百六十多年前波德莱尔著名诗歌里描述的那种感受的好奇男人,尽管他们从未读过那首诗,也不知道那首诗的名字,却都想尝试一次:"我多想生活在一个年轻女巨人身边,像女王脚下一只贪图享乐的猫。我多想看着她的灵魂和肉体茁壮成长,在她骇人的游戏中无拘无束地发育;去从容地探究她美妙的形体,在她巨膝的斜坡上爬来爬去,在夏天的某个时候,当灼人的太阳使她疲倦地伸直了身子躺在田野上,我多想在她乳房的阴影里酣睡……"①那首诗是这样写的,只不过用的是他那精美绝伦的法语。

她没那么年轻,也不是女巨人,只是高大而已,但在我第一次去她家,她有意关上卧室的窗户时,那几句诗突然在我脑海里有了画面,我在她家里,而不是在对面,不用在河对岸举着望远镜试图寻找缝隙,试图窥探究竟发生了什么。我可以在前排观看发生的一切,而我是其中的一部分。当我毫不关心并掌握了剧情时,一切却呈现在我眼前。那是没有太多变幻的平常的一幕,几乎所有这类剧情都在记忆中变得难以分辨。

这不仅是因为老练的伊内斯·马尔赞不会幻想,还因为与她三十八年来形成的个性格格不入。她并不想有男人在身边,即便她曾经有过这样的想法,也早已放弃。或者她只在实用层面对男人感兴趣,想有他们的陪伴,在开场

---

① 此处诗句引自波德莱尔的诗歌《女巨人》,译文参考徐芜城译本,有修改。——编者注

和结尾时与他们聊天,尤其是为了得到餍足、发泄、纯粹的性满足或极其短暂却颇有益处的意识暂停,瞬间遗忘在我们无法理解甚至无法想象的时间里等待的东西。

相会时她激情四射,结束时她却又冷淡机械。她能让氛围瞬间变得冷漠而庄重,仿佛她并不记得刚发生的事,仿佛刚发生的事并没有发生。

当然,这种态度也可能是一种防御和保护策略,这是吸取教训并彻底醒悟之人的态度,这种人并非没有幻想,而是将幻想的苗头尽数扑灭。如果他发现幻想在斜坡上滑动,会当场把沸腾的热油泼在它身上,以期烧毁它将它从高处推下,然后狠狠地责骂自己:"你在做什么呢,白痴,难道你还没学会不要相信任何人,不要对别人抱有任何期待吗?要把一切当成过眼云烟,要明白人们总是有意或不得已地说谎,即便他们坚信自己说的是不可改变的事实。今天是板上钉钉,明天是踌躇不定,随后是升腾消散的烟雾。今天是热情,明天是沉寂。今天是真诚的许诺,明天是融化的冰雪与嗟叹。今天是满心欢喜,明天是灼人的太阳和伤害别人后无用的歉意。于是你会像平常那样对自己说:'费尽了一切,结果还是一无所得。在白白浪费精力前,我本该知道的。'"也就是说,在迈出艰难的第一步之前。

伊内斯·马尔赞对森图里翁没有表现出太多的好奇，她没有询问他的过去，也没有提起自己的过去，虽然起初森图里翁试图深入了解她，但后来就没有这样做了，或者说基本没有这样做了。正如他此前了解到的，她对两个陌生人之间会互相询问的正常问题表现得非常拘谨，甚至极力回避，尽管他们很快就建立了许多人误认为是最极致的亲密关系。

用波德莱尔的话说，森图里翁看着她的肉体茁壮成长，但是她的灵魂、她的回忆、她的追思并没有。她的肉体在激情中无拘无束地生长，带着适度的贪婪，也可能带着优雅，没有羞耻，没有歉意，也没有强人所难，一副处于注视之下的活跃的身体，她在可能做得不到位时会停下来询问："我伤到你了吗？你觉得这样很勉强吗？我的大腿夹你夹得太紧了吗？告诉我吧，别有顾忌，拜托了。"那句"骇人的游戏"对她并不适用，对她来说只是游戏而已。相反，她的灵魂、她的回忆、她的追思被抽离和保护起来，它们没有出现，仿佛它们并不存在，仿佛她已将它们抛弃，仿佛它们已消失在人生中某个遥远的时刻。

这的确让我怀疑。也许她注定不能回顾过去的自己，无法回忆往昔，因为在她的回忆中，有一两段不堪忍受的记忆，她只有抹去所有的记忆，那些美好的记忆、令人宽慰的记忆、糟糕的记忆、恐怖的记忆，才能抵御那些片段。如果你能每天都像第一天存在那样醒来，像出生没几周的婴儿那样醒来，不知道发生了什么，不知道自己在这里该做什么，也不知道那个深情绵软的人是谁，只能看到和闻到那个人给的食物，当然，你也不知道自己是什么、是谁，这是感受过苦恼后很快会被舍弃的动物本能状态，虽然需要好多年才能感受到苦恼，有时进了坟墓都不知该如何称呼那种感受。也许她面对的只是每日的工作，着手处理的是迫在眉睫的事，是没有以前的现在。一个从不允许自己心怀虚荣，也不允许自己痛苦地回顾过去的人总是可疑的。

因此，在与她"美妙的形体"接触过三四回后（她的形体也没有那么美妙，但跟她那张长着硕大五官的奇怪面孔相比，还算赏心悦目、差强人意，习惯了就好），森图里翁仍旧没弄明白她究竟是单身、离异还是丧偶，跟她相处多年的鲁昂人似乎也不知道答案。如果有了解此事的人，他也是个谜团与例外。当我像那些认为不关心、不追问等同于不礼貌的人那样，用毫无攻击性、非常中立的语气问她时，她回答了类似下面这段话，只不过她用的是我已经无法复述的更简单的话语："这无关紧要，而且想知道这些事未免过分了些。我过去的生活跟你有什么关系？你无法参与也无法介入我的过去，你并不在场。你只不过存在于此时此地，因此这并不重要。即便是累积的当下也并不重要，每个当下永远只是当下而已。而余下的，那些过往……真是浪费时间，真是无聊透顶，而且往往让人遗憾怅惘。几乎没有人能痛痛快快地谈论自己的过去。"

伊内斯·马尔赞告诉他自己曾经在多个地方生活过，奥维耶多、萨拉曼卡、马德里，而且她像我一样是在马德里出生的，只不过她是碰巧在那里出生而已。她年轻时曾经在伦敦生活过一年，来鲁昂也是出于偶然，她的餐馆让她很满意，尽管气候寒冷，但她在这里生活得很好，她别无所求。她给人的感觉是，除了满足温饱之外并无他求，而这也意味着重复的生活。对未来没有期冀也没有野心的，通常是屈从于自小的生活环境或拥有一段极其沉重的过去的人，那段过去沉重到他必须将精力和想象力专注于此，根本无暇他顾。那些通常认为自己早已历经沧桑、清算完旧账或自认为恶贯满盈的人，他们觉得是时候安稳度日了，不该再四处行动，给人们带去更多的灾难和伤痛。

我对此非常了解，因为这就是我的情况，我指的是几十年来专心等待的托马斯·内文森，然而他还是有用的，我们已经证实了这一点。这就是我在一九九七年的情况，但这并没有妨碍我重新听命于图普拉，听命于马奇姆巴雷纳和佩雷斯·努伊克斯，没有妨碍我不再等待，也没有妨碍我搬到那座西北城市，怀着邪恶或善意的目的，与三个女人建立联系。人们总是在目的仍是目的时，说服自己相信自己的目的是正当的。但是只有当目的不再是目的，而是变成事实时，它才能被真正地审视，这时人们偶尔会生出悔意。我理所当然地认为，如果我要找的那个女人躲藏了那么久，过上了完全不同的生活，而且没再犯罪，那么她肯定有过这样的经历。我也意识到这种猜测可能是错误的，但我还是忍不住这样想。我与这种猜测作斗争，并告诉自己："如果我能找到她，如果我能处决她，那将是确保她不再犯罪的唯一方法。"

总之，伊内斯·马尔赞没有跟他谈起自己的父母、家人和故乡，她对往事守口如瓶，对个人信息三缄其口。因此，万一她真的是马格达莱娜·奥鲁埃·奥德亚，为了避免因刨根问底而吓到她，森图里翁便不再坚持了。（在北爱尔兰，人们很可能会叫她麦吉、麦蒂或莫莉·奥德亚。）他决定等待，他知道人们终究会开口的。人们无法忍受永远保持沉默——无论是讲述别人的故事还是自己的。总会稍稍炫耀一下，耍点心机，引起别人的同情、害怕或赞叹，激发将来或回忆中的怜悯或恐惧。没错，即便已经决定了沉默不语，人们也会在无意间开口说话。

森图里翁一直等到第四次约会才给了她一剂毒品。他留了一些从骑士团长那里购买的可卡因,他们每周都会在火车站短暂地见一面,适当地套出些信息,他不会给骑士团长施加太多的压力,免得他告诉伊内斯·马尔赞。他几乎从来不会独自吸食可卡因,因此有一些剩余。大部分可卡因一买来就被他扔进了抽水马桶——这是一笔合理的开支,那个毒贩子最后肯定会告诉他一些重要的事——免得它们囤积起来,在他疏忽大意时,或在某次随机搜查中,在学校或在当地警方那儿遇到麻烦。即便如此,他仍有剩余。伊内斯·马尔赞欣然接受了那剂可卡因,但是她没有吸食第二剂,没有表现出贪婪,因为她自己也有,她并不缺这个。

鲁昂常常起雾,也可能是从河流升腾起的雾气,我也说不清,总之,雾在水面氤氲,与水面交融,笼罩着它,几乎将它取代,你几乎无法分辨过桥的行人,难以判断他们是往北还是往南走,是面对还是背对着你,是在远离还是靠近,是正脸还是后脑勺。他们是不同的人,可看起来却总是相同的,定义我们并让我们相互区分的轮廓变得模糊不清。可以说,他们像慢镜头那样移动,因为即便加快速度,他们的脚步也是沉重而鬼魅的;与此同时,他们又像快镜头那样移动,因为他们短暂地出现一会儿,便会消失在浓雾之中，有时仿佛约好了似的。雾起时，许多教堂——圣贝尔纳韦教堂、圣卡塔利娜教堂、坎特伯雷大主教教堂、神圣斩首教堂、圣阿格达教堂、圣埃德蒙多教堂、圣胡安拉丁门教堂、圣巴托洛梅和特立尼达教堂，此外还有修道院和主教座堂——唤人做弥撒或做其他事的洪亮钟声也会神秘地同时响起。

在一个有雾的早晨，唤人做弥撒的钟声响起，因为伊内斯·马尔赞出人意料地回应了它的召唤。那晚我在她的公寓里过夜了，第二天是节假日，她的助手不会来，我不用上课，而且那天也不是跟骑士团长雷打不动地见面的星期四。我们原本想晚点起床，懒洋洋地磨蹭到她去餐馆上班的时间，但是她比原计划起得早，大约十点多她就起床了，还精心打扮了一番，我从枕头上眯着眼睛看她，恰好在钟声响起之前，她对我说：

"你介意独自待一会儿吗？我打算去做弥撒。"

我惊讶地略微睁大了眼睛。

"做弥撒？我不知道你还做弥撒。"

"只不过偶尔会去。今天所有人都会去，我喜欢这样，参加所有人都会做的事，成为其中的一员。你不会介意的，对吧？"

"需要多长时间？"我假装一无所知，"我从小到大都没去过。"这是假话,我成年后被迫去过几场北爱尔兰弥撒,但那的确是好多年前的事了。

"大约四十五分钟。取决于神父会不会延长布道的时间,还有多少人领圣餐。在我去餐馆上班前,我们肯定还有时间一起待一会儿。"

"你要去领圣餐吗?"我带着一丝玩笑的口吻问她,"你得先忏悔,对吧?还得抱着改过自新的打算回来,这对我们来说并不适用,对吧?还是说,肉欲之罪已经变成轻罪,不需要忏悔了?因为教会随心所欲、肆意地改变一切……"

她严肃并略带鄙夷地看了我一眼,就像女人们看那些掌握不了开玩笑的分寸的男人那样。她没有回答,她出门时钟声开始疯狂作响,恣意的钟声要持续几分钟才会达到高潮,整个鲁昂都能听到这震耳欲聋的声音。我本想问她会去哪间教堂,但已经没有机会了。我猜测她会去圣阿格达教堂或拉丁门教堂(城里的人都这么叫它),那是两座古老、美丽、高贵的教堂,而且离得很近。

于是,我被独自留在家里,我连澡都没冲就穿上了衣服,我急着想窥探一番。我并不打算细致地搜查,时间不够,只来得及随便看看。可一旦开始,就停不下来了,这跟整理书架同理,我必须透过窗户观察她有没有回来。我翻看了一个抽屉柜和衣柜里的抽屉，衣服，还是衣服，床上用品，装着几件普通珠宝的小匣子，耳坠，手链，项链，别针和胸针，两枚简洁的戒指，一枚华丽的指环，一块女士手表。我不懂手表，但在我这个外行的眼里，它并不贵重，但它也肯定不是普通首饰。此外，在另外两个盒子里，有一块贵重的古董链表（我看到它是宝玑牌的）和一对男士袖扣，我不禁推测在伊内斯·马尔赞的生命里曾经有过某个男人，他非常重要，重要到让她把那对袖扣保留下来作为纪念。或者，那也可能是被那个男人拒绝的礼物，她不想退换，以便她重温被人蔑视的感觉。如果她是寡妇的话，以便她独自哀伤。当我们对物品的主人一无所知时，它们会变得无比沉默。

我来到了客厅，在为数不多的书架上寻找能派上用场的相册，但似乎并没有。我看了看眼前唯一的那张裱框照片，我从不当着她的面在那张照片前逗留，以免显得多管闲事。人们总是会问起那些展示的照片，我一般不会这么做。现在我仔细地观看它：一个面带微笑的三十多岁的男人，怀里抱着一个困惑地盯着镜头的两岁左右的小女孩。她和她的父亲，这是我的第一反应。小女孩有着一头黑发，而她的父亲却有着一头金发，如果能找到一张她和她母亲的合影的话，那就很有意思了。如果伊内斯·马尔赞就是奥鲁埃·奥德亚，那么她母亲单身时应该姓奥德亚。那是一张彩色照片，背景昏暗到无法提供任何信息。很难推断出照片的日期（我把它从相框中取出看了看背面，但背面是空白的），我不禁怀疑那可能是那对袖扣的主人和他俩的女儿。伊内斯·马尔赞可能有过一个女儿，而她生活的境遇——她的选择——让她不得不把女儿留给父亲抚养。我就是这样对待我在英国的女儿瓦尔的，她仍然跟着母亲生活，我给她们寄钱，但并不想知道有关她们的事。我也是这样对待吉列尔莫和埃莉萨的，只不过没那么过分而已，我在马德里的孩子们跟贝尔塔一起生活，我最先有的两个孩子，表面上我重新拥有了他们，但实际上我根本没有留给他们的空间。

可能伊内斯·马尔赞的丈夫和女儿已经去世了，而她是个等死的活死人而已。那对袖扣很古旧，也可能是她父亲的。如果一个人没有讲述任何过去的事，那么他的过去就存在无限的可能，就像未来一样平整，而不是像充斥着切口、折痕和抹不去的铭文的过去那样粗糙。

以那个女人为例，她的丈夫可能是父亲，她的父亲可能是丈夫，一切就像那天上午降临鲁昂的雾气，也不知是钟声召唤了雾气，还是雾气召唤了钟声。我探出窗外，发现很难辨认出过往的行人。如果伊内斯去了圣阿格达教堂或拉丁门教堂,她回来时得过桥,到那时,我会很难认出她来。所有人似乎都没有区别,仿佛是瞬间可见但很快便躲起来让人迷惑的幽灵。

伊内斯·马尔赞的餐馆里有一间办公室,她把跟生意有关的文件都保存在了那里,我没有在她的公寓里见到文件和账本,连笔记本都没有。由于缺乏可供查阅的材料,我随机从书架上抽出了几本书,用大拇指快速地翻动书页,希望里面会有信件或照片,会有某种能让书页不再翻动并能给我提供信息的东西。我检查的那几本书并没有给我带来好运,于是我又试了几本。我已经说过了,一旦开始,你就会想:"再翻一本,再翻一本,或者再翻一整排的书。"你会乐此不疲,并忘记时间。我在四五本书里找到了钱,每本书里都有几千比塞塔,我想她究竟记不记得在哪几本书里藏了钱,这可能意味着她打算某天携款逃亡,也可能没有任何特殊意义。我查看了她的大部分书,她的藏书并不多,从书的标题看,题材甚广。

伊内斯·马尔赞显然没有保存任何东西。这很奇怪,因为我们所有人都倾向于积攒东西。这让人怀疑。往好了说,她是一个对自己的过去毫无眷恋的人;往坏了说,她是一个想要抹去自己的痕迹并且不想留下任何印记的人。我能理解的是,如果她是马格达莱娜·奥鲁埃,那么她会小心翼翼地抹去她已经放弃的那个身份,那个她现在可能厌恶的身份的一切印记。但我无法理解的是,连伊内斯·马尔赞的痕迹都并不存在,那个她当了许多年的伊内斯·马尔赞,那个救她一命、让她能安稳度日的伊内斯·马尔赞,那个鲁昂唯一的伊内斯·马尔赞。

好吧,这让我想起了我自己。人们执意想要完全抹去自己的身份,以至于偶尔会在不经意间抹去那个新得的、虚假的、能保护自己的身份。就好比一个被追杀的印第安人,他习惯了每走一步就立马清理自己的足迹,习惯了蹑手蹑脚、悄无声息地走路,甚至习惯了不让别人从远处看见他逃亡时扬起的尘土。即便我们这样的人潇洒自如、镇定自如地前进,但其实我们总是在逃亡。即便是最后一步,让我们逃离这个世界并跟我们告别的那一步,也是为了逃亡。

我看了眼窗外,又迟疑地看了眼手表。自伊内斯·马尔赞出人意料甚至可能心血来潮地离开后,已经过了三十五分钟,我从没有想过她会去做弥撒。巴斯克人和北爱尔兰人是非常虔诚的天主教徒,但是这不能说明任何问题,其他的西班牙人通常也是天主教徒,因此自古以来他们都任由教士操控。我对埃塔的历史并不精通,我过去对此不感兴趣，现在也一样，我自然不会因为一份临时工作去研究它，我对这种愚蠢至极的东西毫无兴趣。但我知道，这个组织诞生于神学院，并受到信奉卡洛斯主义的神父和守旧派神父的启发，他们自诩为摩西，要解放某个他们编造出来的民族。毫无疑问，当时有一批为谋杀和绑架祝福的神父，或者一批非但没用温和仁慈的话语谴责犯罪、反而鼓励追随者犯罪的神父，在这一点上，他们跟那些爱尔兰极端爱国分子别无二致。恐怖组织或多或少会有宗教色彩，完全没有宗教色彩的恐怖组织是很少见的。即便是无政府主义者和反建制主义者也会有教条和规定，也会表现出崇拜与虔诚。

伊内斯还要过一会儿才会回来，她在仪式开始前离开，而仪式还没有结束。从圣阿格达教堂回来需要五分钟，从拉丁门教堂回来大约需要八分钟，如果她去的是这两座教堂中的一座的话。如果她选择的是主教座堂或神圣斩首教堂，时间会更长一些。如果她在结束时到处跟人打招呼，时间还会变得更长，如当节日的时候，全城人都会在教堂里四散开来，这是她自己说的……"如当节日的时候，一个行走的农夫／望着早晨的田野，昨日风雨／从灼热的黑夜迸发出清冷的闪电／遥遥地还隆响着雷霆"——我不由自主引用了这首诗——"河水又从河岸回落／天空令人喜乐的雨水，洒落在葡萄树上／小树林沐浴在宁静的阳光下……"[1]这是我很年轻时就知道的译诗。如当节日的时候。

床头柜，我忘了查看那里。那是一个有三层抽屉的床头柜。第一层抽屉里装着常备药，其中有一些治疗高血压的药物，她可能跟很多人一样也有高血压，还有一小盒避孕套，我还没机会使用它们，我通常都会自己带。第二层抽屉里装着一些零散的珠宝，还有一部要么被遗忘要么在睡前被她慢慢品读的小说。那是一部西班牙当代小说，九十年代的作品，标题很长，小说的作者轻而易举就能获得广泛好评，他几乎所有的作品发表后都收获了赞誉。所以，伊内斯·马尔赞对流行的事物没有免疫力，至少对流行的文学如此，我应该跟她谈论文学。在最下面那层抽屉里，我终于看见了一堆摆放得整整齐齐的记事本，数出来有十五本。我看了眼最上面的那本，根据右上角的金色字样，那是当年的记事本，准确地说是一九九六年到一九九七年。尽管已经过了好多年，但我瞬间就认出了它们，那是我在牛津上学时用的记事本，是老师、学生和诸多并不属于所谓的"会众"（颇有教会的派头）的牛津人每学年都会购买的记事本；是我的导师埃里克·索思沃思先

---

[1] 此处诗句引自海德格尔的诗歌《如当节日的时候》，译文参考孙周兴译本。——编者注

生和彼得·惠勒教授随身携带的记事本，他们用一个电话就让我投身于并不属于我的生活，可一旦我拥有了这种生活，便无法回头。

它们是藏青色的精装本，每本大小一致。前衬页上有一幅简单的城市地图，上面标注了所有的学校。后衬页上有一幅非常实用的伦敦地铁平面图，不同的路线用不同的颜色标出。"所以，她跟英国有联系，"我这样想，"肯定有人每年从那里给她寄记事本，而且肯定是从牛津寄出的，我觉得在牛津之外的地方是不会有卖的，在贝尔法斯特肯定不会有。"这些牛津特有的记事本不会覆盖一整个自然年，而是一个学年，甚至更长的时间，因此最近的那本记事本始于一九九六年九月，终止于一九九七年十二月二十日。每本记事本的右下角都有牛津大学的校徽，其实它的名字是"牛津大学口袋日记"。记事本是双页的，左侧纸页上似乎记录着约定、任务、待拨电话，相当于普通的备忘录，右侧纸页上（暂且称之为奇数页）的东西更模糊、神秘，那是一些简要的笔记，有许多字母组合，偶尔才会出现完整的名字。每过一天，她就会画上并不影响阅读的×。但奇怪的是，她写完日记就画叉，正如那些期待着可能永远不会发生的事的人那样。如果她是马格达莱娜·奥鲁埃·奥德亚，这或许是她与自己对话的一种方式："今天他们没有找到我,也没有发现我,我安稳地度过了今天,我仍是自由的,我还在这里。不能在纸页上画叉的夜晚将意味着我已经被逮捕或者已经死去。"

我拿起了最底下的那本记事本,它对应一九八三年至一九八四年。伊内斯·马尔赞从那时起就用同一种记事本,并且还把它们保存了起来,这是为什么呢?大部分人都会在一年结束后把它们扔掉,而且也不会把每一天当作糟糕或过期的日子那样画掉。我立马想到一九八七年的那本记事本也会在那里,要是能看看那年六月十九日和十二月十一日的笔记,那就有意思了,伊佩尔科尔屠杀和营房屠杀分别发生于这两日。还有一九九一年五月二十九日发生的比克营房屠杀,三场袭击中共有四十二人死亡,一百七十七人受伤,不可思议的是,三十年后的年轻人对这三场袭击几乎一无所知。凶手们如今已经重获自由,而当时他们中的许多人还深陷牢狱,但是帮凶奥鲁埃·奥德亚并没有。

我没有时间了,我需要几小时才能弄明白那些笔记的奥义。我想,那些字母组合可能是她那天见过的人。但是,像 Cn AGT 和 Cp TDY 这样的字母组合是什么意思呢?

我又拿起了最近的那本口袋日记,翻到我跟她第一次约会的那天。在一堆涂鸦中,我看见了这个也许除我之外的其他人根本无法理解的字母：Alm MC——"跟米盖尔·森图里翁吃午餐。"[1] 我翻到更早之前的笔记，即我看见她跟那个比她矮十多公分的精心打扮的中年人约会的那个晚上，那个人要么是政客，要么是装腔作势的建筑商，我发现她写下了 Cn R de T，毫无疑问，Cn 是"晚餐[2]"的简写。接着是打着括号的（p）。无从得知（p）是什么意思，但我突然有了一个模糊并且不太可能的想法。我找到了我跟伊内斯·马尔赞第一次上床的那一天，果不其然，笔记上写着 Cp MC (p)。Cp 可能是"酒杯[3]"，我们在那之前喝了两三杯酒。我又看了看我们之间发生身体接触的其他日期，要回忆起它们并不是难事，因为次数不多。每个日期下都写着 Vt MC (p)。也许真是如此，也许（p）指的是"打炮[4]"这种平凡而粗俗的词，尽管我觉得像伊内斯·马尔赞那样的人用这个词很奇怪，拉德曼达的老板娘理当使用像"午餐"这样的词才对。不过，人们用一种方式表达，却用另一种方式思考，尤其是涉及性的时候，而且我们已经身处女人可以像男人一样说粗话的时代，至少她们在跟自己说话时是如此。

---

[1] 原文为 Almuerzo con Miguel Centurión，Alm MC 是其简写。
[2] "晚餐"的原文为 Cena。
[3] "酒杯"的原文为 Copa。
[4] 原文为 polvo，本意是"灰尘"，在俚语中可指性行为。

如果（p）指的是"打炮"，那能说明两件事：一，她用这种简明而轻蔑的方式——但她还是写出来了——记录自己的性行为；二，她跟那个既老派又平庸、戴着缟玛瑙袖扣系着鲜艳长领带的家伙睡觉了。而且森图里翁之前武断的推测是错误的，看着身高与格调如此不搭的两个人在莱斯梅斯河边散步时，他曾经预测，如果那是一次献殷勤的约会，那天晚上他们共度良宵的可能性为零。所以，伊内斯·马尔赞要么早就跟那个 R de T 保持着松散且广为人知的关系，要么极其缺乏人情关怀（那时森图里翁还没有采取行动），要么很容易投入激情之中，并且对此毫不在意，实际上，她在激情前后也是那样对待他的，只有以上这些理由才能解释她为什么会跟那个浮夸的乡巴佬打炮。他这样想并非完全出于嫉妒，而是因为有些恼火，自己竟然在某个虽不涉及感情但总会涉及隐私的领域跟那样的人相提并论。当我们发现自己正在睡的人睡过什么样的人之后（不论男女都一样，在这一点上我们的区别并不大），我们有时会觉得那个人贬值了，并会突然毫无理由地蔑视对方，那个人重新升值的概率很低。

至于 Vt，可能单纯是"做客[①]"的意思，那几回他去

[①] "做客"的原文为 Visita。

了她家，那里是她情绪爆发以及事前事后冷若冰霜的唯一舞台。

要是我选一本早期的日记——一九八六年到一九八七年的那本或者一九八七年到一九八八年的那本——带回我的公寓仔细研究呢？两本中必定有一本记录了伊佩尔科尔屠杀发生的那一天，而萨拉戈萨屠杀发生的那一天肯定在第一本里。她很可能不会发现，如果她习惯于每天记录在鲁昂的琐碎生活和偶尔做笔记的话，她不会像怀念现在的日记本那样怀念过去的日记本。我注意到了一些粗浅的评论，我可以随便读几句："真是糟糕的一天！""现在我该怎么办？""真无语啊！"没错，要是能看看她是否在一九八七年六月十九日、一九八七年十二月十一日或一九九一年五月二十九日写下类似的话，要是能看看她是否用了"太棒了！"或"真好！"来庆祝那几场屠杀，那该多有意思。

埃塔成员杀人时似乎从无节制，也从不会感到沉重，他们杀人时并不会想"太惨了，但有什么办法呢？"，也不会想"太遗憾了，但为了我们的事业势在必行"。他们不会的，不到一年后人们便得知那是他们的常态，如果我没记错的话，那是一九九八年一月。在塞维利亚的大街上，一名人民党的市镇议员和陪他回家的无辜妻子被冷血无情地从背后枪杀（如果我没记错的话，他们是后脑勺中枪），随后几名被捕的埃塔成员在监狱里喝红酒或香槟庆祝，说不定还吃了海鲜或者火腿。虽然他们被关在监狱里，但大概并不缺钱，抑或是他们的家人在喜庆的日子里理所应当地给他们送去了佳肴。

如果那时的伊内斯·马尔赞比现在更鲁莽草率的话，那么她有可能会写一句"好极了"。如果她就是马格达莱娜·奥鲁埃·奥德亚的话，她当时必然是那样的，如果真是那样，她还是个当时就该被处死的罪犯。但我不太确定的是，她现在是伊内斯·马尔赞，她作为伊内斯·马尔赞生活了那么多年，还该不该被处死。并不是说跟她熟悉了，跟她发生了几次关系，就成了我无法克服的阻碍。但是我在犹豫要不要杀死一个只顾着经营餐馆并且可能已经改掉了过去冷血无情和盲目固执的个性的孤单女人。你永远不会知道，一个人何时会放弃原来的身份，何时会消灭曾经的自己。你也不会知道是否可行，你得失去记忆，彻底地失去记忆才行。

带走日记本是有风险的，但是森图里翁必须承担这个风险。查阅完毕后，他可以在将来做客时，趁着她去卫生间，或者在激烈的纠缠后离开卧室喝水时，毫不费劲地把它放回抽屉里。

他的时间不多了，发现新事物并匆忙地研究它们是很耽误时间的，人们会因此错误地计算甚至完全不计算时间。他仍然犹豫不决地把那本一九八六年至一九八七年的日记本握在手里，他再次走到窗前，向窗外望去。雾气仍没有散去，甚至变得更浓了，他根本无法分辨来往的行人，他们是一个没有轮廓的整体，被笼罩在不会升腾的烟雾或停滞不动的水蒸气之中。不过他能观察到的是，从两边过桥的人络绎不绝（脚比其他部位更显眼），这意味着有几场弥撒已经结束了，教友们正前往城市的各处吃开胃菜，大部分人去的是"红酒区"。钟声没有停止也没有减弱，仿佛这些仪式故意错开，仿佛即便仪式已经开始也不能停止召唤信徒，让他们成群结队地前往。

在森图里翁独自留在公寓的那段时间里，钟声持续不断且让人不堪忍受——鲁昂的教堂可真是热情洋溢，他根本无法集中精神，也无法冷静思考。因为那恼人的钟声，他没听见伊内斯·马尔赞回家的脚步声和钥匙的声音。如果她独自一人回来的话，必定能发现他在四处窥探，幸好说话声救了他，他立马发现有一个男人陪着她一起回来，跟她有说有笑的。

森图里翁情急之下把手里的日记本塞进了后颈的领口，

滑进了衬衣里面,这是本能的反应。它沿着脊柱下滑,直到被皮带托住,如果他背对着伊内斯的话,或许她能看见那块凸起。幸好他在卧室里,他关上了抽屉,仰面躺倒在床上,仿佛他没有离开过那里。当然了,现在他穿着衣服,但没冲过澡。

"米盖尔,你穿好衣服了吗?"伊内斯站在门口问他,她看到他已经穿好衣服了。"我想介绍一位老朋友给你认识,他正好路过,被我碰上了。"

"我马上来。"

森图里翁坐了起来,若无其事地尽可能把日记本塞好,然后去了客厅,他在客厅里看见了一个穿卡其色风衣的胖男人,在这座西北城市的这个季节,这种衣服并不保暖。他大约五十多岁,实际年龄可能比这更大或更小,胖子们年轻时显老,年老时又显小,他们往往极具欺骗性。他有一头泛白的鬈发,虽然很长但很浓密,就像一顶头盔。他的眼镜在他的小眼睛上显得太大了,他的五官很小,或者是他多余的肉把五官挤小了。他的鼻子很普通,嘴唇很薄,笑起来大大咧咧,很友好,他的牙齿几乎是方形的,就像我童年时吃的那种颗粒口香糖,像珍珠一样,我记得是"香醇"牌的。他整个人看起来和蔼可亲,值得信赖,给人感觉是个机灵的胖子。

有那么一瞬间，我觉得他认识我，或者认出了我，但这应该是我的错觉，他只是想要表现得平易近人而已。我敢肯定我从没有在任何地方见过他，虽然我见过太多的人，去过太多的地方，而因为间隔太久，有一些人和地方我几乎不记得了。

伊内斯·马尔赞只跟我介绍了他的名字：贡萨洛·德拉·里卡，她没说明他是哪种老朋友，他们是怎么认识的，是什么时候认识的，只用一句"从小就认识，家人跟他也很熟"就打发了。他们轻描淡写地谈论了一些回忆和共同的朋友，我唯一听明白的是，他们至少碰巧同时在两个地方（马德里和奥维耶多）生活过。德拉·里卡是个健谈而风趣的人，他说了很多我不知道其中原委因而无法理解的笑话，伊内斯·马尔赞却乐得不行。过了一会儿，他决定把注意力转移到我身上，或者看起来如此。

"伊内斯告诉我你是个老师。"还没等我回答，他就针对教育现状继续侃侃而谈，"在这个一切都为培养无知民众服务的年代，我真不知道你们是如何应对的。这是不能明说的事，还没到时候，只能在背地里说。但是我觉得政府想要回到十九世纪，或者更早的时候，那时候大部分人都目不识丁，什么也不懂，自然也不会抗议争辩。人们几乎无法表达自己的想法，当然我指的是他们没法把想法写下来，不过他们也说不出来。你的学生能连贯地把句子串起来吗？他们几岁了？"

他从一开始就用"你"来称呼我，如果我是伊内斯的朋友或者情人（她是怎么跟他谈论我的呢），那我必然是可靠的。他没等我回答就继续提问。

"其实，在教育方面倒退，并且有先见地培养蠢驴，是符合逻辑的，是经过深思熟虑的。人们所知甚少时，会觉得自己无所不知，自己对一切问题的意见都应该被考虑在内，不仅如此，还会把自己的意见凌驾于智者和专家的意见之上，于是一切都陷入了停滞状态。一切都成了荒谬的阻碍，不管做什么事都得先达成共识，任何事情都没有进展。几十年来，人们一直在反对，如果不加以补救，这种情况只会变得更糟糕。为什么人们必须参与自己并不懂甚至并不关心的事呢？人们关心天体物理、神经外科、科技创新、武器装备、太空探测吗？当然不。百分之九十的人从不费心去了解枪的工作原理。他们甚至不关心自己身体的工作原理，毫不关心解剖学。再除去少数好奇的人和个别想在饭桌上炫耀的掉书袋，这些人只在意结果、利益、效用，他们只想获得好处。事实上，只要事情能被组织起来，就没人会在意组织的过程，所以最好是由那些有远见、有规划、有真知的人来完成，不论在哪里，不论在何时，这样的人都是少数，现在也一样。"

我好奇地、几乎是困惑地看着那个侃侃而谈的胖子。他的言论起初似乎是在批判社会崇尚的不断滋长的无知之风，但很快就开始吹捧推崇这种风气。我突然想知道伊内斯·马尔赞是否同意这种说法，事实上我们很少交谈，我指的是很少谈论正经话题。我完全不了解她的政治和社会观点，也不知道她是否有这方面的观点，有些人只管自己的事，对别的事视而不见。然而，如果她是马格达莱娜·奥鲁埃的话，她必然会同意这位朋友说的话，埃塔伪装成了一个左翼的"人民"组织，但其实它是守旧的、挑剔的、精英主义的、保守的，它跟神父一样对进步十分敏感，而且在精神和计划上绝对独裁。北爱尔兰的两个极端阵营爱尔兰共和军和统一党准军事部队也是如此，很难说清究竟哪一方更糟糕，危害更大。他们视人民如草芥，肆意杀人，摧毁他们招募并训练的年轻人的生活。他们渴望统治人民，强迫人民接受他们（"少数人"）决定并想要的东西。在某种意义上，他们和招募并训练我的情报组织并无不同，只不过我们阻止灾难，而不是引发灾难。我们应对，防范，我们不会发起屠杀。

为什么伊内斯要把德拉·里卡带到这儿来？为什么想把我介绍给他或者把他介绍给我？也许是后者？如果他真

的是她许久未见的老朋友,她原本可以和他去喝点什么,而不是让我掺和进来。她原本可以给我打个电话,道个歉,我完全能理解:"听着,我在弥撒结束时意外遇到了一个朋友,我们明天或改天再见。"

而且她怎么会去做弥撒?我想问问她,在一九九七年,像她这个年纪的人可不常去做弥撒。

"你知道枪的工作原理吗?"那个机灵的胖子趁我沉默不语,又提出了一个问题。他肯定很会跳舞。

"不知道,我从没碰过枪。"我眼睛眨都不眨地回答,对一位教师来说,至少是对一位欧洲教师来说,这是合理的答案。"我也没兴趣知道。嗯,从电影里能学到一点,对吧?"

"你看到了吧?你是负责教书育人、传授知识的,连这么简单的问题你都不知道。这个问题简单,而且普通,世界上有成百万的枪支落在没脑子的人手里,随便哪个罪犯都知道怎么用枪,但是普通人却不在意。你看,事物存在着,但人们却毫不关心。可与此同时,他们却想对一切都拥有话语权,想干涉一切。民主是件好事,你别误解我,我相信民主,但是它的范围和界限却从不明确,相反,它正在逐渐扩展到它不该涉足的领域。让一窍不通的人决定经济该如何运行,决定国防政策,甚至决定法律公正与否,这样做的意义何在?这场行动很缓慢,至少需要经过几代人。但等到人们再次接受自己一无所知时,就不会再插手轮不着他们管的事,与他们无关的事。"

我不知道伊内斯·马尔赞希望我在这种宽泛的问题上站在贡萨洛·德拉·里卡同一边(他似乎一点也不喜欢民主,也不喜欢启蒙民智),还是站在他的对立面。她也从来没有问过我的信仰。我不想因为一场临时的愚蠢对话打草惊蛇,不想让她失望,也不想让她从我身边离开,我还得留在她身边,直到我确定或排除她就是麦蒂·奥德亚为止。我不禁想,她是否想通过那个卷毛胖子来试探我。

"嗯,"我终于谨慎地回答道,"我觉得一切归根到底都直接或间接地与人们有关。人们把票投给那些最能给他们带来直观的信心的人,或是那些他们最不害怕的人,但事实上他们把一切都交到了统治者手中。他们选出了这些人,即便他们知道这些人之后会为所欲为。人们会抗议,会批判,会罢工,但是他们知道这些徒然无用。统治者总是最终掌权的人,即便他们只赢得了一张选票。你觉得呢,伊内斯?"从德拉·里卡开始他长篇大论的演讲后,她就一言不发,也许她觉得很无聊。

"我不知道,"她回答说,"我觉得这个世界荒谬至极。我只管自己的事,因为如果我开始考虑别的问题,会觉得招架不住。"

"你想说什么?"

"有时我感叹,一切都在差强人意地运行,一切都组织好了,每个职能都分配好了,每个人都在做自己的工作,无论结果是好是坏。世界上有太多人,几十亿,每个人都有自己的野心、自己的渴望、自己的耻辱和自己的沮丧。我难以相信这是可控的。有那么多立场,那么多对立的利益,如何能被调和?要是我仔细思考这些问题的话,我会觉得奇怪,这个世界竟然没有陷入永恒的战争之中,竟然没有陨灭,竟然没在很久之前就爆炸。这是让我们所有人都沉默的唯一方法。永远都有那么多的声音,每个声音都在抱怨别人,把自己的不满归咎于别人。即便是在这里,在鲁昂,在这个很少有人关注这些事的地方,人们也会争吵,也有冲突。我得跟当地政客和地方势力打交道,大部分人都互相仇视,恨不得斗个你死我活。你想象一下在其他更大、更拥挤的地方会是什么样吧。"

我纹丝不动,担心被皮带夹住的日记本会掉下来。

森图里翁对一名当地政客很熟悉,因为他是塞利娅·巴约的丈夫,塞利娅·巴约是他任教学校的同事,在他有意愿并且有时间查看数小时的录像时,他能通过安装在她家里的隐藏摄像头观看她相当一部分的日常生活。这并不意味着有很多可看的内容，因为他们俩直到黄昏或夜幕降临才会回家。他们的孩子主要由一名住家保姆照顾，当他们出门吃晚餐或做别的事时，会再叫一名年轻保姆来家里。森图里翁推测，要么她的丈夫薪水很高，要么他们拥有一笔继承得来或积累的财富，只有这样才能长期维持这种服务，并过着宽裕甚至奢侈的生活。

他也不排除这名政客就像一九九七年乃至今天的大部分政客一样，利用佣金、恩惠、权势和非法勾当获取额外的收入。不论过去还是现在，这在地方上和在马德里一样容易实现，在马德里自然是很常见了。但或许，地方越小，当地人就越倾向于做权力交易，越倾向于腐败贿赂，这是自然而然的结果，只有极少数被误解、被蔑视并最终被边缘化的例外。如果全民都参与其中，那么逍遥法外和缄默不语就能得到绝对的保证。没有人会揭发一宗会让多米诺骨牌一块接一块倒下的案件，报复行动一旦开始就势不可当，所以最好不要触碰它，这是连那些地方上的学生都明白的道理。最好让所有人都或多或少地参与进来。西西里岛人就把这一套给摸透了。

塞利娅·巴约是个四十出头的开朗女人，她有几公斤的赘肉，但她绝不是个胖子，只是看起来很圆润。她的脸很圆润，脸上还有可爱的酒窝；她的胸很圆润，跟她的中等身高相比略显夸张；她的胯很圆润，可能是因为她生过两个孩子，而不是因为疏于管理；她强壮的大腿和小腿很圆润，它们总是被又高又宽的高跟鞋支撑着，这让她在走路时仿佛脚踩马蹄，步伐迅疾而坚定。她通常心情很好，愿意帮助她的学生（她教低年级学生地理和历史），如果有同事任务过重或有急事，她也愿意帮助他们。从第一天起，她就带着母亲般亲切的微笑迎接森图里翁，仿佛新人会特别感激热情的接待。很久以前她刚搬来鲁昂时，也曾经是个新人，她在这里认识了那名政客（当时他还是个候选人），并嫁给了他。

起初，我很难相信她可能是马格达莱娜·奥鲁埃·奥德亚，除了她的一头红发、浅色眼睛和长满雀斑的皮肤之外。当然，这并不是爱尔兰人或爱尔兰混血特有的，在加利西亚、卡斯蒂利亚和莱昂有很多这样的女人，在安达卢西亚西部也有不少。她的头发也可能是染的，几十年来我们根本不可能知道别人原本的发色。她的个性简单到透明。她并不笨，是通常说的单纯、头脑简单，简单到显得不真实。她该笑的时候就笑，该难过的时候就难过，看催泪电影的时候就哭，或者她至少会毫无顾虑地承认，仿佛除此之外别无选择。要是有人跟她讲笑话或跟她开玩笑，她就会哈哈大笑，尽管笑话可能并不好笑，尽管她得过一会儿才听得懂玩笑的真义，仿佛一开始她只能理解字面意思。要是有人遭遇困难，或者遭遇不幸的话，她会坦率地同情、安慰并鼓励当事人。要是她发现有人遭受不公平的待遇，她会适当表示抗议，因为她对待自发的事是很谨慎的。

她是个理想的观众和读者，会顺从演员的意图做出反应，即便他们缺乏专业技巧，即便他们的方法粗糙而拙劣。可以说，她是"感恩而温顺的观众"，她这样的人会让森图里翁觉得，要是到处都是这种人，这个世界会变得没那么不堪忍受，也没那么卑鄙凶恶。"这样的人很少，非常少，完全没有恶意和怨恨的人是很少见的。"

通过在学校里对她的观察，森图里翁判断她不可能是他要找的那个女人，那个可能或近或远地参与了十年前才发生的巴塞罗那和萨拉戈萨暴行的女人，谁知道她是否参与过别的暴行呢。"才"这个副词用在这里是恰当的，在这么短的时间里，塞利娅·巴约不可能变成一个如此率性天真且胸无城府的人，一个自然而然地满怀喜悦与悲悯，并且乐于帮忙、令人愉悦的人。与之相反的是伊内斯·马尔赞的暧昧不明，她对过去的谨慎回避，她的守口如瓶，她的沉默不语。

但塞利娅·巴约的名字出现在三人名单之中，必有其原因，而且图普拉在稻草广场的露台上给我的照片里有她，我在家里仔细查看了，照片里的人就是她，她在被拍下那张照片后，几乎没有变化。同样漫不经心的蓝色眼睛，脸颊和下巴上同样迷人的酒窝，从远处看不清的小雀斑，很快会长皱纹的细腻皮肤（也许正处于皱纹即将长出并四处扩散的临界点），迷离的眼神，月亮般的圆脸。

正因为这看起来难以置信，所以更不能掉以轻心，森图里翁逼迫自己这样想。也许正因为她喜欢取悦和帮助别人，她也会这样对待那些极其险恶的人，因为她毫无警惕心。也许这都是她装出来的，也许她已经设法忘记了原来的身份，这绝不是什么稀奇事，看看那些政客就知道了。

伊内斯·马尔赞有一段她不愿讲述的过去。塞利娅·巴约也并不怎么经常谈论自己的过去，不过她给人的印象是她没有过去，没有任何值得一提的事，正如一颗简单的心灵那样（但简单的心灵总是经历过痛苦的）。毫无疑问，她生活在严苛的当下，更确切地说，她生活在日复一日的日常中，她忙于工作，忙着照顾丈夫和孩子，忙着应对同事和学生，忙着参加公民活动和无数社交活动。因为开朗的性格，以及她丈夫的身份，她也属于某种"当地势力"，她总是忙着处理一些必要和多余的事。她不会花分毫时间来反省、思考、观察，她不会往前看，更不会往后看。对于某些人来说，昨天只是一个障碍，一个麻烦，是无用的化身，是阻碍他们关注今天的负担，他们总是为以镒称铢的今天担忧。某天晚上——通常是在晚上，时间会因为某种原因而停止，那时他们会发现自己并不记得在已经度过和消耗的时间里做过些什么。

事实是，在鲁昂没人说她不好，连说她一般的人都没有。或许是因为人们对那位诡计多端的政治家心怀道不明的恐惧，又或许是因为她能使别人原谅自己的美德与有利的地位。至少她既不优雅也不漂亮，而且也没有过分聪明，要是有这些特质的话，人们会更不容易原谅她。

还有她的丈夫，那个得势的，并且不管事情是否在他职权范围内都要插手的市政官员，他的名字和外表一样古怪。他本名叫柳德维诺·洛佩斯·洛佩斯，个中原因人尽皆知，他出生于九月二十九日，是圣米盖尔、圣拉斐尔、圣加夫列尔和众天使长之庆日。鲁昂地区跟其他省份一样，有给新生儿按照出生之日对应的圣徒来起名的习俗，但是米盖尔或加夫列尔·洛佩斯·洛佩斯这样的名字起了跟没起差不多，于是他的父母查阅了圣徒日历，发现那一天还是圣柳德维诺纪念日，他们觉得这个名字个性十足、与众不同，并且几乎是独一无二的，于是他们迫不及待地给这个孩子起了这个名字，甚至没有弄清楚柳德维诺究竟是谁，也没有弄清楚他的功勋和他可能施过的善行。我对此也不是特别清楚，我印象中他是一名功绩颇少的主教，他可能是中欧人，在我的第二或第一母语里对应的是莱德温。我不禁把他和其他非常罕见的圣人联系了起来，牛津日历中罗列出的有以下名讳，个中原因我并不知晓：斯威森、邓斯坦、布莱修斯（可能是圣布拉斯）、卡思伯特、弗丽德丝维德、埃乌尔提斯、埃塞德丽达、普里斯卡、马库图斯和布里修斯，我想起了这些学生时代读到的圣人，因为他们实在令人难忘。

尽管如此，鲁昂的柳德维诺还是被自己累赘的姓氏折磨得不轻，成年后，他设法将第二个姓氏改成了他母族中非常次要的一个姓氏，于是他变成了柳德维诺·洛佩斯·西劳。然而，这个冒牌的姓氏实在太奇怪了（我只记得在我童年时收集的贴纸里有一个姓西劳的足球运动员，他是奥维耶多的前锋），而且人们很难发出首字母为 X 的词语读音[1]，所以，如果幸运的话，大家会叫他"路德维诺"，他亲爱的老婆只叫他"维诺"，当他们沉浸在性事中时，情况更糟，她会叫他"小维诺"。柳德维诺对这类堕落行为不以为意。

---

[1] "西劳"对应的原文为 Xirau。

鲁昂在过去被称为"一座高贵而忠诚的城市"。也就是说，这座城市在西班牙算得上严肃，而且近乎朴素和庄重，她为自己遥远的过去而骄傲，曾经她相当重要，并有过一些被夸大的英雄事迹，坦率地说，她很高傲。那里的人看不起其他大部分地区，鲁昂人觉得其他地区的人是暴发户，如果不是暴发户，那就是市井商贩，如果不是市井商贩，那就是自私鬼和抱怨精，如果不是自私鬼和抱怨精，那就是聒噪王，如果不是聒噪王，那就是纠结自大狂，这两者通常如影随形。但这座西北城市在别人身上看到的缺点自己也有，她也聒噪，也抱怨，也自大，也有买卖交易，与之伴随的还有受伤的自尊。但是城中各处仍努力想呈现出一副自己以为的模样，努力想要适应自己的名气，因此这一切特质都被表现得克制而含蓄。

柳德维诺·洛佩斯·西劳之所以受欢迎，很可能是因为他忤逆了这种精神，并且毫不掩饰。他是一个性格张扬、满口脏话、夸夸其谈、好大喜功、恬不知耻的人，出人意料的是，他的厚颜无耻却让一大部分奉承他的市民着迷，他们觉得他处变不惊、诡计多端、注重实际。在目睹他的惊人之举和不当言行后，甚至在目睹他肆意威胁那些阻碍他或不愿取悦他的人后，他们目瞪口呆，不知作何反应。（在笑里藏刀的威胁过后，是热情的拥抱、面颊的亲吻和一连串讨好的话,比如"兄弟,你是我见过最棒的人""我爱死你了,就像阿伯拉尔爱爱洛伊斯那样,只不过我没被阉而已,上帝保佑我,就像圣女大德兰爱上帝那样,这种说法更纯洁""我要把你放到纯金的基座上,因为你配得上黄金和基座,太他妈配得上了"。不管跟谁说话,用"你"来称呼对方是他的信条。)

一个地方被自己最鄙夷、最厌恶的事物所吸引,这再正常不过了。她会厌倦自己,厌倦自己的尊严、自己的谨慎、自己的文化、自己所谓的美德,会崇拜某个与这些完全对立的人。那个贝希特斯加登住户便是最好的例证。

对柳德维诺·洛佩斯·西劳或洛佩斯·洛佩斯来说,当一名市政官员已经足够了,他不需要追求更多,也不需要引人注目的权力。他得到了市长和几乎所有有权有势的人的支持:企业家、地主、建筑商、银行家、牧场主、旅馆老板、工会成员和主教,即便起初他们各有顾虑,但最终还是被说服了。他很有上进心,极其活跃,而且无时无刻不面带微笑,据说他利用自己的职位建起了至少能在一开始让所有人都受益的坚不可摧的腐败网络。

森图里翁只见了他一面就明白,他是最不该与其打交道的人。他的脸上写满谎言与欺骗,在过去他就是骗子,是话术高明、骗术一流的奸诈小人。森图里翁猜测这就是他成功的关键：他是如此透明，如此肆无忌惮，如此坦荡地阿谀奉承，以至于没人会以为他真是那样的人，也没人会以为他是个阴险的人。但也可能是因为鲁昂人不了解他的行事风格，无法领悟到森图里翁一眼就看穿的东西，他们只是把他当成一个大胆开朗、丰富多彩、亲切主动的人。他的衣着怪异而张扬，说话时有些口无遮拦，但他们把这归结为他的热情、勇敢和生命力。虽然他出生于卡蒂利纳，但他们觉得他很迷人。连他的口音和措辞都是陌生的，仿佛他来自更遥远的南方；他的口音和措辞暧昧模糊，或许还带着来自出言不逊的马德里的畅快。无论如何，这都是排练好的，是他选择的。

在森图里翁看来，他的外表令人惋惜。他梳着用发胶固定的高耸的飞机头，就像"猫王"、约翰尼·伯内特、小理查德和当时的其他歌手那样，这样能弥补他身高的缺陷。他模仿拿破仑时代的骠骑兵，嘴唇上方留着一撇细长的胡子，两端往上翘起，下方留着一小撮火枪手式的小胡子，鬓角也修剪得克制收敛，以免看起来像十九世纪的恶棍。一切都不搭调，整体杂乱无章、毫无条理。他的打扮实在太显眼，他的穿着里最低调的是一件蓝色双排扣外套，外套上的三颗（也可能是六颗）银色纽扣被他一丝不苟地系上了。他常穿颜色奇怪的套装，比如绿色（尼罗河绿、温石棉绿、安卓绿），或者陶土红和洋红，这些颜色一点都不适合他，但他穿上这些衣服时会有幼稚的满足感。他觉得配套的马甲是必不可少的，他有几件像是赌徒穿的碎花和彩虹色的马甲，他脱掉外套在市政厅的各个部门走来走去，衬衫的袖子卷到上臂，给人一种充满活力、积极工作的印象。走在大街上老远就能看见他，不仅因为他的发型，还因为即便是在冬天，他也穿着亮色的尖头鞋，完全不在意鞋子跟衣服的色调是否搭配。他大概在裁缝店花了不少钱，不是在鲁昂的裁缝店，这里的裁缝店没有那么鲜艳独特的面料。

他在家里时更糟糕。虽然森图里翁只能看到隐藏在客厅里的摄像头拍摄到的内容，但是当他和塞利娅结束了漫长的一天，筋疲力尽地回到家时，他们仍会抽出一些力气，在客厅的地毯上，而不是在卧室里，召开淫荡的会议（孩子们和保姆已经离开了），这种情况并不少见。他们会临时起意玩起角色扮演，而且演得非常假，因为我在一个视频里看见柳德维诺·洛佩斯穿着高乔人的裤子和靴子出现，脖子上系着打结的围巾，棉质衬衫敞开到腰部。他跳着舞靠近他的妻子，宽松的裤腿不可思议地飞舞着，同时他熟练地挥舞着高乔流星锁。他糟糕地模仿阿根廷口音，假扮成随意偷看女庄园主的潘帕斯人。

塞利娅·巴约笑嘻嘻地附和着这场哑剧，她是个单纯的人，无论发生什么她都觉得满意，她高兴地接受了他抛给她的一切。总而言之，如果他们现在上演一出戏，然后开始淫荡的行为，她定会毫无顾忌，甚至是热情地参与，就像她做其他事情一样。

森图里翁不好意思观看扮演高乔人之后的片段，不好意思细听那些声音，但是他移不开目光，他没有错过任何一句话。他能把录像带快进，能在快进镜头中瞥一眼那个场景，或者干脆暂停录像带并把它删除，但是他觉得自己就像电视观众一样，看到某些让自己毛骨悚然、厌恶反感的东西或某个让自己心绪不宁、失去理智的人时，无法换台也无法关上电视机。他们被惊愕、疑惑和因厌恶而生出的不可估量的快感所俘获。

无论如何，他非常清楚，那对夫妇真心相爱，在性方面也彼此满意，他认为要跟塞利娅·巴约建立像他不费吹灰之力就跟伊内斯·马尔赞建立起来的那种便于调查的亲密关系是不可能的。他内心的某个角落对此感到遗憾，因为塞利娅·巴约脱下衣服之后，她丰满的身形令他垂涎，至少理论上如此。

她和柳德维诺之间并不局限于情欲，而他们的情欲通常以虚构情节开始（虽然不是很高级），以动物行为结束。

他们在客厅相遇时会交谈几句,确切地说,她的丈夫会简要告诉她最新的进展。他没有说细节,而是用他惯用的那套狂妄而粗俗的语言来自我吹嘘,他对那些最终接受他的当地名流也使用同样的语言。

"今天我成功让高斯舔我的手了,"他说(高斯是在卡斯蒂利亚、莱昂、阿斯图里亚斯和坎塔布里亚做生意的知名建筑商),"还有,巴尔德拉斯已经被我拴上了狗链,我想让他去哪儿他就去哪儿,我竟然能把他驯服到这种程度,真是不可思议。"巴尔德拉斯是他的上司,也就是市长。"你得在这儿撒尿,我们得在这儿停下,我在这儿给你解下狗链让你以为自由了,你在这儿得走快点儿,如果你想拉屎,那就忍着吧,巴尔德拉斯市长。唯一让我有点儿担心的是何破锣,他还没在锅里,总在背后搞小动作。但是我给他送了贵重的礼品,最后他也收了,他很快就会脱下裤子,露出鸡巴让我用笔摸,或者用鞭子抽,我想怎么弄就怎么弄。嗯,我就是这么想的。最近他过生日的时候,我送了他一块贵到蛋疼的手表。他大惊小怪地抗议,然后又把表戴上了,这会儿可能都跪在地上了。这样可不对啊,就好像这块手表神奇地出现在了他的手腕上,可他却忘记了它是从哪儿来的。要比脸皮厚,谁也比不过他。不过算了,我马上就会找他算账。"

森图里翁完全不知道何破锣是谁。尽管他的名字很低俗，但应该是个有权势的人。

柳德维诺的这些勾当与他无关，他去那里可不是为了整治那座城市，也不是为了阻止或揭发滥用公权的行为。他只对洛佩斯·西劳的妻子感兴趣。她显然知道这些贿赂、贪腐和阴谋，她很可能了解大致情况，并且从未反对过，既然他们因此而过着阔绰的生活，那又何必多此一举呢？然而，我觉得这种放任自流的态度跟她曾经的身份——前爱尔兰共和军成员和埃塔合伙人——并不相符，她是会无情地杀害目标人物或把炸弹放在公共场所且毫不在意会把谁炸得粉身碎骨的那种人，她还觉得自己是正直的清教徒，在面对小偷或零售毒品的毒贩获取的赃物时会皱起眉头（她自己勒索、抢劫却是另一码事，那是为国家和大业所创造的功绩，要是有一部分钱进了自己的口袋，那也是为了养活士兵）。

我想立刻把她从名单上划去，再也不去管她。因为责任感或纪律感，我没有落入圈套，我认为马格达莱娜·奥鲁埃·奥德亚的新身份越是令人难以置信，就说明她越狡猾。事实上，与伊内斯·马尔赞不同，塞利娅·巴约一句英语都不会说（她会说意大利语，她在学校里学过），这对于一个有北爱尔兰母亲的人来说再合适不过了，甚至可能过

273

于合适了，因为在一九九七年，几乎所有的西班牙人都以为自己懂英语，并且敢于使用一些英语词汇，即使说得糟透了，别人根本听不懂。无论如何，如果那个隐藏身份的人技巧娴熟的话，那么她必须表现得与曾经以及现在仍然有的身份完全相反，或者与最遥远的身份完全相反。这当然并不容易，我亲身经历过，我在某些场合会偶尔露出我真实或原本的面目，即便不是如此，我也会保留一小部分真实的自己，免得遭人怀疑。人们在应该让不幸发生甚至让它尽快发生时，却更倾向于不让它发生。

即便是像柳德维诺那样粗俗的人也会随意讲几句蹩脚英语，他做任何事情都很随意。有一天他来校门口接塞利娅·巴约，她把我介绍给他，柳德维诺一听说我教英语就不假思索地用糟糕透顶的口音说了一句错误百出、荒谬绝伦的话："你别偷我，老兄，别偷我老婆的心，别偷她的身体，在一起好几个小时，听到了吗？"他把两根食指的指尖靠在一起，做出一个非常形象的手势。我面无表情、不露声色地看着他，没有回答他的话，他推搡着我的胳膊，把我推到一边，还压低嗓门免得让塞利娅听见，他用西班牙语跟我说"啧啧"，他想把我引到一边（他跟别人说话时常常发出这种轻蔑的声音，舌头抵着上排牙齿的里侧，就像过去人们喊服务员或街上的年轻小伙那样）。"我看你长得不差，脸蛋挺帅气的，而且你这年龄还能拿稳煎锅。当心点儿，别让那玩意儿接近我老婆，她单纯又敏感，你们每天都在那里面待好几个小时，无聊得不行。你不认识我，但我是那种炸得很快，能瞬间把你的鸡巴炸得嘎嘣脆的人。"有时我听不太懂他说的话，他那些关于炸锅、砂锅的比喻杂乱无章，但他又能让大家都听明白，这是他的诸多优点之一。透光的线团，笼罩在语言迷雾中的清晰信息。我只能笑笑，居高临下地拍拍他的肩膀，让他安心："你别担心。"

之后别人跟我证实，虽然他的确无耻至极，且有着矮小暴徒的气质，但他的妻子却是他的弱点，他觉得受到了威胁，而且他很容易嫉妒。虽然她既不美丽也不优雅，也没有因聪慧而散发出让人难以抵挡的魅力，但他大概觉得她极有诱惑力，任何人都渴望把她从他身边抢走，即便只是一个上午或一个下午。他认为她对所有人都亲切友好，她有些天真，他担心她的态度会让人觉得暧昧，还担心她因为善良、客气、难为情或被人误解的热心肠——总之是因为不想让别人失望——而不情愿地，甚至毫无意识地卷入精心设计好的肉体摩擦中。唯一能让他从粗制滥造的阴谋和错综复杂的计划中分神的，就是他对塞利娅·巴约的担忧。

据说,在一次与专程来鲁昂跟他见面的几名雷乌斯政治家的重要会晤中——他们想利用他在当地蒙骗欺诈、捞些好处——他中途离开了二十分钟,他想象自己的妻子正在理发店的里屋跟那个她每周都会见一次并且在一起很长时间的理发师睡在一起。这根本说不通,因为理发店里总是挤满了焦急烦躁、满嘴牢骚的女士,之前提到的里屋根本不是那么一回事,而是一间小厕所,人们在小厕所前排着队。然而,那个场景在他的脑海里挥之不去,于是他赶到了那里——还弄乱了他的飞机头,糟蹋了他的尖头鞋,只为证实塞利娅那会儿正昏昏欲睡,她坐在转椅上,身上披着宽大的罩衫,而那个嫌疑人正在不慌不忙地给她理发。在那次病态的忧虑后,他让她去别的地方护理发梢和染发,红色是她一成不变的发色。

他失去了跟那些加泰罗尼亚人交易的机会,他们觉得自己受到了侮辱,咒骂西班牙人目中无人。("你们看到了吧,这个国家来不得,"其中一位这样说,"他们不尊重我们,不把我们当一回事,还想骗我们。")

在最初的那次警告之后,我跟柳德维诺·洛佩斯相处得很好。他作为塞利娅的保护人来见我,可怜的人啊,他不知道我可能会视情况把她从他身边永远带走,将她绳之以法,如果前者行不通的话,我会干净、仁慈地处决她。

我很难想象后者，女人毕竟是女人，我接受的教育一直这样告诉我。而且，我也不想欺骗他。这个男人是如此乐观，喜欢自吹自擂又夸张过头，让我很有好感。他能说服很多人，这是个谜团，因为我认为他实际上是个教科书式的倒霉蛋，满脑子都是宏伟的妄想和疯狂的计划，让人很难相信那些计划能成真，至少一开始是如此。但我敢肯定，早晚有一天他会被逮捕并最终入狱。这让我感到有些遗憾，因为他很享受自己的生活。但我也知道，他不会在监狱里待很久，在那里他也会一样心高气傲。他在那里也会知道该如何行事，如何成为监狱长背后的主事者。

第七章

冬天的几个月过去了，春天的头一个月也过去了，寒意仍没有消散，偶尔浮起、让那座西北城市变得愈发虚无缥缈的浓雾也没有消散，有人告诉我有时直到五月还会下雪。时间在这里的确流逝得更慢，仿佛居民有两倍的寿命，仿佛每个小时的消逝都能被感知，仿佛时间被拉长，还有了重量。但这是一种令人愉快的重量，好比搭在肩膀上的一只友好的手的重量。它允许你时常抬起头，暂时停下手边的工作，看看巨大巢穴里的鹳，抑或是倾听并细数市政厅或某座执着的教堂的钟声，还有偶尔出现的磨刀人起伏不定的口哨声，甚至是邮差在那些没有电梯的房子里为了唤房客下楼取邮件而发出的哨鸣。一声哨鸣意味着一楼的东西到了，两声哨鸣意味着二楼的东西到了，三声哨鸣意味着三楼的东西到了,以此类推,这种五十年代的沟通方式仍在主座堂、坎特伯雷大主教教堂和圣阿格达教堂附近那些多个世纪以来几乎原封不动的街区保留着。鲁昂的一些地区仿佛停留在了那个年代,但住在那里并不让人讨厌,反而让人愉快,让人慢下来,让人感到亲切。我意识到我正在习惯这种节奏,就像我在那座英国城市长期流亡时那样,那里也有一条河流和一家名叫杰罗尔德的温馨酒店,我把梅格和在那里出生的瓦莱丽留在了那座城市,这样我就再也见不到她们,或者说这是明智的做法,只不过是对于我来说,而不是对于她们。不管你多么在意别人,最在意的总归是自己。

图普拉和马奇姆巴雷纳的估算有些乐观,也可能是图普拉对我的信任超过了我应得的程度,在长时间没有行动后——实际上是永远地退役,这原本是我的心愿——我已经生疏了。但心愿是反复无常、软弱无力的,而且光有心愿什么都做不成。为了了解调查的进度,帕特里夏·佩雷斯·努伊克斯时不时会给我打电话,问我是否需要支援,我开始感到羞愧,因为我总是告诉她进展很慢或没有进展。

我带走的伊内斯·马尔赞的那本日记(我后来去她家时顺利把它放回了抽屉)并没有什么用处。伊佩尔科尔恐袭那天,她只在奇数页上注明了她跟四个人一起吃晚饭,这些人的名字都用首字母标注。我把那些首字母告知了佩雷斯·努伊克斯，我想说不定会跟某个已被确认、已被登记或已被逮捕的恐怖分子的姓名首字母一致，但答案是否定的。当然，这些人通常有绰号，但那些字母看起来是姓名的首字母，就像那些我推测跟她上过床的人那样。我还把一九八七年至一九八八年的日记带回了家，我想看看六个月后，也就是五个小女孩被炸死的营房袭击发生的十二月十一日，她记录了些什么（我也顺利地归还了这本日记，伊内斯压根没有发现它短暂消失过，至少我是这么认为的，她丝毫不想念它，也没有问我，她什么也没说）。最引人注意的是，那天晚上她又跟六月十九日那天吃饭的四人中的两人一起吃晚饭，他们的名字首字母能对上。这很奇怪，但说明不了任何问题。

笔记少到我连她在那几年间住在哪座城市都推断不出来，准确地说是一九八六年十一月至一九八八年十月，即我冷静查阅的那两本牛津日记分别开始和结束的时间。不管她在哪里，都有经常一起吃晚饭的朋友，尽管姓名首字母只在那几天重复。因此，我自然而然地想到（当你在捕猎时，自然会疑心重重、偏执顽固，就像弗里茨·朗电影里的皮金，即桑代克），那两晚可能都是庆祝活动，为那天的袭击而干杯。众所周知（我已经说过了），在袭击成功后公开庆祝是埃塔成员的惯常做法，不论他们逍遥法外还是身陷牢笼。

如果我看见的那个（p）真的是"打炮"的意思，那么她应该记录了所有或大部分的性行为，因为它以适当的频率——每两周或三周一次——出现在姓名首字母的后面，不一定是相同的姓名字母（她的私生活可能有些混乱，或者说她没有固定的伴侣），但是在那段时间 AG 出现的频率相当高。她还记录看过的电影，奇怪的是，她会在偶数页标出电影的原名，比如一九八七年十二月六日，她看了尼古拉斯·迈耶的《两世奇人》；一九八八年一月十五日，她看了库布里克的《全金属外壳》；二月五日，她看了阿兰·鲁道夫的《选择我》（她像影迷似的，在括号里标出导演的名字）；二月七日，她看了鲍威尔和普雷斯伯格的《黑水仙》，可能不是去电影院看的，而是在家里看的影碟。她现在要么放弃了这个爱好，要么不想告诉我，因为她从没有跟我聊过电影。

我在第二本日记中发现，在十二月的屠杀发生前不久，她出了一趟远门。一九八七年十一月二十九日，她在偶数页（记录任务的那页）上写着"Md → New York IB 951, 13'25'"，下方写着"这趟航班真糟糕，我差点没赶到"。那天她乘坐了伊比利亚航空的飞机，这一点可以确定，她可能差点误了机，也可能遭遇了强烈的气流，抑或是在纽约移民局或海关遇到了麻烦，这在那里很常见，但不清楚她为什么会差点"没赶到"。十二月二日的记录如下："NY → Boston. AMtrak"。Amtrak 是美国国铁，我以前也坐过这条路线，如果我没记错的话，旅程共四个小时。十二月四日的记录如下："Boston → NY. AMtrak"，她在马萨诸塞州待了两晚，两天后回到纽约。最后，距恐袭只有四天的十二月七日："New York → Md IB 952, 18'30'"，返回西班牙。虽然航班在巴拉哈斯机场起飞和降落，但这并不能说明任何问题，当时她压根不住在马德里，要去纽约的话，必须途经那里或者巴塞罗那。

她在美国待了一周，其间还去了波士顿。我立马起了疑心，这两座城市（尤其是波士顿）不仅到处是爱尔兰人的后裔（不论是早期还是近期移民过去的），还有毫不掩饰的爱尔兰共和军的同情者。一些富有的企业家用稳定且可观的资金资助爱尔兰共和军，许多地位低微的人也尽其所能地帮忙，他们都得到了美国天主教高层——至少是新英格兰天主教高层的默许。他们完全不把爱尔兰共和军视为恐怖组织，而是将其视为一群勇敢的爱国战士，为长久以来被英国新教徒压迫的"故国"的统一和自由而战。

理论上他们不无道理（我的国家压迫过许多人，如果她还是我的国家的话），但是他们忽略了阿尔斯特已经被分裂的事实，那里有两个类似杀人组织的集团（阿尔斯特跟巴斯克地区的情况不同，巴斯克地区从没有被任何人征服过，那里只有一个杀人组织），而且，爱尔兰共和军是众多无辜之人死亡的罪魁祸首。

我仔细看了她在美国的笔记，但是跟其他笔记一样难以理解。十二月二日她在波士顿和"RR与NR"吃晚饭，或许是一对夫妇或兄妹，十二月三日她跟"MS、JL、WL和AKK"见面，谁知道这些人是谁。在纽约的行程中，最明显的信息是十二月五日她和"BS、BE、RS、RHK、MRK、MW和SM"在华尔道夫酒店吃晚饭（那是个很昂贵并且很出名的地方，可能因此她才忍不住记录了下来），那是一次人员众多的聚会，我想，即便是她自己在重读这些日记时，恐怕也得费些工夫才能回忆起这些数量众多的字母分别对应哪些人——毫无疑问，其中的一些首字母对应着英文姓名——除非是一些并非偶然碰见且对她来说不会记混的人。我没有从中获得任何有用的信息。

因此我对伊内斯·马尔赞的怀疑越来越深，但我没有找到任何可靠的，更别说毋庸置疑的线索。当然了，我让佩雷斯·努伊克斯调查她的那个朋友贡萨洛·德拉·里卡，她也没有帮我找到任何资料。对西班牙和英国的情报部门来说，这个名字并不存在，这让我不需要有更多的依据就能得出那是个假名的结论。也许是在钟声不断、迷雾不散的那一天，在从拉丁门教堂做完弥撒回来时，在进门前，在楼梯上，她临时编的。

我没有忘记尽快问她这个问题。再次见面时，我对她说：

"我不知道你有宗教信仰。哇，我不知道你是天主教徒。你从来不跟我说关于你的事……"

我们坐在鲁昂那座漂亮的主公园的长椅上，那里真是美极了，那是我至今都会想念的地方。跟所有的情侣一样（虽然我们不是情侣，也永远不可能成为情侣，我们之间的肉体吸引力也在迅速减退，我想是因为这种吸引力太原始、太低级了，因此我们见面的次数减少了一些），散了一小会儿步后，我们在同一张长椅上坐下，仿佛曾经愉快过就得永远愉快，抑或是让单纯的重复来避免不愉快，避免终结，一切的终结。

伊内斯·马尔赞有一个特点，也是她的魅力之一，那就是她是个严肃的女人。她的亲切与热情，她给拉德曼达客人们的微笑，在她的私生活中几乎没有延续，甚至连在床上或地上的亲密中也没有。她在这些亲密中所表现出的，与其说是收集未来的回忆，不如说是对遗忘的渴望，我从来不觉得她想要珍惜和我在一起的那些轰轰烈烈的时刻，她在瞬间将它们消耗，任由它们在冷漠中消散，也许它们能让她迷离或抛却理智几分钟，我很了解这种无差别的性行为所带来的短暂益处。她很少笑，笑起来也很勉强。不是因为反感或不满，而是因为对她来说，生活是一件严肃的事，容不下太多的玩笑，也容不下无忧无虑的心态。仿佛她觉得那是一个我们不得不通过的空间，一个充满烦恼的巨大空间，一些烦恼是无奈的，还有一些烦恼是我们愚蠢地自找的，而我们穿过这个空间的速度非常慢，我们能注意到每天时间的流逝，不论每天多么相似，我们都能将它们区分开来，这样的事在鲁昂时有发生。谁知道她在那里生活了这么长时间后，是否被那里的停顿所感染、浸润。我已经说过，她给人的感觉是她背负着沉重的过去，沉重到她根本无法提起。她在童年或者少女时代有过一段不好的经历，她付出了努力，克服了重重困难，可能还经受过羞辱或者曾经偶尔卖过淫——不一定是字面意思，但也许的确如此，终于得以立足。也许她不得不向那些想尝尝女巨人滋味的任性男人施以恩惠，他们这样做主要是觉得她非同寻常，绝不是出于感情，更不是出于温柔。他们没有别的意图。

这就是跟她顺利交往的困难所在，但这也是她的魅力。在这个人人心浮气躁、野心勃勃、道貌岸然、狂热痴迷的世界上，很难找到一个严肃认真得如此纯粹的人，一个毫无贪念地生活，不追求放肆娱乐，也不追求尽善尽美、堆金积玉的人，一个淡然地忍受这个世界并且用心观察它的人，一个想要理解世界的运作原理并坚信我们无法脱离那变化多端却恒久存在的运作原理的人。我们唯一能做的是观察它，退到一旁，悄悄行动，免得它像大海那样很快将我们吞噬，免得在别人死去的那一刻和他们一起被卷走。因为现在我明白了，他们会用尽全力拖累别人，直到被人抛弃，他们才会放弃。

"谁告诉你我是天主教徒了？"她回答说。

"嗯，前几天你匆匆忙忙跑去做弥撒。仿佛你忘记做弥撒的时间到了，你得把节日神圣化，免得违反戒律之类的。你那么匆忙，这让我很惊讶。你就这样毫无预兆地把我一个人留下了，我也很惊讶。"

"这不能说明任何问题。我已经告诉过你，有时候我喜欢做一些能和别人一起做的事情，让我觉得自己是其中的一员。"

"所以说你不是信徒，你去做弥撒只是为了效仿别人，为了凑热闹？"

她用巨大的眼睛、巨大的瞳孔、巨大的眼白和巨大的虹膜看着我，眼神中透露出一丝顺从。冬天的阳光使她的眼睛显得更绿了，我似乎被独眼巨人注视着，有时这让我感到拘束。我记得跟她上床时我会转移视线，或许我在想象自己跟别人在一起，迷迷糊糊地跟贝尔塔在一起。

"我不是。我已经很久没有相信任何东西了。"她的语气中也透露出顺从，还有几分让步，仿佛她正耐着性子，她是这样开场的："你已经学会不向我提问题了，但你还是问得太多。好吧，我回答你这个问题，因为这不难回答，我也不介意回答。"接着她说，"但是你从小接受的教育是不可能被完全抛却的，除非你努力不懈地控制自己的意念。违背自己的想法是很耗费心力的，所以最好不要违抗，最好顺其自然。你没有信仰，但可能有祈祷默念的习惯。向谁祈祷？不是向上帝，向圣人，也不是向圣母玛利亚，不是向任何具体的人，你的祈祷不需要被听见。你只需要在脑海里轻轻默念'拜托，拜托'，抑或是'还没有，还没有'，抑或是'抱歉，抱歉'。教堂里通常很安静，如果运气好的话，你能听到优美的赞美诗，如果运气再好些的话，你还能听到管风琴的乐声。在那里独处的感觉很好，没有嘈杂声也没有人打扰。你可能会想走进去点一支蜡烛，尽管你知道这只是自我安慰的虚无之举，因为这是许多充满希望、万分虔诚的人的做法，这样你就跟他们，跟过去那些身处更天真、更有序的世界的人们一样了。当你周围是全城的人，而不是几个虔诚而迷信的老人时，在教堂里的感觉也很好。这很可悲，而且早已过时。但那天并非如此。虽然只是因为传统，但是所有人都在做弥撒，教堂里挤满了人……"

"'拜托，拜托'什么？"趁着她大方地回答了我的问题，我继续问她，"'还没有'，什么还没有？'抱歉'，向谁道歉？道歉的对象总得是别人吧。"

她移开了视线，我觉得如释重负。她看向"旋律榆树"，那是一棵古老粗壮的榆树，树冠上有一个巨大的铁绿色木质平台，人们能通过一个同样是铁绿色的小螺旋梯登上那个平台。在节假日和天气好的时候，市政厅乐队会登上平台并在树叶的掩映下演奏，乐手们穿着早已过时的老式制服。这是另一项没有持续太久的传统。

"我想请求，或者说希望，我的女儿一切都好。这就好比想着'但愿如此，但愿如此'。当然，你并不希望被人听见。这只是一种表达方式，有时你得想象你的脑海中有一个对话者，一个倾听者，这就够了。教堂里有许多人像。但尽是些模拟像，大部分都很难看，比眼前的这棵榆树还具有欺骗性。那些是接受了几个世纪的真诚祈祷和恳求的地方。某些遗迹会飘走，某些沉淀会留下。"

"你有女儿？"所以照片里的那个小女孩很可能不是年幼时的她，而是她的女儿。"她为什么没有和你在一起？她在哪儿？"

她扭过头看我，现在她很不耐烦，或者说十分严肃。但她不会指责我愚笨，这种愚笨是正常的。至少对于男人来说是如此。

"你看到家里的照片了。为什么她非得跟我在一起？人们总是理所应当地觉得孩子应该跟母亲在一起。情况并非总是如此。"

"嗯，抱歉，我明白了。只不过这是惯例，现在仍然是惯例，抱歉。你更希望她不跟你在一起吗？这是怎么一回事？有人阻拦你吗？"

她犹豫了几秒钟，仿佛是在衡量是否应该继续退让，还是到此为止。她再次注视着空空荡荡的榆树树冠，得再过几个月那简单的乐声才会响起，它才会重现辉煌。我觉得她明白了我必须提问，尽管她讳莫如深，如果不提就显得我考虑不周了。面对显露的真相，面对秘密的悲伤，你不可能无动于衷。在失去的那几年、死去的那几年结束后，刚回到马德里时，我会在贝尔塔家的阳台上一言不发地眺望远处，当时她就用了"隐秘的悲伤"这个词。"我明白我们每个人都有隐秘的悲伤，我也一样，"当时她这样对我说，"事已至此，我不会拿自己隐秘的悲伤来增加你的负担，也不会让你倾诉你的悲伤。每个人都有各自隐秘的悲伤。但至少告诉我你是否在回忆它，如果是那样的话，我就不打扰你了。"

最终伊内斯决定继续回答。

"我通常不知道她在哪儿。我顶多知道她去过哪里，可以说，我的消息是滞后的。她父亲偶尔会通过电话告诉我简短的消息。告诉我她好不好，有没有生病，有没有遇到挫折，一切是否按照长远的计划进行，其他的就很少了。我连他从哪儿给我打电话都不知道。他不想担风险，不想看到我一时冲动地出现在他们面前。他们每次都在不同的地方，他们有时会旅行，旅行结束后他才会通知我。他应该明白，我绝不会做这样的事，我已经接受了现实，我能忍受。虽然我并不满意，但我能忍受。有什么办法呢。他有抚养权，有监护权，他什么都有，女儿是他的。我们说好了，我不会接近她，不会联系她，也不会干涉她。我都做到了。我不知道他是怎么跟女儿谈论我的，如果他会跟女儿提起我的话。有可能她根本不知道我的存在，不知道我还活着。现在她十岁了，好吧，她很快就要满十岁了。女儿肯定会问他，从几年前就开始问他。我不知道他是怎么回答，怎么跟她解释的。对她来说，我的故事是怎样的呢，我总得有一段故事吧。从女儿出生前到现在，他都拥有决定我的故事的特权。有时我想，最糟糕的是告诉她真相，还是虚构一段故事为好。可能女儿什么都不知道，可能她以为我死了，这是最简单、最舒服也是最仁慈的做法，人们对死人提的问题会少一些。或许答案永远是同一个，因为没有什么可增加的内容，死人不会有新动态，他们是已经完成的画，甚至都不能被润色。事实是，我根本不知道她是怎么想我的。也不知道她会不会想起我。也许她已经习惯了我的缺席。现在我不在，过去我不在，根本没什么可说的。"

起初，我保持了沉默。彻底沉默。我觉得很难做出评论，我不想引起她的怀疑，把她的坦白变成我的审讯。谨慎的做法是等待，但我并不觉得她会继续说下去，最主要的部分已经说完了。我不能无限期地保持沉默，也不能像无事发生那样说起另外的话题。

"你是从什么时候开始不再见她的？还是你从来没有拥有过她？"我觉得这样并不算冒犯，而是真诚的关切或礼貌。

"第一年，她还没满一岁的时候，之后我就没有见过她了。我消失了更好。当时这也是我想要的，我需要消失，我也这么做了。你永远不会知道自己在一年后、五年后、十年后会想要什么。你连'以后'都看不到。你全力以赴地过每一天。如此匆忙，如此紧迫。我们不知道是否会有'以后'。甚至当我们以为自己已经死去，一切已经结束时，仍然会有'以后'。"

她开始出神，我犹豫接下来该说些什么。我又回到了更具体的话题上。

"难道事情就不能改变吗？难道现在不能重新商量吗？已经过去很长时间了，我能理解你想见到她，想了解她。"

"不能。她爸爸不会同意的。"

"为什么不会呢？一切都有商量的余地。"

她陷入了沉默，低下了头。她紧盯着地面，或者这是我的感觉，也可能是我的想象。仿佛她想用过大的身体和夸张的脸上那双大得失调的眼睛来穿透草坪，穿过在那个季节总是湿润的地面。

"不，有些事情是没有商量的余地的。你意识到这有多荒唐了吗？我生下了女儿，在几个月里每天都能看见她，但是现在如果在街上遇见她，我根本认不出她，我根本不会知道那是她。当看到跟她同龄的小女孩时，有时我会想：说不定是她路过鲁昂呢？说不定她跟同班同学来这里郊游，而她就在参观主教座堂的那群孩子里呢？各地的学校都会来这里，谁知道呢。我不知道她大部分时间住在哪里，但她应该会过着井然有序的生活,去上学,她得去上学。"

她仍然紧盯着地面。我想,也许她努力想在草坪中、在地面上找到或想象那个亲密的陌生女孩无法辨认的脸庞。她停了一会儿,用平静的声音继续说,仿佛已经不再与我对话。

"我做得不好。"她平静的声音颤抖着,她马上意识到了,她噤了声,免得声音继续颤抖,但没过多久,她又重复了这句话,声音仍是颤抖的,"我做得不好。"

现在我看不见她那双大眼睛,但是我敢肯定她的眼睛湿润了。她很难受,我想帮她解围。

"有那么糟吗?你做了什么?"

她的视线从草坪上抬起,重新看向了树冠(或许是为了让眼泪回流),然后她一边整理裙子,一边站了起来。我也跟着这么做了,等我站直后,她又比我高出了几厘米,她永远比我高。很显然,散步结束了,谈话也结束了。关于她"隐秘的悲伤"的简略叙述到此为止,这与我原本可以告诉她的关于我女儿瓦尔的故事出奇地相似。我也认不出她,尽管我没见她的时间要短得多,三年左右,但我不想计算,也不想猜测她的年龄。

我无法否认我很想告诉伊内斯:"我很理解这种感受,我有同样的经历。我让一个女孩来到这个世界上,我和她分开了，我抛弃了她。她也不是我的，是她母亲的，这发生在另一个国家。只不过对我而言，并不存在'以后'，我觉得自几个世纪前它就不复存在了，那时我以为刚跟我上床的那个女孩死了。这也发生在另一个国度，她比我年长。"

我自然没有屈服于这种诱惑，听过别人的秘密会让人也想说出自己的秘密，这几乎屡试不爽，仿佛秘密是一种馈赠、一件礼物，而不是一种毒害、一种负担、一次攻击，或者别人对我们的一次诅咒。当然，如果别人诅咒我们，我们通常也会诅咒回去，也正因为如此，我们得回应，得保持平衡。但是她会让我解释，而我绝对不能也不应该向她解释。而且，我想，我的坦白不会有相同的分量。我比她更顽强，或者更呆板，我像可怜鬼一样顽强。我的苦难是一个秘密，但它并不会让我悲伤，我的声音也不会在讲述它时变得支离破碎。它像所有事情都会发生那样发生了，仅此而已。大部分事情都会发生，或者在无意中发生。

"你想知道的事情太多了，米盖尔，"她这样说道，她已经从情感波动中恢复过来了，"我已经跟你说过很多次了，我过去的生活中没有你，你也无法干预它。既然你没有办法修补它，请问你要知道这些事的意义何在。当然连我也没有办法修补它。我不相信的那位上帝也一样，尽管我偶尔会去他那里转转，点一支蜡烛，并默念'但愿如此，但愿如此',仿佛我相信他一样。谁都没有办法……"

她羞涩地笑了,仿佛是因为她告诉了我一些事(实际上是很多事),这出乎她的意料。在那个时刻彻底消逝之前,我想再努力一把,我谨慎地继续问她。

"但是,根据你刚才说的,实际上你默念的并不是这句话,而是'拜托,拜托''还没有,还没有'和'抱歉,抱歉'。总有一天,你得跟我说说为什么要在虚无中道歉,是什么让你害怕到了要乞求'还没有'的程度。这句话指的可不是你过去的生活,而是关于未来。"

她又笑了,只是羞涩已然消失。

"说实话,我不认为你会成为我未来生活的一部分。"

关于这一点她说得没错,伊内斯·马尔赞的直觉很准。理论上说,我会在那里待到学期结束,之后还会再待一个学期,如果我续签了合同,那么我可能会像十几年前的那三个女人一样留在这座西北城市生活——那三个外乡女人很可能自己当时也没有料到。你搬到一个地方,但并不知道自己会被困在那里,会在那里做起生意或度过整个人生,会结婚,会在当地生下孩子,会融入当地的风俗习惯,短暂的时光会变成永恒。你并不知道离开那个地方会变得越来越难——起初你懒得离开,后来你开始害怕乘你已经忘记该如何驾驶的老式帆船进入海洋,仿佛外面的生活意味着极高的风险。

米盖尔·森图里翁可能属于这类人:他看着时间流逝,日日月月年年,突然发现唯一有意义的事情便是继续看着它流逝,继续观察每天穿过莱斯梅斯河上那座长桥的人群,他们是后天过桥人的先行者,是前天过桥人的后继者,他们想不到彼此,无法分辨彼此,也不会记住彼此,他们各不相同却又别无二致,如流水般逝去的时光宛如迷雾,抹去了他们之间的差别,时光的流逝隐蔽而单调,无论是年轻人还是老人,无论是新生儿还是行将就木之人,都无法感知这种流逝。米盖尔·森图里翁原本可以无限期地从远处观察他们的匆忙与从容,并且永远不过度参与其中,只是观察那些当时与他相遇之人的步伐,只是日复一日地辨认他们,直至再也看不出他们的变化。

但我是托马斯·内文森,一旦完成了指派给我、我在三王节那天鬼使神差地接受了的任务,我就不会在那里耗下去。所以伊内斯·马尔赞说对了,我绝不可能参与她未来的生活,甚至最糟的情况是,我可能得终结她的生命。也就是说:如果她是马格达莱娜·奥鲁埃·奥德亚,而且我已经确定的话,即使我没有找到充足的证据将她绳之以法,但我已经确定是她的话,鉴于她曾经做过的事,并且为了避免她再犯，我得不计代价把她处死。

"法外处决"——人们会义愤填膺地用这个词来称呼这种行为。这种事情发生的频率比正直的公民们想象的要高得多，如果那些人没有受到直接威胁的话，只会在嘴上和自家客厅里表现得正直。如今，即使某个正在准备或已经实施无差别袭击的罪犯被迅速消灭，也不会有人在意，即便是那些善良、正直的人，如果他们手里握着枪，也会对着那个要刺杀自己或准备向人群扣动半自动化武器扳机的人清空弹匣。此外，他们还会恳求别人赶紧杀了那个人，他们不会为他求情，也不会遵守法律，这样那个人就什么都做不了，这样他就不会刺杀我，也不会向我可怜的孩子开枪，孩子弱小的身体可抵挡不住一颗子弹，更别说五六颗子弹。此时此地就把他干掉，把他碾碎，把他炸死，把他千刀万剐，不要等着有人来逮捕他、审讯他，这是什么愚蠢的做法，这样能有什么保障，没看到他能要了我们的命吗？没看到他想炸死我们吗？没看到他想把我们大卸八块，想让这里血流成河吗？干脆毁了他，灭了他，拆了他。

但是我还有很长的路要走，我没有任何进展，我离得出结论还差得远。伊内斯·马尔赞告诉我的关于那个失去的女儿的故事实在太戏剧化了，如果她怀疑我的话，那可能纯粹是为了博取我的同情和怜悯而编造出来的故事，我绝不应该排除这种可能性。这也可能是真的，而且如果那个女孩快满十周岁的话，那伊内斯·马尔赞就是在一九八七年初生下的她，也就是在那年的那几场恐怖袭击发生的几个月前，距离伊佩尔科尔袭击发生的时间不到几个月。人们通常会认为一名怀抱着婴儿的新任妈妈决不会愿意让别人她的事业或她的参与而死去，但这是忽略了职业杀手的天性。

"所有被人们崇拜的游击队员，所有所谓的理想主义和解放主义的恐怖分子，首先都是非常聪明、狡诈的杀人犯。"英国籍古巴作家卡夫雷拉·因凡特在伦敦时曾经这样跟我说过，当时他跟他的妻子米丽娅姆住在那里，自七十年代中期他就被祖国流放，他曾经支持过古巴革命，还担任过卡斯特罗政府的相关职务。我曾假扮成一位西班牙小说家去他位于格洛斯特路的家中拜访。这跟佩雷斯·努伊克斯说过的话区别不大，或许她也曾经拜访过卡夫雷拉，他可真是个热情的人。"所有的年轻人和老年人都用切·格瓦拉的照片来装饰房间，仿佛他是'猫王'或无玷圣母，他们决定不去探究他究竟是谁。如果你告诉他们真相，他们会捂住耳朵，像看虫子似的看着你。嗯，那个政权就是这样称呼我们的，对吧？还有他们的国际随从。我认识他本人，在他成名前就跟他有过接触，马内拉先生，我向您保证，从一开始他就是个职业杀手。他是个冷酷无情、以杀人为乐的人。许多人这么做是出于本能，是出于冲动，是因为他们的血液里带来的东西，是出于渴求。最狡猾的那些人会找借口和不在场证明，而且效果很好，他们非但没有因为杀人而受到谴责，反而收获了掌声，还变成了英雄。真是完美的招数。'我杀死压迫者是为了拯救被压迫者。'啊，这让人们神魂颠倒，这样人们不仅会原谅他们，还会崇敬他们，让他们继续杀人，杀得越多越好。我见过他们中的一些人的行动，见过他们赋予自己无私和英雄的光环，见过他们伪装成烈士。然而他们全是刽子手。他们同时是警察、法官和刽子手。他们逮捕或绑架别人，并在当天就将对方判决并处死。草率处决，这个词听起来很耳熟，不是吗？在一九三九年，您的国家到处都是这种事。"

如果卡夫雷拉·因凡特是正确的，并且说的是实话的话（我觉得不完全是假话），这些人完全有能力杀死别人的孩子，同时带着无限的温柔抱着自己的孩子，并用空闲的那只手护住孩子的小脑袋。我也认识一些这样的人，埋炸弹的爱尔兰人和连开好几枪的英国人，到了晚上他们会回家给孩子盖被子。对他们来说，"其他人"并不是人，而是暴君或让暴君继续繁衍并恒久存在的后代，他们一出生就有污点，为了纯洁的民族，为了纯净的人民，为了帝国，这些人不应该存在。有时我会想图普拉是否属于这类人，他给人的感觉是他在为王室服务之前已经背负过人命，就好像他加入这一行不是为了阻止灾难，不是为了保卫王国，也不是出于义务。

因此，如果伊内斯是马格达莱娜的话……即便她的故事不是编出来的，即便她刚生下孩子，这也无法阻拦她跟巴塞罗那和萨拉戈萨的那些杀人犯合作，也不会阻拦她之前跟阿尔斯特的那些杀人犯合作。然而，没有什么是清晰和明确的。当然，一切都可以从这个角度来理解，就像任何事情都可以从对自己有利、能为自己辩护或适合自己的角度来理解。"我做得不好"可能意味着"我参加过无端且残忍的暴行"。"我想消失，我需要消失"可能是在说，如果她待在原地给女儿喂奶并照顾她的话，他们就会找到她并逮捕她。甚至连她在鲁昂那些寂静无声的教堂里的抽象恳求都能用这种方式来解读："拜托，拜托"——但愿别人永远都找不到我，但愿没人能终结身为伊内斯·马尔赞的我为自己营造的虚假安逸、差强人意的生活，这种生活让我有时会忘记那个严肃激进的马格达莱娜·奥鲁埃，那个贝尔法斯特或德里的马格达莱娜·奥鲁埃，当人们不知道这个巴斯克姓氏该如何发音时，我就变成了麦蒂·欧瑞埃，甚至在小时候去别人家做客时，人们也会开玩笑，对我唱"懊悔呀，懊悔的麦蒂·欧瑞埃"，谁知童年的文字游戏最终变成了谶语。"还没有，还没有"——我还没被捉住，大厦将倾的那一天还没有到来，还没有人知道我是谁或者我曾经是谁，拜托先别来，再给我几个月，至少再给我一晚，别现在就突然敲门，把还穿着睡衣的我带走。"抱歉，抱歉"——宽恕我造成的无法挽回的损失，宽恕我曾帮助杀害那些高兴地醒来却不知当天下午或当天早晨等待他们的将是暴力结局的人，那些活不过来的人。

但这一切可能有其他无数种含义，个人的错误与固执，暴怒，愚笨，突然的放弃和愚蠢的决定，结果无法预料也无法阻止的无关紧要的出轨，对倾听者来说微不足道的问题。在这个世界上，任何人都会背上包袱，任何人都得有这样的经历，没人会安静地待在自己的摇篮里。

我不时向骑士团长施压，现在我已经很坦然了（他甚至给了我一把他在卡蒂利纳的公寓的钥匙，以免我想在他不在时进货）。"你把你掌握的伊内斯的情况都告诉我，你第一次见她是在什么时候，她为什么会在这里安家，她跟谁来的，是谁带她来的，她接待过谁，她要见谁，这么多年来，你每周四都去拜访她，她肯定跟你倾吐或泄露过什么事，如果你不希望我亲自带警察去搜查你家的话，就请你好好回忆回忆。"

那位没戴马刺的枪手从第一天起就害怕我,而且这种恐惧日益增长。他的夜间嗅觉让他确信我不单纯是个英语老师,但他猜不透我还有什么身份。因此他没有反抗,自愿与我合作,他这样做是为了取悦我,配合我。但他只跟我说了些琐事,一些八卦消息,比如几年前伊内斯·马尔赞是否短暂地跟某个鲁昂人好过。这些事对我没有任何用处,我完全不感兴趣。可怜的史蒂芬·史提尔斯惊慌失措,努力想回忆起别的事,显然伊内斯·马尔赞也没有向他透露任何关于她来这座西北城市前的生活,那段她小心保管的过去。

跟她在公园里散步并听她在"旋律榆树"下倾吐秘密后不久,我问骑士团长:

"你知道她有个女儿吗?"

他惊讶的表情不像是装出来的。

"你说什么?"他回答说,"那我们为什么从没见过她?她在哪儿?"

"我怎么知道她在哪儿。如果你也没法跟我确认的话,我都不知道这是不是真的。你知道孩子的父亲可能是谁吗?她从没跟你说起过生命里某个重要的男人吗?或者不重要的男人,谁知道呢。"

"她从来没有提起过任何人。她非常谨慎,非常专业。我们的确交往了很多年,但她只是客户,仅此而已。"

我坐在车站的长椅上不屑地看了他一眼。

"骑士团长,你对我真是一点用处都没有。我不会再从你那里买货了。或者尽量少从你那里买。我会好好考虑该怎么处置你的,是让你继续搞歪门邪道,还是让你接受惩罚,因为你毫无用处,令人失望。我在你身上浪费太多时间和不属于我的金钱了。"

"但是,好家伙,森图里翁,你这唱的是哪一出?我哪里让你失望了?"

他们给我起的这个名字可真是应景。我们俩一个是百夫长,一个是骑士团长,我们就像一对老式喜剧演员。

"你是个在夜间活动的人,每天都能见到数十个来自各行各业的人,有些人可能还欠你人情。而你竟然没办法给我任何有关伊内斯·马尔赞的有用的信息。你无法告诉我来这儿之前她是谁,做过什么。"

"那你想让我拿她怎么办?过去没人认识她,在卡蒂利纳和鲁昂没人调查她,也没人套过她的话。而且如果她闭口不谈,我们也不能折磨她,对吧?"

我因为没有进展而昏了头,我烦躁易怒,脾气恶劣,那天我得把责任推到某个人身上。这个小个子枪手是合适的人选。

"怎样都行,方法多的是。九年来她肯定跟某个人说过什么,而你几乎认识所有人。你可真没用,骑士团长。星期四我不想再见到你了。改天我会给你打电话,看看你有没有开窍。"

我看他始终理解不了。他有些茫然,有些失落,还有些不知所措。最后他用抱怨的口吻说:

"也就是说,我的事是次要的。你只是冲着伊内斯去的。为什么?"

我并不害怕他会说出去,对此我一点也不担心。当你初次见面时就唬住了对方,那么局面在长时间内都不会逆转,或者需要有超凡的勇气才能摆脱那种恐吓,而骑士团长并不会这么做。不论他多么重视伊内斯,她仍然是他的客户,刚才他就是这么说的。而且如果他让伊内斯警惕我过分的好奇心,我也可以辩解说我爱上了她,恋爱中的人很有可能愚蠢到想要调查自己的爱人,想要知道与自己无关甚至会伤害到自己的事情。

我又冷冰冰地看了他一眼,一个地方上的毒贩,像他这样的人多的是。他那史提尔斯式的鬓角非常夸张,不像在细节上有所克制并以此弥补整体无度的柳德维诺·洛佩斯。虽然骑士团长一点也不丑,但是他的外形并不吸引人，他的鼻尖上似乎总有一颗饱满欲滴的水珠，他那瘦小的身体仿佛被塞进了皮革里，直发和鬈发混杂在一起。他那叮当作响的金属鞋饰预示着他即将出现，让他的离去也变得持久，即便他已经在视野中消失，仍然能听到那丁零丁零的声音。

"好啊，老兄，那我就告诉你。"

三月和四月过去了，五月来了，接着六月也来了，那是在学校的最后一个月。森图里翁并不确定之后该做些什么，是留在这座西北城市，还是离开那里，等到九月再回来。图普拉或马奇姆巴雷纳的预测实在太乐观了，这件事需要花费更长的时间。

每次跟佩雷斯·努伊克斯通电话时，与她交谈都让他觉得难为情。她对他的低效和可怜的进展感到十分惊讶，所有人都想要立竿见影的结果，即使结果是错误的，派不上用场。而且她并没有掩饰自己的失望，因为他甚至没有跟第三个女人，即玛利亚·比亚纳取得联系。

她和马奇姆巴雷纳都没有预见到的是（图普拉就更预见不到了，他把这次行动委托给森图里翁，而他身在伦敦，似乎对此事充耳不闻），那个女人完全不是一位身份低微的小学老师能高攀得上的。他没有理由认识她，没有理由偶遇她，也没有理由了解她，他们生活的世界相隔太远。玛丽亚·比亚纳嫁给了在当地和其他地区都算得上富有的建筑商高斯，据柳德维诺·洛佩斯说，有一天高斯舔了他的手，他还在森图里翁掌握的一盘录像带里跟他的妻子塞利娅·巴约炫耀了一番。

根据森图里翁已知的和从远处观察到的，他很难相信佛尔古伊诺·高斯（在鲁昂，古怪的名字比比皆是，包括那些有权势的家族也是如此，那是一种想要跟其他暴发户区别开来的急切渴望）会屈尊舔任何人的手，更何况是当地卑鄙的搅屎棍。森图里翁跟柳德维诺·洛佩斯接触得越多，就越觉得他是个可怜鬼，他满嘴谎话，巧言令色，含沙射影，但总归是个可怜鬼。高斯属于鲁昂的上流社会，按照这类未受污染的中小城市的惯例，他会尽量避免与其他阶级的非必要接触。这些市镇仍然保留着旧习，大家都知道谁是真正的富人，谁没那么富，谁不付房租，谁劳累到只能从水里露出下巴并且永远露不出脖子。前者不必做出任何努力就能获得命运的原谅和容许，这跟大城市的情况完全不同，大城市里所有人都会聚在一起，阶层也会逐渐变得模糊，这对权贵们有好处。在那个地区并非如此，阶级隔阂仍然存在。

他曾经问过骑士团长有没有跟高斯夫妇做过什么交易，

也就是说，有没有给他们夫妻俩供过货，这样就能让他把自己介绍给他们。答案是果断并且近乎气愤的"没有"。"哎呀，不可能的。一边是医生、法官、公证员，另一边可是位公子哥儿啊。公子哥儿绝不可能冒险参与可疑和肮脏的事情。如果他喜欢可卡因——不管身份如何尊贵，所有人都有可能染上毒瘾——那么他会通过我们这里根本发现不了的途径购买，不会留下任何痕迹。有人会用装满文件和设计图的皮箱从马德里甚至阿姆斯特丹把东西给他捎过去。整个行程中不会有人打开行李箱，也绝不会有人把东西直接送到他的手里。公子哥儿是不可能相信我这样的人的，我四处走动，交往的人太多，可能会走漏消息。对他来说，我就是泡过屎的垃圾，就是字面意义上的屎，你懂的，碰上会沾一身的屎。他们只跟自己人打交道。其他人在他们眼里不过是奴仆。高等或低等的奴仆，但都是奴仆。他们跟有些人可以勉强接触一阵，跟其他人则完全不会接触。他们把伊内斯看作自己闯出一片天地的奴仆，毕竟她会给他们的餐盘装上食物。他们把戈麦斯-诺塔里奥当作偶尔可以求助的会计，把鲁伊韦里斯医生看成在无计可施时才会打电话询问的药剂师。再比如，他们把蒙雷亚尔法官看成对其他人有巨大权力的官员，他们自己是绝不会出现在他的法庭上的，这对他们来说是无法想象的事。可怜的贝鲁亚就更别提了，不管他的场子有多时髦，每天能赚多少钱，在他们眼里他只是个酒馆老板。巴尔德拉斯市长呢，他们知道他是临时的，过客很容易被说服，更容易被收买。高斯夫妇和他们那帮人（注意，他们人数并不多，不然会失去权势）认为所有人都应该感激他们，因为大家去他们的地盘，接受他们的服务。我游离于他们的轨道之外，一点儿也不值得他们尊重，而且我还是卡蒂利纳人。我不知道他们过着什么样的生活，我只见过他们去购物，去剧院、电影院，或者在机场见到他们外出旅行。他们经常旅行，尤其是高斯，他们夫妇俩有时也会一起旅行，还有一回我见过高斯夫人独自旅行。高斯喜欢在禁猎期结束后去打猎。他会在黎明时与朋友们和某个受邀的奴仆见面，所有人都戴着带羽毛的帽子并穿着绿色的制服出门。真是一帮蠢蛋。这并不是说我见过他们的那副模样，唉，在那个时间我是不存在的。但是，城里早起的人都已经懒得嘲笑他们的制服了。"

"跟沃尔特·皮金一样，"我这样想，"他可一点儿也不蠢。当然，他身处一九三九年的德国。"

长久以来，鲁昂有一座小型机场，从那里有少量去马德里、巴塞罗那、毕尔巴鄂和塞维利亚的航班，但这些航班连一半位置都坐不满。据说多亏了高斯个人的努力，这座机场才得以存在,他说服了相关部门,并出资改造了一座建于五十年代并以体育运动为主要用途的旧机场。

尽管森图里翁初来乍到,但他比骑士团长更了解他们过着什么样的生活,这要归功于国防高级情报中心或者马奇姆巴雷纳编造的国防高级情报中心在他们家客厅里安装的摄像头和麦克风,塞利娅·巴约和柳德维诺的家里也有这些设备。他知道得多一些,但也没多到哪去。

高斯夫妇住在最高级住宅区的一栋免税双层别墅里,他们肯定不缺客厅。他们待在他能看见和听见的客厅里的时间不长,事实上,他们在家的时间并不多,至少佛尔古伊诺是如此。玛利亚·比亚纳在家的时间稍微多一些,可能是因为她得照顾孩子,虽然她照顾得也不多。家里有一位侍女、一位女厨、一位家庭女教师和一位女秘书,省得她做家务,他们仿佛是十九世纪的富裕人家。这些人都不住在那个客厅里,只是在去其他房间时会经过那里。

马奇姆巴雷纳或佩雷斯·努伊克斯的工作没有做到位,他们的选择很草率,让他监视的是一个更像是用于装饰和供客人欣赏而存在的场所,而不是他们一家人日常生活的地方。在那个博物馆般的房间里有油画真迹、地毯、装帧精美的藏书和供人欣赏的花剑、佩剑和重剑,它们被精心地垂直摆放在白色的底座上(剑尖插进了底座里)并锁在一个巨大的玻璃柜里。无聊时我数了下，一共有二十六把剑。佛尔古伊诺热衷于收藏需要握拳挥舞的武器。毫无疑问，这些都是历史悠久的真品，也许有一天它们会染上血迹。

森图里翁有时能看到一些东西，尽管大部分视频片段是空空荡荡的客厅。首先，他能清楚地看见高斯夫妇。佛尔古伊诺是个六十岁左右的男人，除了锃亮的光头之外，他保养得相当好，他看起来似乎年轻时就过早地秃了，很可能是因为这个原因，再加上他接受的教育与他的个性，他对此已毫不在意。他中等身材，在城里走动时却仿佛身高一米九，他通常会伸着脖子从上往下打量别人，仿佛与精神的高度、金钱的高度或者假想中血统的高度相比，肉体的高度便显得次要了。他周正的五官几乎把他变成了一个帅气的光头（他跟俄罗斯钢琴家斯维亚托斯拉夫·里赫特有几分相似），他的五官拥有某种力量，或许是因为他的表情通常很坚毅。他的样貌既不精致，也不粗糙，用那位垃圾枪手的话说，如果他不是小王子，也不把自己当成小王子的话，从远处看别人会以为他是一个普通人。但由于他从在摇篮里啼哭便能立刻得到安慰时起就明白了自己的重要性，与他交往的人一见到他便会肃然起敬（在鲁昂之外的地方或许并不是这样，但在那里的确如此）。

这就是从小习惯发号施令的感觉，可是仔细想想，这种事学得很快，也很容易学，只要回忆下那个臭名昭著的贝希特斯加登住户和数量众多的暴君就行了，我们永远生活在他们周围，向来如此。

佛尔古伊诺的下颌是方的，在他独断专行时能派上用场，从他对玛利亚·比亚纳说话的方式判断，这种时候大概并不少见。他的眼睛似乎被一种天生的愤怒光芒所支配，但他知道该如何谨慎地掩盖它或者至少让它变得柔和，仿佛他对自己说："现在我要让眼神变得柔和；现在我要还它自由，它会让我显得强硬；现在我要彻底地制服它，让它变得温和；现在我要把它变回闪电。"他甚至让人觉得，连他眼睛的颜色也会随着他的决定而变化，从浅灰色到深褐色，从深蓝色到暗绿色。他很少笑，但是他清楚自己的牙齿非常整齐，有时还很迷人。

随着皱纹（显然是农民的皱纹）日益增长，他农民祖先的影子便在他身上显现了出来，而与他粗壮的体形最不相称的，是对于男人来说宽得出奇的胯部，走路时，他的胯会破坏他静心修炼的男子气概。他的步伐并没有像他应有的那样坚定沉着，反倒是轻飘飘的，仿佛他穿的厚鞋底不是橡胶质地的，而是他绝不肯穿的泡沫质地。森图里翁猜测他的胯部和走路的姿态在他童年时可能给他带来过许多不快，在学校里，财富和血统还不重要，在那里，男孩女孩们逐渐学会了无数变得残忍的方式。有一些人在长大后不再那么做了，但另一些人会将它们放大、完善并延伸。事实上，他们上瘾了，有时甚至会杀死跟自己无冤无仇的人，就像伊内斯·马尔赞、塞利娅·巴约和玛利亚·比亚纳这三人中的某一位那样。

没错，要让佛尔古伊诺舔那座西北城市里任何人的手都是件难事，让他舔自大的柳德维诺的手更是不可能，我那两名已婚嫌疑人的丈夫真是有一对好名字。森图里翁很少见到他，在家时没人会表现得跟在外装模作样时一样，在一间无人客厅里更是如此。在一月底到六月底的那段时间里，他看见佛尔古伊诺独自一人待在那里八九回，每回都是在深夜，他也许是不想被人看见。他仿佛备受失眠症的折磨，他悄悄起身，到一楼打发时间或让自己镇定下来，培养睡意。

他身穿浅色睡衣和深色、黑色或藏蓝色睡袍出现在博物馆般的客厅里。他穿成那样，没有系腰带也没有穿裤子，胯看起来比平时更宽了。他得意地看着自己的油画——我记得他有一幅相当大的凡·戴克的绅士或商人肖像、一小幅拿破仑时代的梅索尼埃的画作（可能是某幅大作的草稿）

和一幅瓦洛东的作品,这些都是真迹,摄像机没有记录其他作品,它们在镜头之外,接着他看着那装满冷兵器和长管枪械的珍贵的玻璃柜。他长久地欣赏着所有藏品,仿佛是某个看着自己即将完成的作品的人,而那件作品只差最后的润色——总是缺一把新佩剑或新重剑,事实上,跟所有的收藏一样,那是一件无法完成的作品。然后,他用钥匙打开玻璃柜,挑选了一把剑,在空中用力挥舞了几分钟。他更能让我联想到一个充满想象力的孩子在模仿电影和小说情节——在挑战和战胜敌人——而不是某位武术大师。他缺乏技巧和天分,不像会耍弄高乔流星锁的柳德维诺,柳德维诺应该专门学过这个。佛尔古伊诺的攻击毫无章法,真正的对手早就把他像鸡肉似的穿成串儿了。

佛尔古伊诺选中了一把中世纪的重剑,森图里翁止住笑意,好奇又担忧地通过录像观察他,那把剑实在太沉、太难驾驭,他不得不用两只手握住它,把它举起来,愤怒地击打着虚无。他担心佛尔古伊诺会受伤,尽管他很健壮,但是已经不再年轻,也不再灵活了,每件武器看起来都危险而锋利。

他很快就厌倦了战斗,躺倒在一把扶手椅上调整呼吸,把用过的佩剑、花剑或重剑夹在双腿之间,剑尖抵在地上,仿佛是一名休憩的战士或守夜的哨兵,夜色已深,他穿着睡衣和真丝睡袍来值班。在那些筋疲力尽的时刻，他的眼神在遐想中布满怒意，仿佛他真的打了一场仗，暂时还无法摆脱仇恨。然后，他的目光会慢慢平息下来，也许还会透露出一丝愤怒的余味，他的双手握着剑尾的圆头、装饰或护手，并把下巴抵在上面，最后用一个点头动作收尾。没过一会儿他就会惊醒过来，仿佛他无法停止与金属的接触，他懒洋洋地起了身，小心翼翼地把兵器放回底座上，免得引发多米诺骨牌效应。他用钥匙把玻璃柜锁上，带着提前感受到的怀旧情绪最后看了一眼客厅，然后关灯离开，很可能他已经从苍白的幻想中得到了抚慰，准备回到自己的床上，或者回到与玛利亚·比亚纳共用的床上——无法知道他们是否睡在一起，所有的卧室都在楼上，仆役的房间都在低矮的阁楼里——准备疲惫或平静地溶化于睡梦之中。

他似乎是一个内心深处极其暴躁的人，以至于需要通过不时地挥刀舞剑来发泄情绪。鉴于他的身份，他不得不在几个小时、几天甚至几周的时间里忍住怒火。当他沉浸于孤独的决斗中时，他的鼻孔会张开，在他平静时——也许那种平静永远是表象，他的鼻孔已经相当大了。这让他的脸看起来有点像马脸，只不过马不会表达愤怒，只会表达恐惧。

三月里，有一回他正手握短剑身、双面刃的十六或十七世纪德式斗剑战斗——他也许是在维也纳之围中攻击奥斯曼士兵，也许是在罗马之劫中攻击神职人员，他的妻子走进了那座博物馆式客厅，打断了他。她也穿着睡袍，衬裙下露着光溜溜的小腿，因此她很可能穿短睡裙睡觉。她没有穿拖鞋，而是穿着精致的平底罗马凉鞋，在天气没那么冷的月份里，她可以穿着这双鞋上街。看着自己的丈夫在虚空中残忍地砍杀，她惊呆了，也吓坏了，我据此猜测她并不知道他失眠时的战争演习。

"你他妈在这里干吗呢？你他妈为什么要来烦我？"高斯眼里冒着火光冲她怒吼。睡袍的腰带松了，他的衣服完全敞开了，睡衣的布料底下可以看出不合时宜的勃起。不是因为玛利亚·比亚纳的突然出现，而是因为那场虚幻战斗的轰鸣。

我瞬间想到，那些会因为性以外的因素而兴奋的人是绝对不可信赖的，甚至应该远离他们，那是些原始而可怕的人。高斯满嘴脏话，毫不避讳，至少在家是这样，对他妻子是这样。

玛利亚·比亚纳用双手捂住脸颊，摆出了一个默片里的老套姿势，她似乎想遮住脸上突然泛起的潮红（我不知道是因为勃起还是因为那把剑），她结结巴巴地回答说：

"我不干什么，对不起，对不起，我不知道你在这里。

我醒了，下楼倒了杯牛奶，我看到灯亮着，还听到了类似刮风的声音。我不知道这里有人。你大半夜在这里举着剑干吗呢？这些剑不危险吗？"

"怎么，我想举就举，不行吗？我用得着跟你解释吗？"

玛利亚·比亚纳很温顺，或者说她生活在恐惧之中，佛尔古伊诺可能会使用暴力，毫无疑问，他会使用暴力。那对张得巨大乃至近乎红肿的鼻孔，让他在任何情况下都显得被冒犯的灵活的下颌，长方形或不规则的平坦山顶般霸道而干净的光头，以及那双阴晴不定的眼睛。玛利亚缩起了脑袋，就像一个被顽固不化的父亲训斥的女儿，她莫名其妙地道起歉来：

"不，当然不是，我马上走，让你自己待着，对不起。我不打算插手你的事，你知道的，我绝不会插手你的事。只不过，我不小心看到了你而已，我担心你。你可能会不小心割伤自己，仅此而已。你已经没那么年轻了。你还打算多玩一会儿剑吗？"从最后这句话和"你自己待着"里（对于战斗中的佛尔古伊诺来说是最不恰当的词），我感受到了一丝讽刺的意味，仿佛有那么一瞬间她变成了母亲，而他则是疯狂而执拗的少年。

"你是蠢蛋吗？我花了大半辈子买这些武器，你以为我不会用它们吗？你以为我收藏它们只是因为它们好看吗？

我在这待多久跟你有什么关系。反正晚上我们也很少在一起……还有,如果你不希望我谈论你的年龄,你就别提我的年龄。所以还是闭嘴吧。"

我立马推断出他们应该是睡在不同的房间里。接着我想到,他们可能睡同一张床,但是长久以来不说话,不牵手,不触碰到脚,不看对方,因为一方对另一方的压迫,或是因为消退的爱情。

"行了,去睡吧,你他妈别再操我的蛋了。你让我彻底没兴致了,真倒霉。"

即便不是字面意思,那也不是愉悦的表述,我想。勃起已经随着他的脏话消失了,此时无论玛利亚·比亚纳触碰他的什么部位都无法让他重新勃起。也许初级剑术、与想象中的土耳其人殊死搏斗、屠杀枢机和主教倒是可以。

玛利亚·比亚纳竟然还用真诚和天真的口吻关切地问他:

"请问这是什么情况呢?应该是很极端很绝望的情况吧。说不定我能帮你找回兴致呢。只要能补偿你,你让我做什么都行。我不希望因为我的过失而让你受伤。"毫无疑问,这段话也颇具讽刺意味,但被她披上了愚蠢幼稚的外衣。

佛尔古伊诺狠狠地把睡袍合拢起来,就像有人把门砰地关上了一样,他果断地系上腰带,但系得太紧了,他不得不把腰带松开一些,免得勒到肚子。

"他妈的你给我滚。"

不，假想的爱抚、亲吻和摩擦不会起到任何作用。事实上，玛利亚·比亚纳是个美人，尽管这并不是个好词。即便这是个好词（我再强调下，这并不是个好词），她也是位难以形容的美人。待在高斯家里的慵懒怯懦的美人，衰微的美人，蒙尘的美人。但是在街上，在商店里，在演出现场，她仿佛是一块吸引目光的磁铁（一块高傲的磁铁，因为她会阻止别人的眼神过分接近或探究，人们会恭敬地保持一定的距离，并且绝不会无耻、淫秽、执着地盯着她）。

她大概四十多岁（她是我那三个候选人里最年长的），但这并没有阻挡她的五官和身体鬼使神差地散发出性感的热流或迷雾，她很可能是无意的，并没有散播这种性感。客观地说，她并不惹眼，因为她并不高大，没有伊内斯·马尔赞那样突出的身形，她自然也不丰满，尽管她有变丰腴的趋势，但她不像塞利娅·巴约那样圆润挺拔。她的穿着既不惹眼也不高雅。她没有任何特别突出的地方，私底下她会变小，变得孩子气，甚至看起来像个小可怜，几乎惹人怜悯。我想，这是佛尔古伊诺持续不断的无礼恫吓的结果。

然而，她在城里走动时，不管独自一人，还是跟孩子或丈夫在一起，人们都会放慢脚步，本能地偷偷看她一眼，仿佛只看一眼就已经是种奖励。女人们惊叹于她与生俱来的出众，默默地嫉妒她那说不清也道不明却毋庸置疑的魅力，她们只会低声谈论她，根本谈不上怨恨她。男人们这么做，是因为无法摆脱那种抽象的肉体欲望，如果这几个词没有互相矛盾的话。

我能补充的信息来自我个人的体验，而且由于我自认是个普通人，我想我的体验也适用于所有人：看见她时，我感受到了一种不真实却难以抗拒的欲望。不真实是因为我从没想过它能实现，我从没想过触碰她、抚摸她，更没想过进入她，仿佛玛利亚·比亚纳是一幅画、一座雕像或一张赛璐珞图片，仿佛她并不属于我的时代，而是属于过去或未来，或者从未存在过的时间，因此我们并不属于同一维度，她既不属于生者的维度，也不属于亡者的维度。

但或许，我们同属于活死人的维度，虽是活死人，但能苟全性命，能思考，能行动，还能拯救或伤害别人，体验怜悯与无情。因为我便是如此，多年来我一直是个活死人，如果她把马格达莱娜·奥鲁埃·奥德亚藏在被遗忘的内心深处，那么她也可能是个活死人。也就是说，她把过去的自己埋葬了，只做玛利亚·比亚纳，那座西北城市里的高斯的妻子，如此谨慎，如此不安，如此受人敬重。有时我会突然有这样的想法：如果我有了致命的发现，那么我就得让她离开那个维度，并把她送往亡者的维度。这让我觉得无法承受，像她这样的人理应在世界上驻足逗留，她路过这个世界，让它变得更好。我不清楚她是否积德行善，但她至少美丽动人。她照亮了世界，为世界增色添光。

鲁昂人路过时会斜眼观察她，而且似乎是偷偷摸摸地，但这并不是因为他们被禁止这么做（她对所有人都和蔼可亲），而是因为如果公开这么做——更别提用淫荡的眼神看她，他们会觉得是对她的冒犯和失敬。观察者也许会感受到前所未有的羞耻。就连在各个方面都厚颜无耻的柳德维诺·洛佩斯·西劳也会在她面前翻白眼（尽管他对塞利娅·巴约情有独钟，但他对异性总是这副德行），然后眯起眼睛，仿佛他需要迅速模糊视线，仿佛他无法忍受一个让他不知所措或者突然有所顾忌的形象，这与他的本性、他的奸诈狡猾和他的夸夸其谈相悖。仿佛他只能有一个简单的想法，那是他唯一的想法，这样想能让他不那么愤愤不平，而这也是我们所有人唯一的想法："真是位绝色佳人啊，她其实没那么美，但我也不知道她有什么魅力。真希望她属于我。尽管我并不知道该如何上前跟她攀谈，如何接近她，也不知道该如何对待她。就算她赤身裸体面对我，我也无法相信，我会不敢碰她，我会僵住。所以，看看就行了。最好她既不属于我,也不属于任何人。"

她没那么美,如果公正客观地形容玛利亚·比亚纳,并且不考虑她激起的那种或干净,或混乱,或淫荡的感觉的话,她其实并没有那么美。但是从主观上看她的确很漂亮,而且奇怪的是不分年龄、社会阶层甚至性别,大部分人都觉得她很美,每个个体都这么认为,不需要互相征求意见,也不需要达成共识。森图里翁想,如此迷人的人不可能是马格达莱娜·奥鲁埃。一个能不由自主诱惑他人的人会有许多门为她敞开,她可以做想做的事,不需要选择同恐怖分子合作并过着秘密、可悲、充满风险的生活,迫害别人并被人迫害,杀人或成为帮凶,永远处于要么死去要么在监狱里度过漫长岁月的危险之中。

当然,他立马清醒过来并否认了这种想法。那是天真、传统甚至愚蠢的想法,是自古以来以美为善的余音,而这已经多次被经验否定,被历史抛弃,可在人们肤浅的眼光中却依然存在。

从照片上看,埃塔本身就有一名令人不安的女性成员(如果我没记错的话,一九九七年她仍然逍遥法外,她老练且狡猾,我猜想她现在也是自由的,在服完与她的罪行相比相当轻的刑罚之后,她早已恢复了自由之身)。我不记得她真实的名字，我也不喜欢上网查找不重要的信息。也许是伊多娅，后面跟着一个卡斯蒂利亚姓氏，而不是巴斯克姓氏，但是我记得她那著名的绰号"母老虎"，因为在报纸的黑白相片上，她的眼睛熠熠生辉、冷血无情并且可能是绿色的。她曾因多起谋杀案受审并被定罪，她还因冷血无情、利用自己的外形引诱猎杀受害者以获取丑陋的女人根本不可能获取的信息和数据而出名，或者说，丑陋的女人要付出更大的代价才能做到。丑陋是限制，也是问题，但可以克服。美貌也是如此，只不过美貌带来的问题有时是无法克服的。

森图里翁还认为玛利亚·比亚纳在高斯面前显得脆弱和弱势，这与一个冷漠无情的女人并不相符，换作是马格达莱娜·奥鲁埃，早就给佛尔古伊诺好几枪了，连眼睛都不会眨一下，尤其是当他变得强势专横并且目中无人时，即便他是孩子们的好父亲也无济于事。那个有一半北爱尔兰血统的麦蒂·奥德亚根本容忍不了他的傲慢无礼，更别说辱骂了。根据我不完整的情报——其实是零碎的情报，整体是一片疑云——她极其缺乏耐心，过去在贝尔法斯特和德里曾经暴怒过几回。而玛利亚·比亚纳耐心极了，在鲁昂没人能想象她暴躁的模样。

但如果别无选择，每个人都能假装。更重要的是，无论是否必要，我们这些需要保护自己避开不幸的人必须这么做，必须尽可能地欺骗，不能失去信心，也不能暴露自己，仿佛我们是经验丰富的演员，仿佛我们忘记了自己的身份。一九九七年，我不再是那样了，或者说不完全那样，抑或是我暂时又变成了那样，变得没有信仰，没有信念，被人利用。当时我已经不属于任何组织和机构，实际上也不服从任何人的命令。我已经永远地离开了，或者说我是这么想的，尽管我知道我过去的行为是个秘密，而且永远是个秘密，这是让我不完全脱离组织的万全之策，也是永远不遗忘任何事的方法。

这跟图普拉在稻草广场跟我说的话，跟我自己说过的话或有过的想法差不多。那些分享秘密的人注定是一体的，只要他们还活着，甚至在他们死后也是如此，他们永远连在一起。相互了解，知道对方能做什么，也许还知道对方不能做什么，因为后者总是开放的，等待着进一步的证明和要求，等待着意外或绝望的场景。双方并不尊重彼此，因为知道得足够多。知道对方并不干净，知道他无所顾忌，一旦放下顾虑便会肆无忌惮，知道他在本该放手时却失了手，知道他杀过人或下令杀过人还能安然无虞，至少看起来是如此。在经历过这一切后，他甚至还能恋爱结婚——图普拉、纳特科姆、里尔斯比以及贝尔蒂的其他分身就是这么干的。他定是有了改变才会坠入爱河，才会不等事情过去就迅速补救弱点，补救那短暂的不幸。

"你永远不可能完全退出，"他在寒冷的户外餐区说过类似的话，"而且，只要迈出一步就又会重新加入。距离看似遥远实则近在眼前，就这么简单。"毫无疑问，我们在这方面与爱尔兰共和军还有埃塔的成员类似，那些离开圈子的人会被自己的战友杀害，他们不可动摇，他们坚如磐石，他们从不思考，也从不停止行动。我果真没有完全退出，这与我重回马德里，重回大使馆的安稳职务时的打算相反。我被自己，被我的麻木、我的空虚、我失去的习惯、我伤痛的记忆、我并不想要却荼毒并击败我的怀旧情绪所伤害。我已经承认："一旦做过局内人，做局外人就变得不堪忍受了。"我轻易就走了回头路。

可现在，在鲁昂，我已经习惯了她的钟声与浓雾，习惯了河流单调的流逝和人们或沉着或急迫地过桥的喧嚣，习惯了她平静的节奏，她几乎从不酝酿暴力事件，除了偶尔会有怀恨在心的丈夫杀死离家出走的妻子，除了在最糟糕的街区发生的罕见的抢劫或周六的争执，除了以恐吓对手或某位企业家为目的而在夜巷里突发的打人事件（事后他们宁愿对此保持沉默），除了骑士团长和他的同伙们被默许的预料之中的犯罪行为。我时常想，我是如何屈服的，如何接受了那个让人为难的任务，并回到了我的旧世界，那里充斥着推测与持久的怀疑、猜忌与强硬、伪装和预谋的背叛。没错，我已经不再是被迫或自愿经历漫长服役岁月的那个我了。我的确生疏了，我的能力和决心已经衰退了，也许我变懒了。我不再相信捍卫王国的说辞，不再相信民主制度或王室是清白的，也不再相信国家是清白的，我不再相信任何事了。我甚至不确定是否想要惩罚那些已经犯下的罪行。有什么用呢，能解决什么问题呢，这样根本无法摧毁那些罪行。

但最重要的是，我变脆弱了，也就是说，我变得犹豫不决。过去服役时我会服从命令，我通常不会质疑它们，除非我置身于愚蠢的险境。我也从不犹豫，除非计划和形势有变。我的目标并不会变得模糊，即便是在我必须随机应变、改变战术或纠正自己时也不会。现在我意识到，我并不想找出马格达莱娜·奥鲁埃·奥德亚。或者更确切地说，我不希望那个无情的女人，那个北爱尔兰和里奥哈混血儿，是我那三位嫌疑人中的任何一个。准确地说，她们不是我的嫌疑人，而是图普拉、佩雷斯·努伊克斯和马奇姆巴雷纳的嫌疑人，或是他们背后的国防高级情报中心、军情六处或军情五处的嫌疑人。我意识到，过去对人们的了解或观察并不会影响我，更不会阻挡我（或许会影响我一瞬间，短暂的一瞬间），而现在却会限制我的好恶与倾向。

图普拉给了我三张照片、三个名字和三份不完整且有漏洞的情报，即便他给我三份不同的情报，我也会认真对待。即便他指派我去某座西南城市或北方小镇，我也会去那里。他宁愿只告诉我适当的信息，这在这行是很常见的，执行者对原因和指挥系统高层得出的结论知道得越少，行动成功的概率就越大。每个环节都只做被指派的工作，如果每个环节都了解事情的全貌是很危险的，更重要的是，了解过多会引发犹豫、困惑和疑问，随之而来的便是反对、争辩和建议，此时距离离经叛道、偎慵堕懒、违反纪律和抗命不遵只有一步之遥。为了避免落入这个陷阱并严格执行任务，特工和小兵只能盲目地信任做决定的无形高层和他们的上级，而现在的我缺乏这种信任。我既不信任不可捉摸的政府，也不信任贝尔特拉姆·图普拉，他将我引入歧途并指挥我的生活太久了，他甚至还提前引我走向暂时的死亡，这给我的余生都留下了伤痕。

我对那三个女人，那三个于一九九七年生活在地方城市的女人，那三个在鲁昂过着更幸福或更失落的普通生活的女人没有任何不满，我观察房间里的她们，抑或通过我那扇靠河的窗户监视她们。我觉得我不可能不喜欢伊内斯·马尔赞、塞利娅·巴约和玛利亚·比亚纳，其中的理由各不相同。我情不自禁地祝她们好运，在她们创造或建构的生活中，在她们向其屈服的生活中，在她们寻求庇佑的生活中，在她们藏身其后的生活中。没有关系，大家都一样，每个人都会以各自的方式生活。

其中的两个女人肯定不是马格达莱娜·奥鲁埃，她们不应该受到任何伤害，也不应该被窥探、被观察。她们不知道某个人，也就是学校新来的英语老师米盖尔·森图里翁，正在寻求她们可能的毁灭，他宛如一只不祥之鸟，默默地威胁她们，他在高空鸟瞰，在高处盘旋，高到对她们而言只是天空中无法察觉的一个点。不，她们完全不知道，除非……唉，我总会说"除非"，这刺痛了我。除非她们当中的某个人是远程参与了惨绝人寰的袭击的马格达莱娜·奥鲁埃，那就完全不是一码事了。那个女人会十分警惕，每晚都会提心吊胆，担心有人会拆穿她的身份并告诉她："你不是伊内斯·马尔赞，你不是塞利娅·巴约，你不是玛利亚·比亚纳，这些都是编出来的名字，正如小说家因为随意、任性和无聊而给自己的人物起的名字。这些人物在出生日期过后许久才出生，他们并不存在，是某个铁石心肠的可怜虫为了躲避正义、逍遥法外，继续呼吸被害者已无法呼吸的空气而创造出来的。也可能是一九八七年的某个可怜虫，谁知道她当了多久的可怜虫，谁知道她今天还是不是可怜虫。但她在前天留下了印记，只要我们中的一些人还记得，事情就永远不会完全废止，那个时刻总会到来，假伊内斯·马尔赞、假塞利娅·巴约、假玛利亚·比亚纳——也就是你，马格达莱娜·奥鲁埃——会不得不承认：'费尽了一切，结果还是一无所得。所以最好还是不要再试图加害别人。是时候投降了。换句话说，是时候偿命了。'"